令人眩目的一束晕阳光

[俄] 伊·阿·蒲宁 著　赵洵 译

四川文艺出版社

图书在版编目（CIP）数据

一束令人头晕目眩的阳光 / （俄罗斯）伊·阿·蒲宁著；
赵洵译. 一成都：四川文艺出版社，2019.9（2020.4重印）
ISBN 978-7-5411-5427-0

Ⅰ.①—… Ⅱ.①伊… ②赵… Ⅲ.①中篇小说—小说
集—俄罗斯—现代②短篇小说—小说集—俄罗斯—现代
Ⅳ.①I512.45

中国版本图书馆CIP数据核字（2019）第151554号

YISHU LINGREN TOUYUNMUXUAN DE YANGGUANG

一束令人头晕目眩的阳光

[俄]伊·阿·蒲宁 著

赵 洵 译

策　　划	苟婉莹
责任编辑	陈雪媛　苟婉莹
责任校对	蓝　海
责任印制	喻　辉
封面设计	叶　茂
内文设计	史小燕

出版发行　四川文艺出版社（成都市槐树街2号）
网　　址　www.scwys.com
电　　话　028-86259287（发行部）028-86259303（编辑部）
传　　真　028-86259306

邮购地址　成都市槐树街2号四川文艺出版社邮购部　610031
排　　版　四川胜翔数码印务设计有限公司
印　　刷　四川机投印务有限公司
成品尺寸　143mm×210mm　　开　　本　32开
印　　张　8.375　　　　　　字　　数　190千
版　　次　2019年9月第一版　印　　次　2020年4月第二次印刷
书　　号　ISBN 978-7-5411-5427-0
定　　价　48.00元

目录

新　年

"喂，听着，"妻子说，"我害怕！"

这是一个冬天的月夜，我们从南方返回彼得堡的路上，夜宿唐波夫省老家的庄园。我们就在故居那幢大房子的儿童室里就寝，这是唯一暖和的房间。我睁开眼睛，在昏暗中借助一片像蒙上轻纱似的淡蓝的微光，看见了地板上铺的粗毛地毯和那座陈旧的炕炉[1]。透过方形的窗子，可以看见明亮的、白雪皑皑的院落，草屋顶铺着一层积雪，屋顶上乱蓬蓬的茅草像一根根猪鬃似的映在窗户上。这里万籁无声，这是冬夜的田野里才会有的那种沉寂。

"你睡着了吗？"妻子不满意地说，"我刚才在

1　俄罗斯乡村的一种炉子，可以做饭，也可在后面砌成榻形的地方睡觉，很像我国北方农村的火炕。这里的炕炉是指外屋烧火，内室的炕可以睡觉的那种。

车上打了个盹儿，现在睡不着了……"

她撑起身子半躺在对面那张古老宽大的床上。当我走近时，她愉快地低声说道："啊，我把你叫醒了，你不生我的气吗？真的，我有点害怕，又觉得很愉快。我在想只有我们俩在一起多好，可是又有些怕，像个孩子那样……"

她抬起头，凝神听着。

"你听，多么静啊！"她的声音如同耳语。

我想象着我在眺望白雪覆盖的田野——周围是俄罗斯冬夜死一般的寂静。这时，新年神秘地来临了……我已很久没有在乡村夜宿，也很久很久没有这样心平气和地和妻子谈话了！我怀着眷恋之情——这种情感使我的心得以平静——吻了她的眼睛和头发，这在我是很少有的。她狂热地回吻我，如同一个热恋的少女。她又把我的手贴在她发热的面颊上。

"多好啊！"她叹着气，深信不疑地说。她沉默了一会儿，"是的，不管怎么说，你毕竟是我唯一亲近的人！你不觉得我爱你吗？"

我握了握她的手。

"这是怎么发生的呢？"她问道，一面闭上了眼睛，"当我嫁给你的时候，我并不爱你，我们俩的日子过得很糟糕，你总是说因为我的缘故，你过着庸俗不堪、非常痛苦的生活……虽然如此，我们却越来越感到我们需要对方。这是怎么回事？为什么这样的心情又是转瞬即逝的呢？……科斯加[1]，祝你新年快乐！"她一面说，一面竭力想笑一笑，这时几滴温暖的泪水滴在我的手上。

---

1 即康斯坦丁的爱称。

她把头枕在枕头上哭了，大概泪水可以使她心情舒畅一些，因为她不时抬起头，泪流满面地微笑着，而且还吻着我的手，竭力想使这种柔情能维持得长一点。我抚摸着她的头发，想使她明白我理解她，而且珍惜她的眼泪。我回忆起去年的新年，那是在彼得堡，在我同事的小圈子里度过的。我努力回忆前年的新年，但怎么也想不起来了。有一个想法总是困扰着我：这些年来的千篇一律、繁乱嘈杂、碌碌无为的案牍生涯，使我的智力和精神日渐衰退。我曾经有过这样的想法，到乡村或南方，找一个栖身之处，和妻子、儿女在葡萄园中干活，夏天在海里捕鱼。随着岁月的流逝，这种希望也日渐化为泡影……我想起整整一年以前，妻子装出殷勤好客的样子，对我们称为朋友的、和我们一起迎接新年的每个人都亲切款待，温柔和蔼；她对几个年轻的客人满面堆笑，举杯祝酒，说了一些谜语般的多愁善感的话。当时，在彼得堡那套拥挤的小单元房里，她对我来说是多么陌生、格格不入，多么使我烦恼……

"啊，算了，别这样，欧丽雅！"我说。

"给我手帕。"她轻声回答，像孩子一样不时地叹着气，"我再不哭了。"一束透明的银色月光投在炕炉上，这束光在昏暗的房间里显得奇异、明亮而苍白。我吸着烟，烟雾在这片昏暗中慢慢飘动着。地板上的粗毛地毯、月光下温暖的炉灶，一切都让人感到这是在故土家园，一切都发散着舒适的、偏僻乡村的气息……

"我们顺道来这里，你高兴吗？"我问。

"非常高兴，科斯加。非常非常高兴！"妻子答道，时而流露出一片天真之情，"你睡着的时候，我就这样想过。"她微笑着说，"我认为人们都应该举行两次婚礼。真的，当你意识到你在和一个与你一起饱尝人生忧患、生死与共的人走向圣坛，结为伴侣，那是多么幸福啊！我们一定要在自己的家园里生活，栖身在自己的一席之地，远远离开一切的一切，如莫泊桑说的那样：'在自己的老家生老病死'！"

她沉思起来，又把头枕在枕头上。

"这是圣伯沃说的。"我纠正她。

"谁说的都没有关系，科斯加。也许，像你常说的那样，我是个愚蠢的女人，然而，毕竟只有我一个人爱着你……我们出去散步吧！愿意吗？"

"散步？去哪儿散步？"

"在院子里走走。我穿上毡靴和你的短皮大衣……难道你这会儿想睡吗？"

半小时后，我们穿好了衣服，微笑着站在门前。

"你生我的气吗？"她挽住我的手臂，温柔地凝视着我的眼睛。这时，她的面庞非常可爱，她像村妇那样用灰色的披肩包住了头，穿着毡靴，个子也矮小了一些，全身都流露着女性的温柔。

我们从儿童室走到过厅，这里又冷又黑，像在地窖里一样。在漆黑一片中，我们摸着走到了衣帽间，然后到大厅和客厅里去看了看……一推开通向大厅的门，它就吱吱地响了起来，全幢房子都能听得清清楚楚。在这间又大又空、漆黑一片的房间里，两扇向花园开的高大窗户像两只大眼睛瞪着我们。还有一扇窗被破旧的百叶窗遮住了。

"呵……呵……呵……"妻子站在门口喊了起来。

"不要这样。"我说，"你最好去看看，那边多美啊！"

她安静下来，不作声了。我们有点胆怯地走进房里。这座少见的漂亮花园显得很矮小，准确地说，是花园中的灌木都很矮小，长长的灌木丛横贯在宽敞的被白雪覆盖的空地上。从窗子里望去，花园的一半在阴影中，坐落在离房舍很远的地方，另一半在寒冷的星光下清晰可见，星光下的白雪让人感到一种温柔的缠绵。不知从哪里钻进来一只猫，咚的一声从窗台跳到地板上，声音又轻又软，然后就从我们脚下溜了过去，两眼闪着金晃晃的橙色的光。我浑身一颤，妻子也受了一惊，小声问我："要是你一个人在这儿会害怕吗？"

我们紧紧相偎，穿过大厅进了客厅，向通往阳台的两扇玻璃门走去。那张大软榻至今犹在，大学生时代，夏天来乡村消暑，我就睡在这张榻上。当年，每逢夏日，我们全家就在这阳台上进午餐。往事历历，犹如昨日……现在客厅里发散着霉腐和潮湿的气味，当年糊的花纸一块块剥落了，结着冰，沉重地悬挂在墙上……此情此景，使我黯然神伤，面对这美好的冬夜，真不愿意回忆这些往事。从客厅可以看见整个花园，星光下的白雪一尘不染，洁净无瑕，没有被触动过的每个雪丘以及每株小云杉都可以看得清清楚楚。

"没有滑雪板你会陷进雪里的。"当妻子要穿过花园去打谷场时我告诉她，"过去，冬天的时候，我常常整夜整夜在打谷场上，坐在燕麦垛里……可能现在兔子都会跑到阳台前来呢！"

我顺手把一块悬在门边的难看的墙纸撕下来，扔在屋角。我们通过过厅和橡木门廊，走进了这冰天雪地的世界。我坐在门前台阶上，吸着烟。妻子的毡靴在雪地上吱吱作响。她跑上一个雪丘，仰面看着低低西斜在那排长长的、黑洞洞的木屋上空的月亮。庄园的看门人和从车站送我们来这里的赶爬犁的马夫就宿在这里。

"月亮啊，月亮！给你戴上灿烂的金冠，给我一个金库吧[1]！"她琅琅有声，像一个小姑娘一样在雪白的院子里旋舞着。

这清脆明亮的声音在雪地里传得很远很远，在这坟墓般寂静的庄园里回荡，显得非常奇异。她旋舞着，我听见她在那架房檐黑影下的雪橇前喃喃诵读：

> 塔琪扬娜走到宽大的院里[2]
> 身着一件胸颈袒露的衣裳
> 她用镜子去照月亮[3]，
> 在一片漆黑的院子里
> 那玉兔是如此忧伤。
> ……

"我已经不必去问卜有没有如意郎君了！"她喘着气向阳台走来，挨着我坐下来，呼吸着寒冷的清新空气，显得兴高采烈，"你没有睡着吗？科斯加！我可以和你坐一会儿吗？亲爱的！我的千金不换的亲人！"

一条毛色土红的大狗从台阶后面钻出来，摇着毛茸茸的尾巴

---

1 古老的民歌。
2 这是普希金的长诗《尤金·奥涅金》中的一段。
3 在月亮下用镜子照东西，是俄国的一种卜术，用以显示凶吉。诗中的少女问卜是想知道能否得到如意郎君。

慢慢地走向我们，表示它的温驯和好意。妻子抱住它宽宽的、毛皮厚厚的脖子。它摇着尾巴，但它聪明的眼睛越过她的头，有所疑问地四处张望，也许它自己并不知道它那种温驯的表情竟显得淡漠。我也抚摸着它冷冰冰的、厚厚的、发亮的毛，看着那轮像人脸一样苍白的月亮，看着那一长排黑洞洞的木屋和白雪覆盖着的明亮的院落，我在用这种想法鼓励自己：

"真的是一切都失去了吗？谁知道这新的一年会给我带来什么？"

"彼得堡现在会是什么样子呢？"妻子抬起头，轻轻推开了狗，"你在想什么，科斯加？"她问我，把她那冻得红红的看起来年轻了许多的脸向我挨过来，"庄户人从来不过新年，全俄罗斯早已熟睡了吧……"

可是我不想说话。天气很冷，寒气透进了衣服。敞开的大门外面是明亮的田野，田野闪着珠光，像云母石在熠熠发亮。远处，是一棵柳树，柔细的枝条上挂着白霜，就好像神话世界中的一株玻璃树。白天我在那里见到一头死牛的残骸。这时，狗突然警觉地竖起了耳朵，在珠光闪闪的雪地上，一个又小又暗的东西从柳树后面跑了出来，也许是一只狐狸；在银针落下都能清晰可辨的寂静中，雪地上传来一阵细微的、像硬壳破裂的沙沙声，许久许久，它才神秘地在空中消失。

妻子凝神听着，突然问我："我们就在这儿住下好吗？"

我想了一想："你不会寂寞吗？"

话音刚落，我们都意识到了：在这里一年也待不下去。离开所有的人，除了白雪皑皑的田野，什么也看不见。这样能活下去吗？也许，我们可以着手整顿家业……但是在这些断壁残垣中，在这座可怜的庄园里，在这一百俄亩[1]的土地上又有什么家业可管理、整顿呢？现在所到之处，都是一派凋零景象——方圆一百俄里[2]内，没有哪一家庄园让人感到有些许生气！村子里早已是一片饥馑……

一夜熟睡。早晨一起床，我们就收拾上路了。前后几匹马套成一串的雪橇滑过高高的雪丘，吱吱嘎嘎地停在窗前。妻子睡意蒙眬地微微一笑，显得有些忧伤，她也许舍不得离开这乡间温暖的房舍……

"新年就这样来临了！"我从吱嘎作响的、蒙着霜雪的暖篷雪橇里望着单调的田野，"我们将怎样度过这新的整整三百六十五天呢？"

马颈圈上的小铃发出细碎的叮叮声，铃声喁喁，打断了我的思路。对未来的想象令人不快。我们望着灰漫漫的单调景色，在平坦的雪原上，一切都显得模模糊糊，依稀可辨的庄园越来越小，逐渐消失在寒冷的迷离烟雾之中。马夫站着吆喝满身白霜的马，看来，他对新年，对这片空旷的田野，对自己的和对我们的命运完全漠然置之。他费劲地从粗呢大衣下面的皮袄兜里掏出烟斗，不一会儿，冰冷的空气中就飘着一股平平常常的马合烟香味。香味带着令人欣喜的乡土气，勾起我的几多感触，回味着和妻子的暂时和解。现在她正挤在雪橇的角落里打瞌睡，她闭着眼睛，长长的睫毛上结着霜，变成了淡灰色。我强迫自己服从内心的愿望：让我在那毫无意义的忙碌中，在习惯了的环境里，赶快把一切都忘了吧！我故意愉快地喊着：

---

1 一俄亩相当于1.09公顷。
2 一俄里相当于1.0668公里。

　　"快点，斯杰潘，加油！我们要赶不上火车了！"

　　在前方的雾中，电线杆的影子朦朦胧胧地向后退去，马颈圈上的小铃发出的丁零碎语和着我杂乱的思绪，我在想象那等待着我的毫无意义的生活……

写于1901年

一个小小的爱情故事

1

这天傍晚我们在一个火车站会面了。

她在等人，显得神情恍惚。

火车进了站，月台上挤满了人。空气中弥漫着雨后的清新和煤烟的气味。遇见了那么多的熟人，我们只能躬身问候，打个招呼。可是，她焦急不安地用眼睛寻找的那个人，并没有出现。

火车开动了，她站在那里，碧蓝碧蓝的眼睛睁得大大的，望着闪过月台的一节节车厢。列车的每一个窗口，每节车厢的平台上，一张张面孔也向月台张望着。但她需要看见的那张面孔却没有出现。

像一堵墙似的客车车厢都过去了，末尾的守车也一掠而过，行驶在两排翠绿的树林之间的列车变得越来越小。在人已走空的月台上，一摊摊雨后积水映着蓝天，闪着淡淡的微光。

月台笼罩在阴影中，阳光被月台的顶棚遮住了，但在我们身后，那林中的别墅却沐浴着灿烂的阳光，窗户的玻璃映着一片火红的夕照，显得喜气洋洋。不知什么地方传来了留声机播放的歌声，歌声热情奔放，但鼻音很重；还有打木球的声音、男孩子们的喊叫声……她甚至于看都没有看我一眼，就简短地说道："出去走走吧！"于是我就陪她走了。

一出车站，夕阳耀眼，不远是一片茂密的树林。我们久久地漫步在空气凉爽的林中小路上，在泥泞的大道旁，在翠绿的栓皮槭、榆树和枝叶茂密的核桃树间，踏着树根，踏着人们踩出来的、有弹性的小径，天鹅绒般的核桃树叶时而擦着我们的身子。她走在前面，我从背后望着她：她提着长裙，裙摆裹在腿上，穿一件方格上衣，长辫缩成一个沉甸甸的发髻。她动作敏捷地选择比较干燥的地面走，还时时低下头躲着树枝。

"您在想什么？"她并没有回头，问了我一句。

"在想您的皮鞋。"我说，"我想您没有穿法国式的高跟鞋。我不信任穿那种高跟鞋的女人。"

"您信任我吗？"

"信任……"

小路到了尽头，又见到了太阳。我们登上一座小丘，视野开阔，绿草如茵。她停住了脚步，转过身来。

"您真好，真可亲！"她说，"看您只管走路，一句话也没说……我对您突然有一种好感，这真意想不到。"

我克制地回答："谢谢。人在痛苦的时候，总是这样的。"

她的眼睛睁大了："痛苦的时候？什么痛苦？"

"我知道您在等一个人，但没等到。我还知道，您现在会建议我快点走，赶上您。"

"您猜对啦。愿意吗？"

我走到她的面前，握住她的两手，轻轻地拉她，想把她拉到自己的怀里。她连忙躲开了。

"不要这样，"她喃喃地说，"不要，看在上帝的分上……"

接着，她沉默了一会儿，敏捷地把手抽回去，提起她的裙子，下了小丘，向一片草地跑去。到了草地上，她在树荫前站住了，夕阳照在她的身上。当我向她走近时，她又跳过一条水沟，向一片低洼地跑去。我跟在她后面，也跳过了水沟——这时，突然传出一阵轻微的、急遽的、听起来干巴巴的唰唰声，小山左边，仿佛升起一团烟雾似的，横空挂起一条淡淡的彩虹。

"下雨了！"她高声喊了起来，冒着倾盆大雨飞快地在草地上跑起来。草地的另一半，仍然一片阳光，透过玻璃般的、在夕阳下金光闪闪的雨帘，那片草地仿佛在颤动，看上去金碧辉煌。这场少见的大雨来得十分急促，雨势滂沱。碧空中翻滚着一朵乌云，好似腾起的一股浓烟，雨就像一根根长针似的从那里落下……之后雨点稀疏了，小山边的彩虹也渐渐暗淡下来，雨停了。

她跑到一个草垛前，跌进我的怀里，大笑起来。她的胸在急骤地起伏，头发上的水珠闪闪发亮。

"您摸摸我的心跳得多快！"一面说，她一面抓住我的手。

我把她抱在怀里，俯首去吻她那半张着的双唇。她没有反抗。

之后，她把我轻轻地推开，涨得绯红的脸转了过去。她拾起一根干草茎，咬着，亮晶晶的双眸眺望着远方。

"这是第一次，也是最后一次。"她说，"好吗？"

"好！"我回答她说。

她久久地目不转睛地凝视着我。

"也许，您也有点爱我吧？和您在一起我觉得很舒畅，很好，很幸福！请您不要嫉妒那个人……真的，我等的那个人跟我们一点关系也没有……是的，他已经是我的未婚夫，我很快就要成为艾里·马蒙纳伯爵夫人了……为什么？我也不知道……也许因为我怕他……"

她把两手伸给我，要我拉她站起来。我先吻了她的一只手，又吻了另一只。

"现在我们走吧！"她说。

"上哪儿去？"

"就在草地上走走……"

我把她拉了起来，她羞怯地淡淡一笑，然后用女性特有的迷人的动作整理好头发，深深地吸了一口草地上芳香的空气……这时，树林中到处是布谷鸟低沉的叫声，雨后，这声音传得更远，显得更亮。辽远的天际，飘着片片云彩，烟雾似的云朵镶上了金红色的边，这些云朵正在消散……

归途中，我们迷了路。然而她很快就辨出我们走到了什么地方，她很有把握地把我带出了迷途。

她终于迁就了我的要求，简短地、心情不安地、隐隐约约地讲述了她的经历。讲完以后，她久久地沉默地走着。

北国的黄昏开始降临在这片树林之中。方圆数十俄里的树林沉默着，看上去阴森森的，整个林区正忧郁而寂静地等待着夜的来临；那半明不暗的时隐时现的光已经消失，好像是入睡了；沼泽地中的一湾浅浅的湖水，在树林的隙缝间还闪着微弱的白光。我们在湖岸上寻找着路。湖水也显得昏暗，和在树林中一样凄凉。乌云又上来了，和阴森的树林连成了一片。温暖的、仿佛催人入睡的、弥漫着沼泽地的花草和松枝香甜气味的空气却沁人心脾。在蝈蝈的神秘低语催眠下已进入梦乡的树丛里，萤火虫深绿色的翅膀上闪着金光……为了抄近路，我们从湖边折向两排百年古松夹成的一条宽阔的长廊。勉强地辨识着脚下的路，我们踩着厚厚的细沙往林间空地走去。这时，在那交错在一起的干爽的松树枝上，有什么东西猛然响了一下，不知从什么地方钻出一只大脑袋的猫头鹰，它扇动着又宽又大的翅膀，朝着我们直冲下来——我甚至于看见了那穿着灰裤子似的两腿。这时，她身子摇晃了一下就站住了。那猫头鹰悄然地在空中划了个弧形，又飞了下来，在黑暗中，从从容容地落在树枝上。

"凶兆！"她说，一面摇着头。

我笑了。

"相信我，这是凶兆！"她简单而固执地重复着。

"那么会发生什么不祥的事情呢？"

"我不知道！不过，我对什么都无所谓。我和您在一起度过的这些日子，特别是今天晚上，我永远不会忘记。来，让我们告别吧……"

她没有把话说完，就抱住了我，忧伤地、脉脉含情地看着我的脸，思索了一会儿，吻了我一只眼睛，又吻了另一只眼睛……之后，我们穿过林间空地，向树林后面的绿色信号灯走去。这时，天已黑了，下起了小雨，这雨好像在和树林窃窃私语。我们跑上别墅的大阳台，走到帆布凉棚下面，茶桌上放着玻璃罩住的蜡烛，屋外已经大雨倾盆了。

我们甩着身上的水，故意讲述着我们如何迷了路，又如何寻路回家。我们正说着的时候，突然大家都不作声了：大阳台的角上，一个人从摇椅上站了起来。他身材特别高大，很瘦，肩膀很宽，有三十多岁，头是秃的，美髯，眼睛炯炯有神。阳台上的老头子们都显得局促不安，她的脸色唰地一下变得苍白了。

我握了握他那宽大的手，开玩笑地说："上帝呵！您的个子真高！您真像一个中世纪披胄戴甲的勇士。"

"是吗？"他的语气活泼，"也可能吧。我是马蒙纳伯爵……"

大家给我找了一把旧的大雨伞，告诉我路上怎么走方便，我顺着被雨水打湿了的阳台台阶，向伸手不见五指的黑夜走去……

她走到门口，立在帆布伞棚下一束三角形的灯光下。当我走到栅栏门前，她低声说道：

"别了！"

这是我听见她说的最后一句话。

2

四个月以后，我收到她的一封信，信中写道：

> 我的亲爱的：我没有通知您就走了，请原谅我。他的能量比您大一千倍。我已经失去了自由，我错过了还

能斩断这些关系的时机，这对我来讲是可怕的。现在我几乎没有一点希望能够和您见面了。想想我们过去会晤的情景吧！我觉得我对您的感情是最真挚的，完全没有欺骗我自己。可能对您来说，这仅仅是一次突如其来的小小的爱情故事，只此而已。这没有关系。不过请相信我：如果我此生爱过什么人的话，那就只有您……

我说的这些被无数人嚼过的陈词滥调有什么意思呢？也许问题并不在爱情本身。不久前，我读了一位已故作家的书简，他说：爱情是你心中憧憬的、现实中没有也永远不会有的东西。是的，是的，它永远不会有的。但这都没有关系。我以前爱您，现在仍然爱着您……

我常常在黄昏时分想念您，我们曾在黄昏中诀别，现在我又在黄昏中给您写这第一封信，可能，也是最后的一封信。只有上帝才知道我在什么地方！现在是11月的傍晚，阿尔卑斯山冰天雪地，我在云雾缭绕的高山旅馆里给您写这封信。这家旅馆除了我们，没有其他的客人。他是个肺结核病人，到这里来，等于是嘲弄他的生命，应受良心的谴责。在最坏的季节我把他留在阿尔卑斯山上，不但如此，我还常在逼人的寒气中拖他去云雾缭绕的湖畔、高山。现在他很顺从、听话。

他整天整天一声不响，目光炯炯，但却十分顺从。今天也是沉默着来到这里。当我们到达时，旅馆的侍者们几乎惊叫起来："还有这样的旅客！"也许是因为他又高大、又苍白，非常像死神的缘故。这些侍者在厨房里像普通的农民那样熬度时光。

我来这里是为了您：我想在安静中，在绝望里回忆过去，考虑一下问题，思念您……

深秋时节，美丽的幽谷仿佛在阳光下沉思，重峦叠嶂，谷壑相随，归入群山的怀抱。天幕冷漠地低垂在湖上，山腰里一湾铅灰色的湖水笼罩着灰漫漫的雾气，湖水一波不兴。我仰望那彤云四合的天空，它吸引我走进这云雾缭绕的世界，想在一个荒山的旅馆里夜宿……此时此刻，如果您能和我在一起的话，我愿意献出半个生命来换取这点幸福……

我们是早上乘轮船从城里来的，中午刚过，我们就进山了。一路上的情景多么令人忧伤！悬崖峭壁上时而可见的小树林仿佛在沉睡，不时窸窣地落下几片稀稀拉拉的黄叶。树下常常可以看见几头粗壮高大、毛色发红的牛，瞪着惊奇、迟钝的眼睛张望着。在灌木丛中拾柴的小牧童，时而发出模拟鸟鸣的啸声。寂静中我们越走越高，然后顺着陡坡下山。山路四围全是松林，一片蓝色的昏暗，加上满山灰漫漫的雾气，令人觉得冬天已经来临。我停住脚步，想休息一下，我凝视脚下茂林丛生的幽谷，那里远远地呈现一片紫罗兰色。每片落叶声都清晰可辨，我仿佛听见那些湿润的灌木丛在轻声哭泣……

附近有个隧道，在雾中那洞口像个黑窟窿。我还看见了一个小村庄，这村庄坐落在山崖上，只有五六处隐约可见的村舍。要慢慢地才能爬上这泥泞不堪、一步一滑、铺着枕木的陡坡。我们又走了一阵子，那村落在我们脚下成了一个小点。从山上吹来了深秋初雪的潮湿气息。

他在这里止了步，建议回去。

我偏不肯，拒绝了他。

"你这样不好。"他说，想了一会儿，又跟我走了。

雾越来越重，天色已晚了，我们仍然迎着浓雾中的暮色走去，穿出被烟熏得漆黑的、回声隆隆的隧道，走过吊桥，桥下是烟云滚滚的无底深渊……如果我那可怜的旅伴落在后面，他就会马上消失在烟雾中，我们相互呼唤着，声音显得是那样低沉，那样奇怪。

他一直在我后面走着。有一次他叫住了我，走近我的身边，把一只手伸向我，胆怯地说："对我和气一些好吗？！请把手伸进我的袖子里，帮我拉拉毛衣袖子，行吗？"

我真有点可怜他。他懂得我的这种感情，低下眼睛又加了一句："以后我们到一个什么暖和的地方去，我们两人都做点什么事情吧！这样下去太痛苦。这是地狱，不是结婚旅行。"

"我们应该离婚。"我回答说。

他沉默了一会儿，紧锁双眉，喃喃地说："这很困难……"

"那么，我来担起办这桩困难事的担子！"我说，"你不应当让我成为你那愚蠢的、莫明其妙的爱情的牺牲品！"

"我什么都做得出来，"他说，一面逼视着我，"我没有什么可失去的！"

我转身走开了。潮湿的路基上残雪消融，两条笔直的铁轨仿佛在上方急驰而过；松树和云杉也好像在悬崖上行走。在黄昏的云雾里，这一切似乎并不是看见的，而是感觉到的，是在一片紫色的斑点中感觉到的。笼罩着忧郁的山峦的，是那种云海中才有的沉寂，那压抑人心、死气沉沉的沉寂。突然，路旁一棵云杉中唰啦一响。您记得那只猫头鹰吗？我正是在这里想起了它，才决定给您写信的。当然，这里并没有猫头鹰，那是一只戴菊鸟，它大概是现有鸟类中最小的鸟儿了。这只灰色的小鸟湿漉漉的，它从冒着水汽的云杉枝头飞起，落在大路上，然后又轻轻地飞进雾中，在悬崖左侧消失了……

您能想象得出这样的傍晚吗？松林像墙壁般耸立着，大路两侧是苍白的、湿漉漉的润雪……深渊里烟雾弥漫，黑页岩嶙峋峥嵘、一片昏暗……如此寒冷荒寂的夜晚，小戴菊鸟却怡然自得，飞来飞去，其乐无穷，好像知道自己是在苍天的荫庇之下。然而，我却不能期待这种荫庇。

现在，我要就寝了。在这冰冷的房间里弥散着松树的芳香，熄灯之后，我会感到自己是在云中，置身于死神的怀抱里。他睡在隔壁房间里，喀喀地咳嗽着。那里不像是有人，而像停放着一具灵柩。我全部身心都在恨他。

如果有朝一日我获得自由，能和您见面的话，我将欣喜若狂地吻您的手，我将把自己献给您，听候您的安排。不，不是如果……而是一定会这样……

3

这封信上帝知道我是什么时候才收到的。它从莫斯科转寄到乡下，在乡下又被搁置了三个月，后来又转寄到南方。一直到来年3月，在我去克里米亚之前，才收到了这封信。

它深深地触动了我的心，使我非常不安，无法平静。

回信写些什么呢？我怎么办呢？我久久地思索着，我想我只能做一件事——愿上帝宽恕我！

我想骑马到山里去，重温旧梦。

克里米亚的群山仍然云雾缭绕。但已经是春天了，那时我只有二十八岁……

在莱伊，柳山区，我在隘口肮脏的乌克兰式小酒店里等候给三辕马车换马，喝了点酸酸的红葡萄酒。云雾顺风飘来，一直飘到酒店的窗口，把周围的一切都盖住了……我掏出她的信，又读了一遍。我的心跳得很厉害。

呵！亲爱的，美好的！我怎么办？怎么办？

我如坐针毡，走出了小酒店……

雾气中透出一片玫瑰红色，没多久就渐渐消散了。云雾缭绕的山巅已变得明亮起来，空气也暖和一点了。在天际，在云烟缥缈的地方仿佛意味着欢乐、柔情的存在……这欢乐、这柔情在增长、在扩散——又突然变成了阳光普照的蔚蓝的天空……

应该给她写信，一定要写！

然而，写什么？寄往何处？！

荒漠山区的上空清澈蔚蓝，阳光四射，群山巍巍，陡峭的绝壁悬崖间云气久久飘浮弥漫，直到阳光照射过来，才会消散。群山之上，苍穹无限辽阔，远方波浪形的高原在清新的空气中一片翠绿。软绵绵的和风从北方扑面而来。这和风吹得我心都醉了，我又走上悬崖，想再看一眼大海……

翻腾着的云雾闪射着圣光般的异彩奇光，从我身边飘过，在悬崖下变成了一团团起伏的蒸汽。坎坷的、无垠的、平原般的云海，宛如一个丘陵起伏的银白色的国度在我的眼前展现。千峰万壑、海岸港湾、直到天陲的地平线都被我脚下这一望无际的、高悬在海上的一层云海覆盖了。此时此刻，我奔放的心灵，我全部的愁思和欢乐——对她的思念、春天、无限欢乐的青春，全都飞向了远方——向云层的南端，向迷离的天际，向一湾明亮的蓝蓝的海水闪闪发光的地方……

马颈圈上小铃单调的响声，述说着路途正长，述说着往事如梦，述说着前面等待我的是新的生活。我坐的是一辆三驾邮车。车夫是个大耳朵的鞑靼人，他坐在高高的驭手台上，旁边捆着一堆皮箱，马蹄嘚嘚，伴着小铃如泣如诉的叮叮声，公路宛如一条带子，看上去永无尽头……我转身久久地望着空旷蔚蓝的天际，望着那灰漫漫的巨齿狼牙的岩壁，望着，望着……马车在嘚嘚蹄声和叮叮铃响的协奏中向山下驶去，越走越低，越走越深，驶进茂密丛林，驶进如画的幽谷……那个和天空融合在一起的隘口越来越远，终于化成了朦胧一片。

这里，在寂静的山谷中——这种寂静只是在初春时节才有，一切都显得十分清澈，天空一片淡蓝，光秃秃的树枝有如墨染，去年赭色的旧叶还残存在灌木丛中，初春的紫茄花和野郁金香都已开放，一切都是这样的美好！

这里，山崖上初吐新绿，大地从冬眠中苏醒，在严寒后苏生。水晶般透明的空气清新芳郁，这也只是早春时节才有的……

这时我觉得，人生并不需要什么，只要春天常在，憧憬永存……

3月底我收到了一份邮件，这是从日内瓦拍往莫斯科的电报，又从邮局转寄到乡村的，当时我正住在北方的乡下。电文是：

"受死者之托，我通知您：她于本年3月17日与世长辞。艾里·马蒙纳。"

写于1909~1926年间

秋天的时候

客厅里安静了片刻，在这一瞬间她站起来向我扫了一眼。

"啊，我该走了！"她轻轻地叹了一口气。这时，我预感到巨大的幸福，预感到我们心上的秘密将要互相倾吐。我的心颤抖了。

整个晚上我不离她的左右。她若有所思，微微流露的那种脉脉温情使她的眼睛闪现出一种特别的神采。当她用惋惜的口气说"我该走了"的时候，我在她的声调中感到她了解我，她已经知道我会和她一起走的。

"您也走吗？"她问我，口气几乎是肯定的，"那么，您是送我回家的了！"她加了一句，回眸一顾，微微一笑。

她轻盈地顺手提起她黑色的长裙。此时此刻，她那窈窕的身材、她的微笑、她那年轻优美的面庞、那乌黑的眼睛和乌黑的头发，甚至那条细细的珍珠项链、那对钻石耳坠上闪烁的光辉，都使人感到一个初恋少女的羞怯。当人们请她转达对她丈夫的问候，帮她穿大衣时，我在一旁提心吊胆地计算分秒，生怕有什么人出来要和我们同行。

门开的瞬间，一道光亮投向漆黑的院子，门很快轻声关上了。我抑制住全身都像在战栗的感觉，同时又觉得轻松异常；我挽住她的手臂，小心、关切地搀她走下门前的台阶。

"您能看清吗？"她问道，一面注视着自己的脚下。

在她的声音里，我又感到了一种亲切的鼓舞。

踏着积水和落叶，我挽着她在院子里摸黑往前走。我们走过一排排光秃秃的合欢树和盐肤树，树叶已经落尽的枝条富有弹性，很像海船上用的根根缆索，在11月的南国之夜的劲风中呼啸着、摆动着。

铁栅栏大门外，马车上的车灯闪着亮光。我看了她一眼。她伸出一只紧紧地戴着手套的小巧的手抓住铁门上的栏杆，没等我来帮她，就把门推开了。她急急忙忙走向马车，坐了进去，我也赶忙上了车，坐到她身边。

2

我们久久地说不出一句话。一个月来，那些在心头默诵了千万遍的话语曾那样激动着我们的心，现在却显得多余了。我们沉默着，因为这些话语不言自明，而且似乎已经说得过于清楚，清楚得出乎我们的意料。我把她的手举到唇边吻着，激动得无法自已，我转过脸凝神注视着车外，深夜的街道仿佛迎着马车跑来，而在它的尽头，仍然是深不可测的黑暗。这时，我还有点怕她，我问她冷不冷，她只微微一笑，嘴唇轻轻动了一下，无力答复我的问话。突然我明白了：她也在怕我。我握住她的手，紧紧地握着，她的手也在用力回握着，表示着她的感激之情。

南风吹得街心花园的树木呼呼作响，稀疏几盏煤气路灯的灯焰在街口微微摇动。商店门户紧闭，门上挂着的招牌在风中哗啦啦地响着。时而可以看到一个好像弓着腰的人影，人影越来越大，然后就摇摇晃晃地和意大利小酒店门上的灯影融合在一起了。一会儿，门灯消失了，街道上又空空如也，只有湿润的风绵绵不断地拂面而来。车轮下面，泥水四溅，她好像很有兴趣地专心看着飞溅的泥水。我看着她那低垂的睫毛，那戴着帽子的侧影；她离我是那么近，我闻到了她头发的幽香，甚至她颈上那条光滑、柔软的貂皮都使我激动……

马车转弯了，走上宽宽的一条长街。街上空旷无人，一排排古老的犹太人开的商场、店铺和市集，使这条街似乎显得很长，长得永无尽头。然而，大路突然中断了，在一个拐角上马车猛然一颠，她重重地晃了一下，我不由自主把她抱住了。她的眼睛凝视前方，一会儿她向我转过脸来，我们面面相觑。她的目光中已经没有了恐惧，没有了顾虑，在她有些紧张的微笑中流露出一丝羞怯。这时，我猛地去狂吻她的双唇，却完全没有意识到我在做什么……

3

路旁高高的电线杆在黑暗中一根根地闪过去，最后，这些电线杆也往另一个方向转去，连它们也消失了。在城里，天空虽然也是漆黑一片，但毕竟还可以分辨哪里是天，哪里是灯光暗淡的街道；然而这里，天地连成一片，我们完全置身于风和黑暗的世界。我向后看了一眼，城市的灯光消失了，它好像落到漆黑的海里去了；我们的前方有一点小小的灯火闪烁，它是那样孤独、那样遥远，宛如天边的星辰。这是大路旁的一家摩尔达维亚旧式小酒店。劲风从大路吹来，干枯了的玉米秸秆被吹得东倒西歪，唰唰地响。

"我们去哪儿？"她问道，竭力压住颤抖的声音。

可是她的眼睛却发着光，我挨在她的脸前，黑暗中她那炯炯的目光清晰可辨，这双眼睛洋溢着惊异和幸福的神情。

风刮得很紧，在玉米地里逞凶。马车顶风飞驰，接着拐了个弯，风向立刻变了，显得更潮湿、更凉，这气氛更让人不安了。

我深深地吸了一口气。我多么希望在这黑夜中，一切黑暗愚蠢的、不可理解的事物能变得更加不可理解，而且能够变得更有勇气。那在城市觉得是最平常的坏天气的夜晚，在这里，在旷野里就完全不同了。狂风呼啸、冥冥黑暗之中，似乎有什么巨大而具有无上权威的东西存在着。最后，我们终于在风扫衰草的唰唰声中，辨出了一种平稳、和谐、雄壮的声音。

"海吗？"她问。

"海！"我说，"这里是最远的别墅区了。"

昏暗中微微透着光亮，我们突然看见了左边通向海滨别墅的大花园里高大阴森的白杨树影。车轮的隆隆声和马蹄践踏积水的啪啪声，由于花园围墙的回音，一时听得很清楚，但不久就被迎面而来的树林里的风声和海浪声淹没了。几幢门窗钉死的房子闪过，在黑暗中显出点点白色，就像是墓地一样……之后，白杨林也过去了，当我们在白杨林间驶过时，突然袭来一股凉爽湿润的空气，凉风扑面而来，风来自海上，从海面吹到地上，似乎这就是大海清新的呼吸。

马站住了。

雄壮的海浪声像在诉说着什么，平稳地、有节奏地传来，在浪声中，人们感到海水巨大的压力。这时，树林纷乱的风声在沉睡的花园呼啸，听来愈加清晰。我们踩着落叶和积水，沿着一条越走越高的林荫小径，快步登上了悬崖。

4

在我们脚下，大海汹涌澎湃！海浪声冲击着不平静的、人们已经进入梦乡的夜晚，黑夜中，海天茫茫、深邃莫测；远处，一线线微弱的白光是穿过夜幕向陆地冲来的层层浪花和泡沫。花园围墙外面，在陡峭的岸上生长的老白杨林像一个阴森的小岛，白杨林中毫无节奏的风令人毛骨悚然。在这块荒无人烟的地方，你会感到这深秋之夜就是拥有无上威力的主宰。那古老的大花园，那冬季被人忘怀了的房屋，那围墙角上四面通风的凉亭，到处都是一片被遗弃的悲惨景象。只有海在有节奏地发出胜利的呼唤，它仿佛意识到自己的力量正在越来越强大。湿润的风从脚下吹来，我们久久地坐在悬崖上，这软绵绵的清新气息沁人心脾，让人觉得这是永远不能满足的一种享受。之后，我们踏着潮湿的泥路和失修的木台阶，一步一滑地下了坡，向浪花泛着白光的岸边走去。当我们踩上一块大石头时，一个浪头向石头上打来，我们赶忙跳到一边，躲开了浪。白杨的黑影高耸入云，在风中唰唰作响，脚下的大海如痴如狂地拍击海岸，好像是对白杨作答。高大的浪头向我们打来，犹如大炮轰鸣，冲击着、旋转着，雪花般的泡沫像条条瀑布闪闪发光，把沙石都挖了起来，然后又急速退回去；绞成一团团的海藻、淤泥、砾石被卷走了，海水的拍击声中夹杂着沙石咔咔嚓嚓的响声。空气中飞扬起凉爽透明的水尘，周围的一切都感受到大海自由清新的气息。黑暗的夜空变得亮一点了，远方的海面已经清晰可辨。

"只有我们俩！"她说，闭上了眼睛。

5

只有我们俩。我吻着她，享受着她那双唇的温柔和湿润。她微笑着把闭上了的眼睛凑过来，我吻她的那双眼，吻那被海风吹得冰冷的脸。当她坐到石头上时，我跪在她的面前，欢乐和喜悦使我全身一点力气也没有了。

"那么明天呢？"她俯在我的头上说。

我抬起头，凝视着她的面庞。海在我身后如饥似渴地呼啸着，白杨耸立在悬崖上，显出高大的树影。它们也在狂风中呼喊……

"明天会怎么样呢？"我也重复着她的问话，无限的幸福使我热泪盈眶，我觉得我的声音都颤抖了，"明天会怎么样呢？"

她久久地没有回答，只是把一只手伸了过来，我摘下手套，吻着她的手，吻着手套，享受着这上面的微妙的女性的芬芳。

"是啊！"她慢慢地说。在星光下我看到一张苍白而幸福的面孔，"当我还是姑娘的时候，我曾经时时憧憬幸福，但我总觉得我憧憬的那一切都很平庸、无聊，然而今天这一夜，我觉得也许是我一生中最不同于现实生活的经历，况且这不是犯罪。明天我会非常恐惧地回忆起这个夜晚，但是现在我把一切都置之度外了……我爱你。"她温柔地说，声音很低，沉思着，仿佛是在对自己说话。

这时，天上那稀疏的、淡蓝色的星星在乌云之间若隐若现，天空渐渐廓清了。悬崖上，白杨黑色的剪影看得更清楚了，海和远方的地平线渐渐分开了。她是否比我爱过的那些女子都好呢？我不知道。但至少在这个夜晚，她是无与伦比的。当我吻她膝头上的衣裙时，她满眼泪水，淡淡一笑，抱住了我的头。我怀着疯狂的喜悦望着她，对我来说，这张在微弱的星光下苍白、疲倦然而充满幸福的脸庞是永恒的、不朽的。

写于1911年

档　案

　　这位可笑的老人姓费松，是我们省地方自治会[1]的档案官[2]。他的一切都使我们这些年轻的同事发噱：他对"档案官"这个太古旧的职称不但不感到滑稽，而且引以为荣；就连他的古老姓氏费松[3]以及八旬高龄，他也颇为自得。

　　他个头矮小，瘦骨伶仃的背深深地伛着。穿着一身旧得不能再旧的西装，上衣灰不溜秋的，和集市管理人员的制服差不多。脚上是一双士兵穿的大皮靴，靴筒高过膝头，两腿细麻秆似的，走起路来

　　1　地方自治会是沙俄时代代表资产阶级观点、利益的地方组织。它是沙皇专制在革命压力下，对资产阶级的一个让步，1864年1月出现在俄国欧洲部分，是改良主义的产物。

　　2　"档案官"原文用的是一个古老的希腊词。

　　3　"费松"是个非常古老的姓氏，现在俄罗斯人的姓氏中已经少见了。

一晃一晃的。他耳朵很背，自治会的门房说过："把这位费松拉到钟楼上去，他也听不见钟声！"他常带着乌克兰人那种嘲弄人的神情望着老费松冷冰冰的、像蜡做的两只大耳朵。费松年逾古稀，脑袋总是摇晃着，说话声音低沉，嘴是瘪进去的，他那双褪了色的眼睛，除了无限的疲惫和隐藏着的寂寞忧伤之外，什么也没有。他低低地戴着早已旧得掉了毛的羔皮帽子，真把耳朵遮得一点也听不见声音了。看看那皮靴上深深的皱纹，再看看他那副尊容，越发显得滑稽可笑。不仅如此，他的性格也是十分逗人的。

我们机关的秘书，是个神学校的毕业生，这就无怪乎他把费松称为哈隆[1]了。我已经说过，费松是一位非常非常忠于职守的档案官，他十四岁起就开始做事，而且除了管理档案，没有做过别的工作。你看，这个人在拱形棚顶的地下室差不多坐了七十年。七十年来，他在地下室半明不暗的过道里进进出出，一刻不停地把档案装订成册，封上火漆，给这天花板上面光天化日的生活盖上死神的印记。当生活走完自己的路，就进入这里。这些死寂的档案卷宗，成堆成堆地在书架上积压着，落满灰尘，变成了废物，再也没有一个活着的人需要它了！我们从旁观察，觉得这种场面简直吓死人，然而，费松却没有从他的命运中看见什么可怕的东西。相反，他认为，如果没有档案卷宗，人类的任何一件事，都是完全不可思议的。

"如果没有档案，需要查资料时怎么办呢？"他这样说，深信不疑这句话是无可辩驳的。

1　哈隆为希腊神话中渡送死人灵魂到阴间去的渡手。

　　在这个地下室里，各种报告、总结一直堆到天花板。我当时是自治会图书馆的馆员、费松的近邻，也在这里上班，那就是说，也是类似哈隆式的人物。可是我在这里只坐了三年，而不是六十五年。我整日无所事事，拿着三十九卢布的薪俸还牢骚满腹、怨天尤人。可是费松从早到晚忙忙碌碌，天天累得精疲力竭，薪俸只有三十卢布零五十戈比。但他居然手足无措了，因为不知道这么多的金币怎么花！可见他生活上的需要多么有限。他自从到监护人委员会[1]做事，就走上了管理档案的战场。开始，他为每月两卢布的报酬感谢上苍，"快活得要命"。等到在某个孤儿院又干了十年档案工作之后[2]，每月拿到四卢布零几个戈比时，他真是感激涕零了。但这绝非出自利欲之心，而仅仅因为这笔钱不再是一个微不足道的小人物的收入，而是档案宝藏的真正主人——一个档案官的薪俸了。

　　自治会刚一建立，他就在这里任职了。他真是不要命地工作！我不知道有哪一天他睡过一次好觉。我想，他早晨四点前就得起床，因为他不住在城内，他的家远在郊外的山谷里，是一所外表刷成淡蓝色的农舍。每天他拖着那双刷得干干净净的大靴子，拄着拐杖，步履艰难地去上班。虽然如此，他总是准时六点就到机关。有时，太阳还未照进那露珠纷披、绿荫浓郁的花园；胸脯高耸的乌克兰女人肩挑大罐大罐的牛奶、大篮大篮的樱桃，正从容不迫而又神色高傲地在木板铺的人行道上颤悠悠地走着；市集空空如也，赶集的人还没有到来，干净的街道、洁白的房

1　沙俄时代管理孤儿院等事宜的慈善机构，行政管理非常黑暗。
2　孤儿院归监护人委员会管理，是委员会的下属单位。

屋[1]，只有在清晨，城市才会显得这样整洁，而费松已经头戴长耳绒帽、脚蹬高筒皮靴，在街上匆匆忙忙地赶路了。自治会的门房被敲门声唤醒，不止一次地跑到门口，决心狠狠地揍他一顿。但是，在门房眼里，费松毕竟不是自己哥儿们那样的平民百姓，而是一位档案官，所以只好出来骂他几句了事。然而费松生性固执，不达目的绝不甘休，门房终于妥协了，继而也就对他披星戴月地敲门习以为常了。

他是如此克己奉公，你简直不能想象他每天什么时候离开机关！夏日的永昼终近黄昏，不但科股长们，就是职务最低微的文书们也都离开衙门回家了，在那些人人都下了班的各科室办公室里，传出守夜的更夫们粗声大气的闲谈声，以及乒乒乓乓移动桌椅的声响，[2]可是费松还在自己阴森的"领地"上走来走去。他弯着骨瘦如柴的腰，那因长期患关节炎而变了形的苍白的手举着一支蜡烛，正在仔细查看架子上的一捆捆卷宗。夕阳西下，教堂低沉的钟声在城市上空荡漾，召唤着残疾者和老太婆去做晚祷；庭院和花园都被阴影笼罩；市民们早已吃过午饭[3]，稍微打了个盹儿，振作了精神，在敞开的窗前无忧无虑地享清福。这时费松刚戴好长耳绒帽，把他的拐杖在地板上敲得咚咚响，正在训斥他的那位部下，责怪他今天早上又是七点钟才到衙门，比他的上司迟到了整整一小时。

"我谴责、我谴责您的这种行为！"他站在通向二楼的大楼梯下面的档案库门边，神色忧郁而愤怒，带着老年人那种不知所

---

1 乌克兰的房舍外墙都粉刷成白色。
2 过去俄国的小机关里，守夜的人做机关的清扫工作。
3 俄国人一般都是三点下班后才进午餐。

措的样子望着他的下属，声音低沉地喊着。

是的，费松居然也有一名部下，这又令人觉得十分滑稽可笑！他的这位部下时常一本正经地把费松叫作暴君。令人奇怪的是，他这种说法倒是有根据的，因为费松的确脾气古怪、难以相处。自治会里多少知道费松家庭生活的老头子都异口同声地说："他对待老伴真是厉害；而她呢，却生性怯懦，无限柔顺，在他面前大气儿也不敢出。"老伴对费松百般体贴，实在教人感动。她每天早晨站在门口替他擦皮靴，差不多每次都擦得汗流浃背，自己还在市集上做点小生意以贴补家用。听到有关费松的这些传闻，我们上文中提到的那位下属卢戈伏伊先生怎能不战战兢兢呢？费松因为牙齿都脱落了，说起话来呜里呜噜的，一点也听不清楚。当时，他正在生气，腰也伛得更加厉害了，上衣襟碰在靴筒子上，还使劲用拐杖敲打地板。然而他的部下虽然双眉紧蹙，却低着头一声不响。卢戈伏伊是个结实的乌克兰庄稼汉，大块头、短身材，生性忧郁，穿一身丝光半毛织品的西装。他曾在邮局工作多年，是个专门检信和在邮件上盖戳的工人。后来混到我们自治会来，得到档案官助手的职位。他只要动一下小指就可以要了这糟老头子费松的命，可是这里有个大家早就知道的道理：一时之力在于力，千古之力在于权。费松有点权，费松自我感觉是一位严厉的上司，他的这种情绪和状态就影响了卢戈伏伊，而费松对自己有权这一点是毫不含糊的。凭良心说，档案库里并没有什么事情可做，即使有些工作也绝非必须马上处理的急件。然而费松却有惊人的才能找到许多工作，而且做起来又是那样精雕细刻，所以这里的差事就日积月累，有增无减。他自己陶醉在卷宗档案之中，这种陶醉快把卢戈伏伊折磨死了。特别是在秋季自治会大会召开之前，机关里常常加晚班，虽然这些加班的事和档案库半点关系也没有，费松却"规定"他这里也非加晚班不可。

大家都明白（当然并非永远如此），费松正因为自己年过古稀，所以觉得拥有一种权力。可是话又说回来，那些门房、更夫就不承认他有这样的权力，不买他的账。当他们感到费松在楼梯下面妨害他们干活，如他们所说的那样，"总是碍手碍脚"时，他们就对他大声呵斥。就是卢戈伏伊也不是任何时候都在费松面前战战兢兢的。比方说，他们干活干得非常累了，需要休息一下消除疲劳，或者吃些点心，喝杯茶，抽一口劣等烟草，这时，费松对卢戈伏伊就几乎是完全平等相待了。他们坐在楼梯下面的小圆桌前，一面切着黑面包，收拾着咸鱼，在一个洋铁壶里泡上水果茶[1]，一面聊着天，此时此刻他们就完全像级别相当的同事了。使他们能够团结一致的还有一个原因，即他们对门房共同的仇恨，这些门房对卢戈伏伊也毫不客气。此外，档案库和机关其他各科室的关系是非常疏远的，因为这两只卷宗堆里的老鼠有一种坚不可摧的信念（当然，费松尤甚），即他们认为：楼上和地下室是两个完全不同的世界，正像永远也长不成一样高的两株麦穗。他们还认为：即便到世界末日，也都会有长幼上下之分。那么，上面的黄口孺子竟嘲笑他们，真是毫无道理……而他们自己的信仰和行为也证明了他们的这一信念：一个在统治，另一个在服从。

他们是如此冥顽不化、无知无识！费松并不愿了解他走进的这块天地，他是个因循守旧的老派人物。不消说，我们这些黄口

1　用在炉子上烘干的苹果皮或野蔷薇果冲水，以代替茶，是农民常用的一种饮料。

孺子提到他总是不以为然地耸耸肩。有时想想也十分气愤，这位出身于监护人委员会那种地方的人，在我们中间是多么格格不入呵！诚然，当时是非常闭塞、极其反动的时代，然而我们毕竟还是在自治会里任职的人，何况我们的这个自治会非同一般，是以其自由和民主精神闻名于全俄罗斯的。我当时也在地下室办公，然而，我已经是站在走出地下室的门槛上了，而且很不简单，将要调升到统计室去。我也是个小人物，然而我已经出入那个离费松和卢戈伏伊十分遥远，且被他们视为禁区的世界。尽管档案卷宗里记载着"征服克里米亚[1]"，但在这个世界里，生活的指导思想却绝非是从那个久远的年代吸取力量。这里，"伟大的改革时代[2]"的活动家的相片挂在自治会主席办公室内，他们脸上留着漂亮的长鬓角。而"沙皇解放者[3]"的全身画像则镶嵌在开着上下两排窗子的会议大厅的墙上，从天花板直落到明镜般的打蜡地板上。就在他的像前，"最后的光荣的一群"所发出的呼唤，自60年代起直到费松的残年就被勇敢无畏地传颂着。这"一群"中的智者，它的最后的莫希干人[4]就是斯坦克维奇[5]。从他的口中发出了多少鼓舞人心的、热情奔放的号召，他振臂高呼，要求人们重温那些"被遗忘了的思想[6]"，号召人民去追求善、追求真理、追求人道，"在满地荆棘的道路上，一往直前地去寻求俄罗斯的人

---

1 俄国的成语，出自《聪明误》，即指十分久远的时代。

2 指1861年的取消农奴制的改革。

3 指签署解放农奴法令的尼古拉二世。

4 美国作者库柏的小说中描写的美洲的一个民族。

5 H.B.斯坦克维奇（1813—1840），是俄罗斯19世纪30年代的革命民主主义者，与别林斯基、赫尔岑齐名。这里借用他的名字用以讽刺那些空喊革命、民主的反动贵族知识分子。

6 指"自由、平等、博爱"的口号。

权"。我想重复一次,当我已经走进这个世界里,然后再回过头来走到楼梯下面,看一看我的这些有着古董般陈旧思想的同事,我不但觉得可笑,而且心里非常难过。有时,我甚至于完全不愿意去嘲笑他们,而是想走到费松和卢戈伏伊面前,用一句话、一个手势,比如说去紧紧地握住他们的手,让这些人也振作起来,让他们认识到,对另一个世界,即楼上的世界抱有恐怖感是完全错误的。可是,当我举止随便地从楼上下来,打从他们身边走过,到图书馆去上班的时候,你就可以看见费松和卢戈伏伊用多么冰冷的眼神目送着我呵!要说这冰冷的目光倒也算不了什么,糟糕的是还有比这更不像话的事情。费松对我并不限于心怀敌意,也并不光是因为我在上级和同事面前随随便便,甚至放肆,而报以蔑视,不仅如此,虽然我是级别很低的人,可是当我从他面前走过的时候,他立刻恭恭敬敬地站起来,两手笔直地贴在两侧的裤缝线上,然后躬下身去,竭力想使他那穿着高至膝盖的又宽又大的靴子的颤颤巍巍的两腿站得更好些。他感到那些从高山之巅来到他这昏暗的卷宗之谷的人,头上都闪着圣光。他知道,不知什么缘故,自治会的主席和我握手,我和秘书平起平坐,一块儿吸烟,随便聊天,因此费松觉得,和我在一起的时候,就好像有一股暖流从有权势的统治当局那里向他流来。他虽然多少年来只不过是置身于这权势大山的脚下,过着卑躬屈膝的可怜虫的生活,但也有某种自我存在的意识,虽然这是微乎其微的存在,有时他对自己也有所认识。

　　这样,我们就看见了两种完全不同的生活——我们的生活和档案库的生活同时存在。从而,我们也和这种冥顽不灵、滑稽可笑的老头子同时存在,而且我们每个人都绝对恪守各自不同的信念，都不能有所改变……可是，突然这个老头子一下子死去了。他的亡故，当然也和一切死亡一样不可能是什么滑稽可笑的事。他的老伴在郊区的那幢小农舍门前泣不成声，哀痛欲绝，还用刷子刷着那双士兵穿的大靴子，希望一家之主还能够披星戴月地去档案库上班。话虽这么说，然而费松之死犹如费松之生也是很奇怪的。发生了这样的事，说老实话，我们也有部分责任，因为我们在某段时间里，摧毁了他的冥顽不灵，使他传染了自由、平等、必胜的思想。可是话又得说回来，谁能想到，他一踏上自治会的二层楼竟会如此胆怯，以至恐怖到了极限？！他本来是个生性怯弱、屏声敛气的人，加上对二楼心怀畏惧的老习惯，一旦越过一切界限而走向了自由，他竟然死去了！这个结局，谁又能事先预料呢？

费松之死是这样发生的。

我在这里工作了一年、两年、三年，就这么几个年头……可是费松却已任职第六十六年、第六十七年了。

我想重复一遍：那是艰难困苦的年代，无怪乎我们省自治会医院的主治医生（他既是个好吃懒做的酒鬼，又是个大自由派）说过："历史上有些岁月或许更为艰难，但从未像今天这样卑鄙无耻。"这真是黑暗的时代。然而众所周知，"夜越黑，星越亮"。也有人用"黎明前的黑暗"来比喻它。那时，我们都深深地怀着"天将破晓"的信念。费松却依然故我，坚持他千古不移的信仰，认为两株麦穗绝不能长得一般高。然而，在自治会的老战士以及他们的接班人日益激昂、日益活跃的议论之下，这位死心眼儿的使徒多玛[1]一次又一次地吃了败仗。这一天终于来到了。

1　泛指不肯轻信的人。出自《新约》；使徒多玛生性不轻信，他甚至于不肯相信基督复活的消息。

当年11月，在上下开着两排窗子的自治会大厅里召开了大会，著名的"春之理想"行动感召着每个人的心灵。仿佛冬云渐渐消散了，春天的艳阳普照大地，从高高的云端飞来了报春的鸟儿，那禁锢着自由的江河湖泊的冰雪到处都已消融，对春天的憧憬涌上人们的心头。这些憧憬找到了一定的形式，它表现为激昂的抗议、强烈的意愿和要求，以及最激动人心的演讲！这一束热情温暖的春日的阳光也照进了自治会的地下室，虽然费松被这束阳光照得手足无措、心慌意乱，然而他也不由自主地眯起了眼睛，不能不看见，而且无法否认那些大家都能清清楚楚、明明白白见到的无可怀疑的一切事物。在那个11月里，整个自治会像一个春日的蜂房，从上到下都是指点江山、情绪激昂的民众。在这些人里面，有大量非自治会的人，从讲习班的学员、大学生、医生直到市民，什么样的人都有，好像上下长幼，从自治会的巨头到门房，从首席贵族到卢戈伏伊都没有了任何区别。人们渴望互相拥抱，汇合成为一股巨流，勇往直前，奔向他们所追求的目标。到处都是一片"要自由！要自由！"的喊声。在这样的时刻，出乎人们的意料，费松也应着自由的呼唤走来了。他用一条红围巾绕在那冰冷的黄蜡般的耳朵上，伛着腰，上衣襟碰着他的高靴筒，一步一蹭地从地下室爬了上来，一直走到铺满红地毯的宽大的楼梯前，虽然他走得很慢，但却顽强地上了二楼，走到那开着上下两排窗子的大厅门口。从挂在墙上的两面大镜子中，他看见大厅里烟雾缭绕，一片人海。此时此刻，他也挤进这融成了一个整体的人海之中，然后他又在走廊上自由自在地进出于各个科室，这还不算，最后他还看见了我们小组的喉舌——斯坦克维奇！

呵！这天斯坦克维奇讲得多好呵！人们壮志凌云，向旧世界

040

的堡垒进行勇猛冲击的决心已经成熟了，只要有一颗珍贵的火星，熊熊烈火马上就会燃烧起来[1]。金碧辉煌的沙皇巨像前，大会主席、首席贵族向着肃穆的、鸦雀无声的人海宣布请阿列克席·阿列克席耶维奇·斯坦克维奇发言，这时白发苍苍、身躯魁梧的"俄罗斯人权运动的巨狮"从长桌前站了起来。他的外貌确实像一头狮子，不过由于年迈的缘故[2]，又加上总是思考问题，所以显出点老态龙钟的模样：腰有些伛，面孔红红的，眼神既庄严又忧郁，而且暗淡无光。他慢慢地站了起来，颤抖的红红的手指按在铺着绿呢桌布的桌子上，他讲话了。开始声音很低，一个字一个字地说得很清楚……然而在他那低沉的、字字清晰的话语里充满着巨大的信心。他穿着一身朴素的黑色便礼服，身材高大，厚厚的银白的鬈发披在肩上，显得多么威武！之后这位演说家的声音渐渐高昂起来，声如钢铁，号召人们无畏地去进行斗争，勇往直前。这时，从前排直到楼上包厢把整个大厅挤得满满的听众对他崇敬得五体投地。他一讲完，大厅里鸦雀无声，情绪紧张，接着，大厅沸腾起来，人们欣喜若狂，高声欢呼、喊叫，如醉如痴——这情景简直无法用笔墨形容！

　　演讲人自己也激动万分，虽然非常疲倦，却意气风发，在一片掌声和从包厢里投过来一束束鲜花的热烈气氛中坐下了。很长时间，他脸色苍白、神态庄严，身子靠在椅背上，好像什么也没有看见似的。然后他又站了起来，大厅里的自治会和非自治会的听众恭恭敬敬地让出了一条路，他迈着老年人缓慢的步子，走出了大厅。

　　1　原文是：只要把一滴珍贵的水倒进溢满的杯里，水就会四溢出来。
　　2　民主革命家斯坦克维奇只活了三十七岁就去世了，这里把假革命者写成一个老年人，也是表示在当时民主思想已经陈旧了。

这时候费松在什么地方呢？问题就出在这里：费松寻找的地方也正是斯坦克维奇离席要去的地方，不过费松比他到得早一些。费松本来在大厅门口密密麻麻的人群后面站了好半天，然而他什么也没有听见，所以他觉得很累，直想瞌睡。之后又觉得应该去解手，就慢吞吞地，然而是自由自在地顺着走廊走去，待到了尽头，他停住脚步思考了一下，睡意蒙眬地向门上看了一眼。这门本来是只有自治会的主席和高级官员们才有资格进去的，可是这会儿，他毫不犹豫地抓住了门柄，走了进去，扭动一下钥匙，锁上了门，在里面待了很久，半天也没有出来。

这个可怜的人，如果他不聋，或者没有把围巾绕在耳朵上，他也许会听见有人已经转动了几次门柄，而且会听见有一个很不高兴的老人的声音已经在门外嘟囔着什么了。可是他耳聋，加之耳朵上又缠着围巾，这就糟了！这还不算，他动作又非常迟缓，这时还在整理他的衣裤。当他办完这一切事情，打开了门，他看见站在门口的正是那位斯坦克维奇！两位老头子都目瞪口呆了，一动不动地面对面地站着。接着两人都明白过来了：一个是愤怒异常，一个已经吓得半死了。

"岂有此理！"第一个人慢吞吞地说，他眼睛瞪得很大，腰偃了下去，"岂有此理！是你这无赖在这里上厕所吗？"

"没有，我不敢。"第二个人想把话说完，也瞪大了眼睛，然而他说不下去了，因为他说的这句话太不符合真实情况了。

"什么？你怎么敢到老爷们的厕所来解手？"第一个人话说得更慢，在逼问着，衬着一头白发的脸涨得绯红。

"没有，我不敢。"第二个人下意识地嘟囔着，面孔苍白得和死人一样，身子靠在墙上，两条穿着长靴、已经动弹不得的腿蹲了下去。

"你到底是什么人？"第一个人发了疯似的大喊起来，气急败坏地跺着脚。

第二个人，瞪着眼睛，由于头上扎着的围巾竖着两只角，看上去特别像一只兔子，这时，他连话也说不出来了……

至于这场悲剧的结局读者们已经知道了：一小时以后，人们把已经失去知觉的费松送回家去。当他生平第一次也是最后一次上了二楼，生平第一次也是最后一次坐了马车之后，就见上帝去了……费松之死以及那些在"春之理想"行动后发生的其他一些事件，自然没有改变我们的理想以及理想即将实现的希望，依然像熊熊烈火，在我们胸中燃烧，然而他的死却使我们中的某些人深感不安和羞愧，我不否认，我就是其中之一。年复一年地过去了，岁月流逝着，我却常常想起费松之死。时间过去得越久远，我心中的疑虑就越发多起来。比方说，我现在对已故的费松曾献身档案的满腔热情，深怀敬意。平等自然是好事，然而费松也是对的，因为如果我们生活里没有了档案，真就不可思议了，所以我们应该保存档案。如果没有像费松这样的人物存在，那么上述的一页就不会留下来，我又从何搜集费松的故事呢？正因为有费松这样的人存在，历史才得以保存，而且时间越久远，也就越会引起人们的注意，因为一个新人读了旧历史的一页时，他的感受会更强烈。费松说过："如果需要查找档案资料呢？"是的，将来如果需要查看我们时代的档案资料的话，那么我写的这段资料也许会有些用处吧！

1914年7月21日写于敖德萨

一束令人头晕目眩的阳光

晚餐以后，他们走出了灯光照耀的又亮又热的餐厅，踏上甲板，在栏杆旁停住了脚步。她闭上眼睛，把手背贴在面颊上。她笑了，这笑是纯真而迷人的——在这个小巧的妇人身上，一切都是迷人的。

她说："我好像是醉了……您是从哪儿来的？三小时之前，我还不晓得人间还有您这样一个人。我连您在哪儿上的船都不知道。是在萨马拉吗？不过都没关系……啊！这是我头晕还是我们的船在转弯？"

前方是漆黑的夜空和星星点点的灯火。夜空中一股强劲而又柔和的风迎面吹来，那点点灯火向一旁什么地方飞快地退去，原来是轮船以伏尔加河的派头做了一个潇洒漂亮的弧形急转，露了一手，向一个小码头靠去。

陆军中尉握着她的一只手，举到唇边吻着。这手小巧而又有力，晒得黑黝黝的皮肤上发散着阳光的气味。他想象在那薄薄的粗麻布衣裙下面的、躺在海滩灼热的沙上被南方的骄阳晒了一整月后的身躯，她说她是从安纳帕[1]来的——自然是矫健的、黑黝黝的。想到这里，他觉得可怕而又愉快，心都要停止跳动了。

他喃喃地说："我们下去吧……"

"上哪儿去？"她吃惊地问。

"在这码头下船。"

"为什么？"

他默而不答。她又把手背贴在她那发热的面颊上。

"发疯啦？"

"我们下去吧！"他笨拙地重复着这句话，"我恳求您……"

"啊！那您愿意怎么办，就怎么办吧！"她说，一面把脸转过去。

滑行前进的轮船轻轻地撞了一下灯光昏暗的码头，他俩几乎都要跌倒在对方的身上。船靠岸了，缆索从他们头上飞了过去，然后，轮船又往后一退，这时河水的急浪哗啦哗啦地响了起来，人们乒乒乓乓地搭上了跳板……中尉匆匆忙忙地跑去取行李。

片刻之后，他们俩已经穿过寂静的码头，踏上了河岸。岸上的细沙厚得能陷进半个车轮，他们沉默地坐上一辆落满尘土的出租四轮马车。上山的缓坡路上积着厚厚的尘土，让人觉得软绵绵的，路边偶然有一根歪歪斜斜的灯柱，柱上挂着路灯，盏盏路灯

1　安纳帕市位于俄罗斯克拉斯诺达尔州，是黑海滨的一个小城市，为海滨浴场，休养区。

相距很远，使这条路显得十分漫长，仿佛永无尽头。马车终于爬上山，轰隆轰隆驶上了马路，过了广场、市政府、消防队的瞭望台……马车在一家亮着灯的旅馆门前停住了，走进敞开的大门，就是一道又陡又旧的老式楼梯。一个年迈的侍者，拖着一双破旧不堪的鞋子走在前面引路，他穿着玫瑰色斜领衬衫，外面套着便礼服，没有刮脸，胡子拉碴，一脸不高兴的样子，为他们提着行李。

这是一间宽大但却非常气闷的房间。太阳烤晒了一整天，窗上垂着白色的窗帘，镜台上有两支没有点过的蜡烛。他们刚走进门，侍者就带上门出去了。中尉猛地向她扑去，他们如醉如痴地销魂于狂吻之中。在许多岁月之后，他们仍不能忘怀这一时刻，无论是他还是她，在一生中，他们再也没有这种感受了。

次日早晨，阳光灿烂，天气炎热。教堂的钟声悠扬，旅馆前熙熙攘攘的集市上，发散着干草、松焦油以及俄罗斯城市特有的那种混合的郁烈香气。这位小巧的无名妇人，早晨十点钟走了，她没有说出她的姓名，只是开玩笑地称自己是一个不相识的最好的人。他们睡得很少，早晨她用了五分钟的工夫梳洗穿戴，当她从床旁的屏风后走出来时，容光焕发，看上去像个十七八岁的少女。她觉得窘惑和羞怯吗？没有，就是有，也只是一星半点。她和以前一样，还是那样纯真、愉快，不过已经理智多了。

"不，不行，亲爱的。"当他要求继续陪她，和她同船上路时，她这样答复他，"不行，您必须留下，等下班船再走。如果我们一起走，那一切都毁了。这会使我非常不愉快的。我对您说的是真话，我绝不是您可能想象的那种女人，就是昨天晚上这样的事，过去从来没有过，而且将来也不会再发生。这是我一时的迷误……或者正确地说，仿佛有一束强烈的阳光，使我们俩都头晕目眩、心灵陶醉了……"

不知为什么，中尉轻易地让步了。他送她去码头，轻松愉快，充满了幸福——这时玫瑰色的"飞机号"客轮正要起航——他们在甲板上，在众目睽睽之下吻别，他一下跳板，人们就把跳板撤下了。

他怀着毫无牵挂的心情，轻松愉快地回到了旅馆。然而，好像什么东西已经发生了变化。她不在，这个房间似乎和她在时完全不同了。房间里曾经充满了她的举止、音容和话语，现在却是空荡荡的。人的感情多么奇怪！那英国香水幽雅的芳香犹存，托盘里还放着她没有喝完的茶。可是她已不在，人去楼空了……这时，中尉的心紧缩了一下，他忙去拿烟，吸着烟，在房里来来回回踱了几趟，"真是一次奇遇！"他自言自语地笑了起来，眼泪却夺眶而出。"我对您说的是真话，我绝不是您可能想象的那种女人……"一切都还历历在目，可是她已经走了。

屏风移在一旁，床还没有铺好，他觉得自己已经没有力量去看这床铺一眼。他移动屏风把床遮住，关上了窗子，不想听见集市上嘈杂的人声和车轮的吱咯响声，他放下窗帘，坐在沙发上……是的，这旅途的艳遇就这样结束了！她已经离去，而且现在离我很远了，也许，这时她正坐在镶满玻璃的雪白的舱房里，或是站在甲板上，河水在阳光下金光闪烁，她会看到迎面漂下的木排、岸边金黄色的沙滩；她会眺望伏尔加河无际的万里江天，她会眺望远方，远方水天相连，灿烂辉煌……啊！别了，而且永远地别了……他们还能指望在什么地方重逢吗？"我总不能无缘无故地闯到那个住着她丈夫、她三岁的女儿，总之，她的全家以及她过着正常生活的城市去呀！"现在他觉得那个城市是非凡的，神圣不可渎犯的。但一想到她将在那个城里过着孤独寂寞的生活，也许她会常常想念起他，想起这次萍水相逢、昙花一现的艳遇，而他却永远见不到她了。想到这些，他大吃一惊，不知所措了。不，这是不可能的！这样就太残酷、太不合乎人情，这是完全不能令人相信的事！这时他意识到，没有她，他的一生会是多么痛苦，简直就是不必要的了。他恐惧万分、心如死灰了。

"真见鬼！"他站了起来，又在房间里踱来踱去，尽量克制自己不去看那屏风后面的床铺，"我是怎么啦？她有什么特别了不起的地方呢？而且，说实在的，又发生了什么大不了的事情呢？只是一束把人照得头晕目眩的阳光而已！然而，首先要解决的是没有她，我怎么在这穷乡僻壤度过这整整的一天呢？"

尽管如此，他仍在回忆她的一切，她的那些最细微之处：那被太阳晒得黑黝黝的肌肤，粗麻布衣裙发出的芬芳，结实的身体，以及充满活力的、纯朴的、明快的语音……不久前，他曾感受过的她那种使人销魂的女性的全部娇媚，还活生生地、异乎寻常地涌现在他的心头，而现在这却变为次要的了。一种新的、奇异的而又不可理解的感情占据了他的全部身心，这是他们在一起时根本没有过，甚至是完全不能想象的一种感情，然而他的这一切感受现在已无法向她倾吐了！他想："最重要的是，我已经永远不能把这一切都告诉她了，满怀的思念和无法排除的痛苦。怎么办呢？在这伏尔加河边，这座被上帝遗忘了的小城市里，我将如何消此永昼？正是在阳光下金光闪烁的伏尔加河上，一艘玫瑰色的客轮把她带走了！"

必须摆脱这样的苦闷，做点什么事，散散心中的烦恼，应该到什么地方去走走。他戴上大檐帽，拿起马鞭，快步通过空无一人的走廊，马刺相碰叮叮地响了起来。他跑下了陡峭的楼梯，直奔大门口……往哪儿走呢？大门前停着一辆马车，马车夫是个年轻的小伙子，穿一件合身的、腰部打褶的紧身上衣，正在安静地吸着自卷的纸烟。中尉心不在焉地望了他一眼，觉得十分惊异，他怎么能够如此安详地坐在驭手台上吸他的烟呢？一个人怎么会这样纯朴、无忧无虑、对什么都漫不经心呢？"大概，在这个城市里只有我一个人这样不幸吧？"他一面想，一面向集市走去。

集市快要散了。不知为什么，他就在一辆辆四轮大车、装着黄瓜的车子、大大小小崭新的钵子和罐子之间踩着牲口的新粪，漫无目的地走着。那些席地而坐的女人拿着瓦罐，用指头当当地敲打着，表示这些罐子质地精良，争先恐后地向他兜售。那些庄户人震耳欲聋地向他喊着："头等的小黄瓜，长官！"—— 一切都显得那么愚蠢、无聊！他跑出集市，走进了教堂。在这里，人们充满了信心，他们正在虔敬地、愉快地高声诵唱赞美诗。之后，他又在一个荒芜的小花园里闲步消磨时间。花园坐落在伏尔加河岸的悬崖上。他俯视着暗淡的铁灰色的宽阔河面。军服上的肩章和铜扣已晒得烫手，大檐帽的衬里已经完全汗湿，脸也被晒得通红了……他回到旅馆，走进楼下宽敞、凉爽、空荡荡的餐厅，觉得舒服一些了。他摘下帽子，在敞开的窗子下的一张小桌前坐下，又有一种快感，虽然窗外不时有热气吹来，但毕竟还有一点风。他叫了一份加冰块的波特文尼亚汤[1]……他感到一切都非常美好，一种无限的幸福、巨大的欢乐无所不在，甚至于这

1　用清凉饮料、格瓦斯、鱼、豌豆、香肠及各种蔬菜做的一种夏季食用的冷汤。

酷暑、这集市的各种气味、这陌生的小城市、这古老的县城旅舍，这一切事物中，都有一种欢乐和喜悦。然而与此同时，他五内俱焚，他的心碎了。他喝了几杯伏特加，有腌得淡淡的茴香小黄瓜下酒。他想，如果有什么天回地转的奇迹可以把她带回他的身边，再和她一起共度一天——今天这一天，那么，就是明天去死，他也会视死如归。他要再和她共度一日，仅仅是为了要告诉她，要用什么办法去证明，要使她相信，他是多么痛苦而疯狂地爱她……然而为什么要去证明呢？又为什么要使她相信呢？他不知道这是为什么，但他知道这比生命更重要。

"我的神经有点不正常了！"他说，一面斟上了第五杯酒。

他推开那盘冷汤，要了杯黑咖啡，抽起烟来。他紧张地思索着：现在该怎么办？如何摆脱这天外飞来的、意想不到的爱情呢？尽管他清楚地意识到，摆脱是绝对不可能的了。他猛地站了起来，拿起帽子和皮鞭，打听出邮局在什么地方，就向那儿奔去。他头脑中已经想好了电文："从今以后，直至入墓，我的全部生命，皆属于卿，为卿所主宰。"当他跑到那幢古老的墙坚壁厚的邮电局楼前，突然停住了脚步，他不知道她住在哪个城市，也不知道她姓什么叫什么，他只知道她有丈夫和一个三岁的小女儿！昨天他们共进午餐以及在旅馆时，他曾多次问过她，但她每次都笑着说："为什么您一定要知道我是什么人、叫什么名字呢？"

大街的拐角上，挨着邮电局就是一家照相馆的橱窗。他久久地凝视着一张军人的大照片。这人佩戴着穗子很密的肩章，瞪着鼓鼓的大眼睛，前额很低，一脸漂亮的连鬓胡子，宽宽的胸脯上挂满奖章……当一个人的心灵受了伤，即使是那些平凡的、司空见惯的事物，也都会使人感到残酷而又可怕。是的，他现在理解了，他的心灵受了伤，是被这束可怕的、令人头晕目眩的、令人销魂的阳光，被这巨大的爱情、巨大的幸福所伤了！他又看见一张新婚夫妇的结婚照——那个剪着小平头的年轻人，穿着便礼服、打着白领带，站得笔直，挽着头饰婚礼白纱的姑娘。然后，他又转眼去看一张小姐的照片，她很漂亮，俏皮地歪戴着一顶大学生的大檐制帽……他觉得自己对这些不相识的、没有苦恼的人产生了一种痛苦的嫉妒，这更使他烦恼万分。

他心情紧张地顺着这条街望去："往哪儿去呢？做点什么事呢？"

大街上空无一人，所有的房子样式相同，全是商人居住的小白楼，楼前有大花园，一眼望去，小楼里也像空无一人。马路上蒙着一层白茫茫的尘土，到处阳光刺目，一切都在灼热的、兴高采烈的炎炎夏日之下，然而在这里，骄阳的喷射却多此一举，毫无必要！远处，街道越来越高，形成了弓形，与那没有一丝云彩、阳光绚丽，但微微发灰的天际融在一起。这种景色似乎有些南国的情调，使人联想起塞瓦斯托波尔、刻赤、安纳帕等地，这种联想使他难以忍受。于是中尉低垂着头，刺目的阳光使他眯起眼睛，聚精会神望着脚下，他摇摇晃晃、跌跌撞撞，两脚的马刺不时互相勾绊，步履蹒跚地往回走去。

回到旅馆，他已筋疲力尽，仿佛在土耳其斯坦、在撒哈拉大沙漠中长途行军之后一样。他用最后的力气，走进那宽大的、空荡荡的房间。房间已经收拾打扫过了，她的最后痕迹全都没有了，只有一个她忘在这里的发卡，还放在床头柜上！他脱下上衣，走过去照了照镜子。他的脸是一张普普通通的军官的脸，被太阳晒得黑黝黝的，泛着灰色，唇上的小胡子也晒褪了颜色，眼睛是浅蓝色的，由于脸晒黑了，就越发显得淡了，这张脸上的表情是兴奋而疯狂的，在这薄薄的、浆过的雪白立领衬衫下，藏着炽热的青春活力和深深的不幸。他仰面躺在床上，把落满尘土的皮靴跷在床背上面[1]。窗子敞开着，拉上的窗帘不时被风鼓鼓地吹起，把灼热的铁皮房顶发散出的蒸人暑气，把烈日下寂静无声、空旷无人的整个伏尔加河上的气息都吹进房里来了。他躺着，两手垫在脑后，呆呆地、漫无目的地凝视着什么。他咬紧牙关，闭上了眼睛，泪水从合着的眼皮下涌出，顺着双颊滚滚流下。最后他终于睡着了。他睁开双眼时，窗外的夕阳把房间染成一片金红。风已经息了，房里又闷又燥，好像在烤炉里似的……此时此刻，昨晚和今晨的种种悲欢，都宛若十年前的往事了。

他慢慢地起了床，从容地梳洗完毕，拉起了窗帘，又拉铃叫来了侍者，吩咐端上茶饮。结好账后，他不慌不忙地喝起了柠檬茶，老半天之后，他吩咐马车夫进来把行李搬走。这是一辆四轮轻便马车，他坐在晒得褪了色的坐垫上，给了侍者整整五个卢布[2]的小费。

"好像就是我昨夜送您到这儿来的，长官！"马车夫拿起缰绳高兴地说。

当他们驶向码头时，蓝色的夏夜已经降临在伏尔加河上，船上五彩缤纷的灯火映在水中，宛如点点繁星；正向码头驶来的客

---

1 俄国南方的一些软床，床背呈小圆枕形，形同扶手，可以活动，睡觉时可以放下。

2 在帝俄时代，五卢布是很大一笔钱了，一个低级职员的月薪往往只有十卢布。

轮，桅杆上已经挂上了几盏明亮的灯。

"咱们到得正是时候，长官！"马车夫说话时有些口吃。

中尉也给了他五卢布。买了票，上了码头，一切都和昨天一样，船靠岸时也轻轻地撞了一下码头，脚下船体的晃动，使他又觉得微微有点头晕，然后缆绳又从头上飞过，接着船身也向后退了一下，从船下涌向岸边的急浪又哗啦哗啦地响了起来……这艘满载着旅客、灯火辉煌、厨房里发散着香味的客轮显得格外殷勤、格外舒适。稍停片刻，客轮向上游开去，它正驶往昨天载她而去的方向。

在远方，夏日夕阳的残晖渐渐昏暗，昏暗中，残阳的玫瑰色彩映在河面上，前方一抹晚霞横在西天，轻波荡漾，抖动的涟漪闪烁着微光，映在河面上的两岸灯火向后漂去。中尉坐在甲板的凉棚下，他感觉自己一下子老了十岁。

1925年于阿尔卑斯海滨

通宵晚霞

太阳快落山时，天下起雨来。屋子四周的花园里到处都是单调的滴滴答答的雨声，一股沁人心脾的清新气息从敞开的窗户吹进来，夹杂着5月的丛生草木才会有的那种甜甜的湿润劲儿。房顶上空惊雷声声，随着低沉的隆隆声渐渐逼近，一道红色的电光闪过，雷声就变成被撕裂似的炸响。天际彤云四合，变得昏晦不明。没过一会儿，在地里干活的人都回来了，他们的高加索上衣被雨淋得湿漉漉的。他们在仓房门前把糊满了泥的犁杖卸了下来，然后把牲畜赶回了家，整个花园顿时牛羊欢叫。女人们把衣襟掖在腰带上，光着雪白的脚在草地上一闪一闪地跑动，她们在往院子里赶羊；一个小牧童戴着一顶大帽子，脚上穿着破草鞋，满园子追赶一条牛，牛哞哞叫着，钻进了茂密的树林，他也随之消失在被雨淋得湿漉漉的牛蒡花丛里，连脑袋都看不见了……夜幕降临，雨也停了，可是清早就到田里去的父亲这时候还没有回来。

那时我一个人在家，可是我从来都没有感到过寂寞，因为我正沉醉于当主妇的喜悦，正在充分享受中学毕业后的那种自由。哥哥巴沙[1]当时在军校读书，母亲在世时就已经结婚的姐姐安纽塔[2]住在库尔斯克，我和父亲一起度过了我的乡村生活的第一个冬天。我那时健康又漂亮，自视甚高，甚至于当我干家务事或者跑来跑去发号施令时，我都在欣赏自己的轻盈步履、婀娜举止。干活的时候，我哼着自己编出来的曲调，还因此深受感动；照镜子时，我总是情不自禁地微笑；我觉得自己穿什么衣服都很好看，虽然我当时的衣服都很朴素。

雨刚过，我披上披肩，提着裙子到制奶房去。女人们在那儿挤牛奶。几滴雨落在我没有戴头巾的头上，高悬在院子上空的缥缈不定的浮云正在消散，我们这里的5月之夜独有的那种昏晦、苍白、奇异的光又出现在院子里了。湿润清新的青草味儿从田地里飘来，和下房里升起的炊烟气味混在一起。我往那边看了一眼，年轻的庄户人穿着白麻布衫正围坐在桌子旁喝汤，他们一看见我就都站了起来。我走近桌子，因为自己跑得直喘气笑了。

我问："爸爸在什么地方？他到地里去过吗？"

"去过，待了不大工夫就走了。"几个声音在同时回答。

"坐车还是骑马走的？"

1　巴沙即巴威尔的爱称。
2　安纽塔即安娜的爱称。

"和西维尔斯少爷一起，坐轻便马车走的。"

"他来了？！"我差点没说出来！他的突然来访使我心神不安，但我没有表示出什么，只点了点头就赶快离开了他们。

西维尔斯从彼得洛夫军事学院毕业之后，就服兵役去了。童年时代，人们都说我是他的未婚妻，为此，他很不喜欢我，可是后来，我也不时地把他当成我的未婚夫了。8月份他准备到他们团去入伍，曾来过我们家，他身穿士兵军衣，戴着肩章，像其他参加志愿军的人那样，他兴高采烈地讲述一个小俄罗斯人[1]司务长说的团队的那些"行话"。这时一个想法在我心中渐渐萌发：我将是他的妻子！他有说有笑，脸晒得黑黑的，只有晒不着的额头显得白皙——我觉得他很可爱。

"这么说，他是请假回来的。"我心神不定地想。显然他是为我回来的，这使我既感到愉快，又觉得可怕。我忙着回家给父亲准备晚餐。我走进仆人的房屋时，看见父亲已经在大厅里踱来踱去，他的皮靴踩在地板上咚咚发响。不知为什么我非常高兴他回来了。他的帽子推到后脑勺上，胡须很蓬乱，长筒靴和山东绸的上衣溅满了泥水，然而我觉得：此时此刻，他就是男子的美和力量的化身。

"您摸黑站在这儿？"

"是我，塔塔。"他叫着我童年时代的小名，"我现在就想躺下，不吃晚饭了。我累得要命。啊，你知道这会儿几点了？现在通宵都是霞光，晚霞迎接早霞，像庄户人说的那样。啊，这是牛奶吗？"他又心不在焉地说了一句。

---

1 即乌克兰人。

我伸手去拿灯，他摇了摇头，朝着亮光仔细地看着玻璃杯里有没有苍蝇，然后把牛奶喝了。这时夜莺开始在花园里歌唱，透过西北向的三面窗子望去，在春天温柔美丽的紫云上面，现出一块淡绿色的天空。无论是地面上，或是天空中，一切都缥缈不定，蒙上了一层轻盈昏暗的夜色，一切都变得十分柔和。在永不消失的晚霞的昏晦光线里，一切又都清晰可辨。我平静地回答了父亲有关家务的一些问题。可是当他突然说，明天西维尔斯要来我家时，我觉得我的脸涨得绯红。

"为什么事来？"我喃喃地问。

"来向你求婚。"父亲的脸上露出勉强的微笑，"有什么不好呢？他是个漂亮的年轻人，人很聪明，会是个好当家人……我们已经为你大喝了一顿了。"

"请不要这样说，好爸爸。"我说着，已经热泪盈眶了。

父亲看了我很久，然后吻了我的额头，到书房里去了。

"早上比晚上明智些。[1]"他又开玩笑似的说了一句。

苍蝇被我们的谈话惊起，轻轻地在天花板上发出睡意蒙眬的嗡嗡声，然后又渐渐入睡了。时钟如诉，钟上报时的布谷鸟响亮而忧伤地啼了十一声……

"早上比晚上明智些"，我想起了父亲这句开导的话，轻松之余，我感到一阵幸福的忧伤。

父亲已经入睡，书房里早已一片寂静，庄园里的一切都进入梦乡了。在这雨后之夜的寂静中，幸福好像怡然存在。夜莺一往情深的婉转歌喉，似乎预示着某种不可捉摸的美好事物在远方晦

---

1 这是一句谚语，这里是双关语。一是表示人们的头脑在早上比晚上清醒些，有事明天办；二是希望明天的婚事可以成功。

明不定的晚霞里荡漾。我小心地收拾桌子，踮着脚在房间里出出进进，生怕弄出声音；我把牛奶、蜂蜜、黄油放进过道那只已经不生火的烤箱，给茶具蒙上餐巾，就回到我的卧室。这时，夜莺和晚霞一直陪伴着我。我房间里的百叶窗关着，但房门洞开，穿过客厅，我可以看见大厅里暗淡的光线，夜莺的啼啭在每间房里都能听见。我散开头发，在床上坐了很久，想要决定什么。我把两肘撑在枕头上，闭上了眼睛，突然睡着了。这时，好像有人在眼前清楚地对我说："西维尔斯！"一下子把我惊醒了。突然，出嫁的念头使我全身发冷，我感到一种甜蜜的恐怖……

　　我昏昏沉沉地躺了很久，什么都不去想。接着我开始想象着我是结了婚的妇人，整个庄园只有我一个人，也是这样的一个夜晚，我的丈夫从城里回来，他走进来，轻轻地在衣帽间脱大衣，我赶在他进房之前，也轻轻地出现在卧室的门口……他多么高兴啊！把我高高地举起来了！我觉得我坠入情网了。我对西维尔斯了解得很少，他并不像我想象中的跟我度过温柔的初恋之夜的男子，但我毕竟常常想到他。我已经一年没见到他了。这个夜晚，他的形象变得更加美好，使我倾心相许。房里非常寂静，我躺在黑暗中，对现实越来越失去了真实感。"有什么不好呢？他很漂亮、聪明……"我微笑着，闭着眼睛，黑暗里仿佛浮动着光辉夺目的斑斑点点和一些人的面庞……

　　夜已很深了。我想起我的使女："如果玛莎在家，我现在就到她那里去，我们可以一直谈到天亮……可是不必了吧……最好还是一个人独自思索……我出嫁时把她也带去……"

　　大厅里有什么东西发出怯懦的声音。我警觉地睁开眼睛，大厅里的光线变暗了，我的周围、我的身心也发生了变化，这是另一种生活，一种特殊的夜的生活，一种晨曦初现时便不能理解的生活。夜莺沉默着，只有今春栖息在我们阳台上的那只夜莺还在慢声啼啭。大厅里的钟摆在专心地、节奏准确地嘀嗒嘀嗒走动，寂静使房间里的空气变得紧张了。我两肘撑在床上，倾听着每一个微小的动静，感到自己完全被这个神秘的时刻控制住了，这是造物主为接吻、为偷偷地拥抱安排的时刻，这么说，我的那些想入非非和莫名的期待是十分自然的了。我突然想起西维尔斯曾经开玩笑说要在某个夜晚到花园来和我相会……也许，他不是开玩笑吧？！

我的两肘撑在枕头上，凝视着朦胧的夜色，浮想联翩。我想对他低诉心曲，我想打开阳台的门，我会为服从他的意愿而感到甜蜜，我会允许他和我在一起，踏着潮湿的沙子铺成的林荫小路，任他把我带到湿润的花园深处……

2

我穿上鞋，披上了披肩，小心翼翼走进客厅，我站在阳台门前时，心跳得厉害。直到确信除了嘀嗒的钟摆声和夜莺的啼啭回声之外，家中没有一点动静，我才轻轻扭动了门上的钥匙，这时花园里婉转的莺啼听得更清楚了，那种令人紧张的寂静也消失了，我的胸中自由地吸进了深夜湿润的芳香。

晚霞昏暗迷离，我踩着潮湿的细沙，顺着小白桦夹道的长长的小径走到花园尽头，在白杨和榆树下的丁香花丛中有一个凉亭。北方的天际浮着朵朵乌云，变得昏暗了。这里是如此幽静，连时而从低垂的枝头落下的雨滴声都清晰可辨。一切都轻轻入睡，一切都陶醉在梦乡之中，夜莺已倦于它们那甜蜜的歌唱了。我仿佛觉得树荫里到处有人，我的心每分钟都紧张得好像要停止跳动了。当我终于走进凉亭时，一股温暖的空气从阴暗中迎面扑来，我几乎确信马上就会有一个人悄悄地把我紧紧抱在怀里。

然而，一个人也没有。我默然伫立，凝神倾听榆树的朦胧细语，激动得浑身发颤。我坐到潮湿的长椅上，仍然在期待着什么，时而紧张地看看昏暗的天际中冉冉升起的黎明……我久久地感到围绕着我的那种亲切的、无定的幸福正在袭击我——那种幸福是可怕的，又是巨大的，这是在走进生活时，一切人的感情都要受到的冲击。我突然被触动了，也许正是应该这样：它轻轻来去，无踪无迹。那些深藏在心中的绵绵情话使我泪不自禁。我靠在一棵被雨水打湿的白杨树干上留神听着，树叶的低诉时有所闻，好像在寻找什么人来安慰我，我默默流着泪，幸福极了……

我注视着黑夜和黎明神秘的交替。昏暗的夜色渐渐变成鱼肚白，北边天空中淡淡的云彩开始变成朵朵红霞，光线从远远的樱桃林外透过来。凉气袭人，我用披肩裹住身子。渐渐明亮起来的天际愈加深邃广阔，金星像一颗晶莹发亮的水珠在颤动。我在爱着一个什么人，这种爱广及一切：我感受到的夜寒、晨曦的芳香、葱茏的花园、这颗美丽的晨星，我的爱无所不至……这时传来了运水马车刺耳的咯吱咯吱声，马车从花园边经过，向小河走去了。接着，不知什么人在院子里用嘶哑的、刚睡醒的声音喊了句什么……我赶快走出凉亭，轻轻地开了阳台门，踮着脚跑进我那黑暗的温暖的卧室……

早晨，西维尔斯在花园里用手枪打乌鸦，我仿佛觉得有一个牧人来到了我们家，正在甩动他的长鞭。但这没有打断我的沉睡。我醒来时，听见大厅里已经有说话声和摆杯盘的声音，接着西维尔斯走到我的房门前喊道：

"娜塔丽娅·阿列克谢耶夫娜！不难为情吗？还在睡懒觉！"

是的，我觉得难为情，我不好意思出去见他，我将要拒绝他的求婚，现在我确信我会这样做，我为此感到羞愧。我匆匆忙忙穿好了衣服，在镜子里看了看我苍白的面庞，我和蔼地开了一句玩笑，声音是那样微弱，大概他没有听到。

1903~1926年间写

遍地黄金

1

寂静，一派荒芜的寂静。马在绿色的田野间奔驰。田野岗峦起伏，微风拂面，云雀婉转的歌喉唱着摇篮曲，与单调的马蹄声交融在一起，催人入睡。远处，小山坡上的车站就像地平线上一张蓝色的剪影，没过一会儿，马车转弯了，它也就消失了。这时，四周只有马吐出的白气、庄稼和长着小槲树林的谷地……

"有什么新鲜事，科尔尼？"我问半闭着眼睛的车夫。他是一个皮肤黝黑的年轻庄户人，有一双聪明伶俐的眼睛。

"新鲜事儿吗？"科尔尼没有回头，谨慎地说，"我们这地方能有什么新鲜事呢？"

"这么说，生活还是那样，是吗？"

"您说得对，日子不好过……"

我每次去矿泉休养的路上，总要在我姐姐的庄园里住几天，在她的庄园里，我也没有听说这里有什么新闻。在我的记忆中，这座庄园一年前还不是如此破败：大厅的发黑的地板和天花板，看上去有点倾斜；屋前荒芜的小花园里的树枝伸进窗内；仓库的木板屋顶蒙着白霜，上面有几道裂缝……可是现在，半瞎的聋老头子——安其普什加牵着瘦骨伶仃的周岁马驹，套着水车，慢吞吞地走进院子，没有上油的水车轱辘不时发出刺耳的咯吱咯吱声，听起来让人心烦。

"这里的情况很不好吗？"我问姐姐，她正若有所思地望着远方，望着山坡下的草地和小河。

"糟透了，糟透了！"姐姐慢慢地说，她似乎很愿意和我谈这些不愉快的事情，"如果有钱，也许还可能恢复。这块土地简直遍地黄金。可是银行，怎么对付银行呢？"

"可是，这里多么安静呵！"我说。

"倒不如没有这么安静好！"我的外甥讥讽地说，他是一位大学生，"说真的，安静，安静，把人都烦死了。让它见鬼去吧！看看那干涸的池塘吧！远看，简直就是一幅美丽的图画；走近一看，池水浅及脚踝，青苔倒有两俄尺[1]厚，一股冲鼻的霉味，鲫鱼全死光了……说得不错，遍地黄金！就是连魔鬼也休想找到这金子！"

---

1 一俄尺相当于0.711米。

2

大路在小树林中间蜿蜒进入科洛戈里沃夫禁猎区。这条路过去是远远地绕着一片林子开的，现在走直道儿，穿过荒芜的花园和那片砖瓦库房。庄园坐落在山谷两侧的坡地上，山谷里林木茂密。每当马车的铃声在树林中响起，一群猎犬就报以忧郁的吠叫，以表示它们是出类拔萃之辈，是优良的种族，表示它们与科洛戈里沃夫老头子那些看家狗不一样。这老头子过的那种残忍、阴郁的生活跟他那些凶恶的看家狗也相去无几。马车在犬吠声中隆隆驶过山谷上的小桥。我望着大火之后已经埋在蓬蒿之中的那片废墟，心里想：如果科洛戈里沃夫能够看见那些无耻之徒在他的庄园里为非作歹，不知他会怎么惩办他们？！童年时代我就听说他做过许多坏事。他的一个情妇想给他服下一剂"迷魂药"[1]，被他知道了，就把她关进私牢，后来送她进了修道院。解放农奴法令颁布之后，他再也没有走出过房门，人们私下说他"疯了"。之后，他的家道渐渐败落了，他怕被人暗算，惶惶不可终日。一到夜里，他就戴着小帽，模仿圣徒，大声念诵他自己编的咒文、赞美诗和忏悔文。有一年秋天，人们发现他死了，死在忏悔堂里。

"你知道，这座园子卖了没有？"我问科尔尼。

"卖啦！"他回答，"没有卖几个钱！现在是买主的管事在当家，他会心疼什么？又不是自己的家产。谁不知道，没有了主人，财物也和没有爹娘的孤儿一样。这儿是遍地黄金呀！"

"土地肥吗？"

---

[1] 俄国巫师的一种骗人术，据说如能使情人服下巫师制作的一种迷魂草药，即可得独房之宠。

"黑土层有一俄尺。您看，这些林子有多好！"

是的，这里的森林真是名不虚传。白桦树发散着清新苦涩的味道，马车的铃声在树木的繁枝茂叶下叮叮作响，绿色的灌木丛中，鸟儿唱着歌，撩人心弦……林间空地上，长着没膝高的茂密的花草，两三株同根生的白桦树潇洒地挺立其间。树林的顶端披着夕阳的金光，一束束明亮的光带从白桦树干间射进来。林边几道灰暗的光线迎着我们的马车，开始这光在颤抖，之后几束光合成一片，显得越来越宽了……我们又奔驰在田野间，大麦正在扬花，空气里充满浓郁甜蜜的芬芳。边套马一面跑一面用嘴扯下把把鲜美的青草……

"看，这就是巴图林诺了。"科尔尼嘲笑地说。我明白了他的意思。

"这里光景也不好吗？"

"年轻人都走了，老太太正在张罗卖房子，这已经是最后的家当了。"

"咱们能进去看看吗？"

"您就说您想买这所房子，建个矿泉疗养所……"

3

巴图林诺是一个大村庄，我们都知道贵族的庄园是什么样子的！这里寂静无声。一条长长的浅塘，浑浊的泥水在阳光下闪着令人烦闷的暗淡的光。泥肥堆起的堤岸旁，一个女人在懒洋洋地用木杵捣着粗麻布……从堤岸起，大路沿着巴图林家的大花园向山上爬去。花园仍然郁郁葱葱，田园景色如画，风光宜人。园子后面有一幢房屋，深灰色的屋顶锈迹斑斑。呵！庄园哪，庄园！

你是一首长诗的残篇！制奶房壁断垣残，只剩下了墙框子；原来作仓库用的圆木结构的房子，窗户已经没有了，到处杂草丛生，牛蒡花和野芝麻一直爬到门槛上。后门廊前站着一位老太太，满面惊恐，一双迎风流泪的眼睛打量着我。我笨拙地说明来意，告诉她我想看看房子，她就匆匆忙忙地禀告老夫人去了。

"我去禀报，我就去禀报。"她喃喃地说着，进了黑洞洞的门廊。

我想，巴图林娜听到这样的消息，心里一定很难过吧！果然，几分钟之后，房门开处，我看见一位惊惶不安的老妇人，她那温顺的、天蓝色的眼睛里露出负疚的微笑……我们都装作很高兴能够彼此认识，仿佛参观一下她的房子是一件极平常的事情。巴图林娜和蔼地比了一个手势请我们进门，另一只发抖的手忙着去扣领扣，她穿着一件便宜的花洋布新衣服。

我装腔作势地嘟囔了几句，就走进了衣帽间……呵，这儿简直像个小客店！又黑又闷，墙给马合烟熏得黑不溜秋的，庄园老管事德伦现在就抽这种烟，他一直没有离开庄园……进门向左拐就是他的小房间，径直走是老妇人的住房。这里的窗子是双层玻璃，所以光线很暗，玻璃已经老化了，蒙着一层珠光……

"我们住的不是正房，"巴图林娜抱歉地说，"您也清楚，这些年光景不怎么样，而且冬天这儿暖和些……"

"也许，我太麻烦您了？"

老妇人摇摇头，若有所思，用探询的目光望着我。

"我麻烦您了吧？"我大声地说。

听见我这么说，她赶忙微微一笑。

"不，不。"她和颜悦色地说，"请！"

她推开了通往过厅的那扇门……

那些空房间光线更暗！我沿着过厅参观这幢房子。第一个房间是原来的书房，现在作仓库了，盛盐的大木箱、存稷米的大筒、生了绿锈的铜蜡台，还有一些瓶瓶罐罐，都放在这里……第二间原先是卧室，摆着一张又高又大的床，床上什么也没有，活像一口石头棺材……老妇人走在我的后面，她好像想起要办什么事，进了仓库。我慢慢地走进了大厅，脚步声在空荡荡的大厅里回音四起，屋角堆着书籍、水彩画像、桌子腿一类的东西……靠墙还有一张牌桌，上面歪歪斜斜地挂着一面镜子。突然一只乌鸦从镜子后面钻了出来，从没有玻璃的窗口飞出去了……我打了个寒战，然后，费了很大的劲儿才把通往阳台的两扇玻璃门打开，走到已经干裂了的阳台上。我举手挡着耀眼的夕阳——呵！多美的傍晚呵！繁花似锦，山林葱郁，上帝岁岁年年为春天更换新装。浓密的樱桃林中夹杂着丁香和野蔷薇，忠实的斑鸠仍在枝头上为这座败落的庄园唱着甜蜜的歌！

4

傍晚的田野，西方上空浮着紫罗兰色的云朵，云朵闪着金光。眺望远方，天地辽阔，感到大自然的一往情深。

"叔叔，给一根火柴吧！"一个在秋耕休闲地里放马的小男孩喊着，跳过地头的小沟，跑来追赶我们的马车。

科尔尼神情严肃，若有所思。他朝着男孩子跑来的方向甩了一下鞭子，仿佛这个动作使他愉快，一面低声吆喝着马。

"他在想什么呢？"我望着科尔尼那顶被太阳晒得褪了色的帽子。

科尔尼侧过身来，沉思的目光凝视着他眼前一闪一闪的马蹄，跟我聊起天来……

"家家的日子都不好过，"他说，"不只是老爷们家道艰难……农民银行说是帮助庄户人……其实满不是那么回事。哪能靠借债过日子呢？！当然，也有几家庄户人合伙买上一百二百俄亩土地的，事先也没有想想有多大的力量去伺候这么多的地，债欠下了，纠葛又多，每户人家都要多捞一把，吃掉别人。等到一吵架，事情就更糟了，到处下钩子，叫人上当！"

"可是，"我说，"现在每县只剩下了三四个大户人家，这就是说，土地已经分散到农民手上了。"

"都落到城里的大小商户手里了。"科尔尼纠正说，"土地给他们弄去了，农民没得到什么好处……这样一来，土地又失去了真正的主人，商户人家图便宜买土地，他们不会到乡下来过日子。这群魔鬼！让他们在城里挤死、闷死算了，到咱们这儿来干什么！"

"那可该怎么办呢？"

科尔尼往旁边看了一下。

"该饮马了！"他说，想起了他应该办的正经事。

"到伏尔格尔再饮不迟。"

"好吧！到伏尔格尔也行……呵，天不早啦！"

夕阳暗淡下来，凉意袭人。田野中一片蓝色，令人惆怅。远处的地平线上，太阳像一个暗红色的火球渐渐西沉。凄凉的景物、暗蓝的远方、殷红的落日，它们仿佛就是古老俄罗斯的象征。天色慢慢阴暗了，天边余下一抹弯弓似的残照，之后又变成一条颤抖着的火光……霎时间，一只看不见的手拉下了蓝色的夜幕，夏夜降临了。草地上颇有凉意，好像地窖里一般；披着露珠的花草树木吐出浓郁的香气；阵阵和风不知从何处吹来……昏暗里，无精打采的垂柳不时在路旁闪过，柳梢上暮鸦栖宿……这时，苍白的满月在东方冉冉升起……

昏暗的小村庄，坟墓似的寂静，只有车架的弹簧吱吱作响，夹杂着叮叮铃声，多么凄惨的景象！这条行人绝迹的古驿道早已被人遗忘。这夜，这路，多么令人忧伤！感谢上苍，月亮出来了！觉得心上舒展了些……

5

伏尔格尔是个草原上的小村庄，我已故姑母的庄园，已经无人居住。此地原来是我祖父的一处庄园和一个大村镇的旧址，后来，这里四分之三的人口都迁往西伯利亚新居去了。我们走的是一条山坡脚下的大道，月上东山，一切都清晰可辨了。马车飞快地驶向一座孤零零的厢房。这是一块夹在两个小山坡间的房基地，厢房就在房基地的一侧，四周丛生着露湿的萋萋野草。马车停下来，铃声也沉默了，死一般的寂静马上包围了我们。

"这里也是一片荒凉！"科尔尼从驭手台上爬下来，在空荡荡的房前，他的声音显得有些怪里怪气的，"您在这门廊上坐一会儿，我去饮饮马，给它们喂把草料。"

他牵马走向山坡下的水井，几匹马慢吞吞地走着，脖圈上的小铃又叮叮地响了起来。我走上厢房的木门廊，坐在台阶上……

坐在这里真可怕。山丘环抱着这块房基地，已经干涸了的伏尔格尔河床就在山丘脚下，荒芜的村庄在惨白的月光下显得神秘莫测，邻接宽敞的大院是庄户人的牧场，牧场后面是七幢黑洞洞的矮木房，这里的全部夜生活都包括在其中了……

"科尔尼！"科尔尼牵马从山脚下回来时，我叫住了他，"我们应该离开这里！可以慢慢走到家以后再喂马不迟！"

科尔尼站住了。

"心里不舒服了吧？"

"很难过。让这些都见鬼去吧……我们快走吧！"

"这还不算太坏呢！"科尔尼开玩笑似的说，"您要是等到秋天或者冬天来，那才更糟呢！"

"那你们现在怎么能在这里活下去？"

科尔尼卷了一支烟，眼睛看着脚下的土地，久久沉默着。然后，他克制着自己的感情，回答说：

"暂时就凑合着过吧……"

"'暂时'指什么？以后的打算呢？"

"以后吗？以后看老天爷怎么安排吧！总会有出路的……"

"什么出路呢？"

"车到山前自有路……总不会一辈子在这里过这样的鬼日子！要是老百姓逃到新的地方去，也许会……"

"会怎么样呢？"

月光下我清楚地看见了科尔尼的脸，他双眉紧锁，低垂着头，两眼向一旁望去。

"能过上另外的生活吗？"

"到时候再说吧！"科尔尼回答着，他的心情已经十分忧郁了，"咱们走吧！老爷，天不早了！"

他慢慢地爬上了驭手台。

写于1930年

昏暗的林荫幽径

这是秋雨连绵、阴霾寒冷的季节，土拉城外通往外地的一条大路上，积满了雨水，路面被横七竖八的一条条黑乎乎的车辙压得不成样子。一辆四轮马车正驶向一座圆木结构的俄式房屋。车身溅满了泥水，车篷半敞开，拉车的是三匹驽马。马尾巴因为怕溅上泥水都被束了起来。这木屋的一半是官办的邮政局，另一半则是私人的店铺，过往的旅客可以在这里歇脚、住宿、进餐或者要个茶炊，喝几杯茶。驭手台上坐着一个身子结实的庄户人，穿着厚呢上衣，腰间紧紧地束了根粗带子，长着一张黑黝黝的脸，漆黑的胡子稀稀拉拉的，样子十分严肃，很像古代的绿林豪杰。车里坐着一位上了年纪的军人，头戴大檐军帽，身穿尼古拉式的灰色的海龙皮立领军大衣；眉毛虽然粗黑，然而唇髭已经花白，双鬓也是花白的，和小胡子连在一起，下巴倒是刮得光光的；身材匀称，整个外表活像亚历山大二世——这是他在位时军人中非常流行的打扮——连目光也和亚历山大二世一样，严峻、疑虑，但却显得疲惫无神。

马车停住以后，他从马车里伸出一只穿着军靴的脚，那靴筒光滑、锃亮，没有一条皱纹，然后，他用戴着鹿皮手套的一只手提起军大衣的下摆，踏上了木屋门廊的台阶。

"往左拐，阁下。"马车夫从驭手台上粗声粗气地喊道。于是他在门槛处微微弯了一下他那高高的身躯，进了门廊，然后拐入左边的屋子。

这堂屋里很暖和、干爽，而且窗明几净：左边墙角上挂着金光闪闪的崭新的圣像，圣像下面摆着一张桌子，上面铺着一块干干净净的原色桌布，桌旁围放着几条擦洗得一尘不染的长凳；右角上有个做饭用的炉子，刚刚粉刷过；炉边有一张类似土耳其式软榻的躺椅，上面罩着杂色粗毛毯子；紧靠炉台的一侧，炉子上飘出阵阵俄式菜汤的香味——正在炖白菜、牛肉加桂叶。

客人把大衣扔在长凳上，这时他身着军装，脚蹬皮靴，更加显得身材匀称矫健了。接着他脱下手套和军帽，神情疲倦地用一只苍白而消瘦的手整理了一下头发。直垂在两鬓和眼角上的灰白头发看上去有点卷曲，那俊秀的长长的脸上有一双漆黑的眼睛，脸上几点浅麻子依稀可辨。

堂屋里一个人也没有，于是他顺手关上了门，满心不高兴地喊道："喂！有人吗？"

这时应声走出来一个妇人，她长着一头黑发，眉毛也是黑的，虽说已是徐娘半老，却风韵犹存，她的上唇和鬓角有着毛茸茸的深色汗毛，酷似吉卜赛女人，她步履轻盈，肌体丰满，大红的上衣下面两胸高高隆起，黑色的呢裙下面小腹微突，呈三角形，像鹅的胸脯似的。

"欢迎您，阁下。"她说，"您用饭？还是要个茶炊？"

客人朝她那丰满的双肩及穿着半旧的红色鞑靼式便鞋的、轻巧的两脚扫了一眼，漫不经心地随便问道：

"要个茶炊。您是这里的店主人，还是招待？"

"店主人，阁下。"

"那么说，这店是你自己操持了？"

"是的，我自己。"

"为什么呢？是寡居吗？要不怎么自己抛头露面开店呢？"

"不是寡居，阁下，不过总得挣钱糊口。何况我喜欢操持这些事情。"

"是的，是的。这样很好。你这儿很干净舒适。"

这妇人微微眯着眼睛，若有所思地一直打量着这位客人。

"我也爱干净，"她回答说，"因为我是在老爷家长大的，还能不会把家收拾得像个样子吗？尼古莱·阿列克席耶维奇！"

听她这样一说，他立刻挺直了身体，睁大了眼睛，脸也涨得绯红了。

"纳杰日达！是你？"他匆忙地说。

"是我，尼古莱·阿列克席耶维奇！"她回答说。

"我的上帝，我的上帝！"他一面说，一面坐在长凳上，两眼直盯着她，"这可谁能想得到呢！我们有多少年没有见面了？有三十五年了吧？"

"三十年，尼古莱·阿列克席耶维奇！我今年四十八岁。我想，您快六十了吧！"

"差不多……我的上帝，我的上帝，真没有料到遇见你，这太奇怪了！"

"有什么奇怪呢，先生？"

"这一切的一切……你难道还不明白吗？！"

他那种疲惫和漫不经心的神情顿时消失了。他站了起来，在房间里来回地踱步，眼睛盯着地板。之后他站着不动，只见他满头华发，却满脸绯红。

他问道："从那以后我就一点也不知道你的消息了。你怎么到这地方来的？为什么没有留在老爷家？"

"您走后，老爷就赏给我一张解放证。[1]"

"那以后你在什么地方？"

"说来话就长了，先生！"

"听你的口气没有嫁人？"

"没有，没有嫁人。"

"为什么？当年你长得如花似玉，为什么没有嫁出去？"

"我不能够这样做。"

"为什么？你说这话是什么意思？"

"这用不着解释吧！我想，您可能还记得我是怎么爱您来着。"

他的脸又涨红了，泪水夺眶欲出，双眉紧蹙，重又踱起步来。

"一切都会过去的，我的朋友。"他喃喃地说，"爱情、青春，一切的一切都是这样。那不过是一段庸俗的、平平常常的往事。随着岁月的流逝，一切都会过去。《约伯记》里是怎么说的？啊，是这样说的：'如你忆起此事，应如东逝之流水。'"

1　帝俄时代，主人解放农奴时，发给一张解放证，以证明他是自由人。

074

"上帝赐给每个人的气质是不一样的，尼古莱·阿列克席耶维奇！每个人的青春都会消逝，但爱情却是另一回事了。"

他抬起了头，站着不动，苦笑了一下，说道："你总不能爱我一辈子吧？"

"您说错了，我恰恰能够这样。不管时光流逝了多久，我只爱一个人。我也知道，您早已不是原来的您了，对您来说，就好像并没有发生过这么一回事，可是我……现在来责备您为时已晚了，然而想当年您无情无义，那么狠心把我扔掉了，这也是事实。我蒙受了这样的羞辱和欺凌，单凭这个，我就几次想寻短见，更不用说我的其他各种遭遇了。曾几何时，尼古莱·阿列克席耶维奇，我曾唤您为尼科林卡[1]。您还记得您叫我什么吗？您经常念诗给我听，记得是《昏暗的林荫幽径》[2]这一类的诗。"她又冷笑着补充说。

"啊！那时你多漂亮！"他说，一面摇着头，"你多么热情、多么迷人，身段是那样窈窕，眼睛是那样晶莹明亮！还记得吗？谁见了你都为之倾倒！"

"记得，先生！您那时也是一表人才。我把我的美貌和热情都给了您。这怎么能够忘记呢？"

"啊！一切都会过去。一切都会忘记的。"

"一切都会过去，然而不是一切都能够忘掉。"

"请你走开吧！"

他掏出了手帕去擦眼睛，一面很快地又说了一句："愿上帝宽恕我。看来，你已经原谅我了。"

---

1 尼古莱的爱称。
2 这是奥加辽夫的诗。

此刻，她已走到门前，又停住了脚步，说道：

"没有，尼古莱·阿列克席耶维奇，我没有原谅您。既然说起过去的感情，那么我直截了当地告诉您：我永远不能原谅您。是呀，回忆这些事又有什么意思呢？死了的人是不能从坟墓里招回来的。"

"是的，是的，说这些没有什么用处，请你去招呼一下把马车备好。"他一面从容地走开，脸上已经是一副森严的神色了，"有一点我想告诉你：我一生中从来没有幸福过，你不要认为我是幸福的。我说这些也许会伤害你的自尊心，那么请原谅我。但是我还是要坦白地告诉你：我曾狂热地爱过我的妻子，可是她背叛了我，抛弃了我，她使我蒙受的耻辱，比我带给你的凌辱和痛苦还要多得多。我爱我的儿子，爱之如掌上明珠，对他寄托了多大的希望呵！可是他长大成人，变成了一个无赖，一个挥金如土的败家子、无耻之徒，他无心无肝，毫无廉耻，丧尽天良……然而这一切也不过是平平常常、普普通通的一段庸俗的往事而已。愿你健康，我的亲爱的朋友。我想，我丢了你，我也丢掉了我一生中最宝贵的东西。"

她走近他的身旁，吻了他的手，他也吻了她的手。

"让人备车去吧……"

上了路之后，他心情忧郁地想着："是的，她当年是那么漂亮、迷人！"他回忆着这次和她的最后一席对话，回忆吻了她的手，觉得羞愧万分。"她曾把一生中最美好的年华都给了我，难道这不是事实吗？"

暗淡的残阳已经西沉。车夫从容不迫地赶着马，不时地把马从一道黑乎乎的车辙赶进另一道车辙，选择着泥泞少一点的路面，也仿佛若有所思。后来，他神情严肃、瓮声瓮气地说：

"大人！咱们这马车一上路，她就一直在窗口望着咱们。大概您早就认识她吧！"

"早就认识，克里木！"

"这妇道人家真是精明伶俐，能干得很哪！听说她越来越有钱了。还放债呢！"

"这算不了什么！"

"怎么算不了什么？谁不想日子过得好一点呢？如果放债的人心术好，是为了帮忙，就不算是坏事。听人说，她放债取息倒是公公道道的，就是说一是一，说二是二。如果到时候不想还债，那只好怨自己。"

"是啊，是啊，就只好怨自己……把车赶快一点吧，不然我们要赶不上车了……"

在夕阳的残照里，空旷的田野一片金黄。拉车的三匹马有节奏地踏着路上的泥水。他凝视着眼前一闪一闪的马蹄铁[1]，紧锁着双眉，想道：

"是的，只好怨自己。是的，当然是这样！那确是最好的时光。而且岂止是最好的时光，简直是美妙销魂的时刻！'火红的野蔷薇在争芳吐艳，昏暗的林荫幽径蜿蜒在菩提林间……'啊，我的上帝，如果当时我没有把她抛弃，那么以后会发生些什么情况呢？这真是胡思乱想！那么，这个纳杰日达现在就不会是小旅店的老板娘，而是我的妻子，我彼得堡家中的主妇，我孩子的母亲。会是这样的吗？"

他摇了摇头，闭上了眼睛。

写于1938年10月20日

1　在俄国的风俗里，马蹄铁是幸福的象征。

露 霞[1]

晚上十一点，莫斯科—塞瓦斯托波尔快车在波多尔斯基站的前一个小车站停车了，它本来不应该在这里停车的。列车停在二道，等候错车。在这趟车的一等车厢里，有一位先生和一位太太走到挂着窗帘的车窗前，他们看见手提红灯的列车长正在跨越轨道，于是太太问道：

"请问，我们为什么停车？"

列车长告诉她：该在这里会车的特别快车晚点了。

车站上漆黑一片，显得非常凄凉。夜幕早已降临，然而在西方，在车站的后面，那一片昏暗的森林的尽头，久久不熄的莫斯科夏夜的晚霞还留有一抹

---

1 露霞即玛丽娅的爱称。

毫无生气的残晖。沼泽地的潮湿气息吹进了车窗。远处传来的小山鸡有节奏的咕咕声在寂静中清晰可闻，这声音听起来也带有沼泽地潮湿的味道。

他两肘撑在车窗上，她将双手搭在他的肩上。

"我曾在这地方度过假。"他说，"离这里五俄里，有一座别墅庄园，我在那里当过补课老师。这是个很枯燥寂寞的地方。树林稀稀拉拉的，只有喜鹊、蚊子和蜻蜓，没有一点宜人的景色。在花园里，如果想看到地平线，就只能登上屋顶的阁楼去眺望。这座房舍自然是俄罗斯风格的，因为主人家道中衰，它那时已经破败不堪了。屋后有一片地，很像是往日的花园，花园外面有一片水，不知是个湖，还是沼泽地，长满了欧莞和睡莲，在泥泞的岸边系着一条无主的平底船。"

"这别墅里当然有一个深闺怨女和你一起泛舟湖上了！"

"是的，一切都如想象的那样，然而这姑娘却并非深闺怨女。我多半是夜里和她一起划船，很有点诗情画意。西面的天空整夜都是一片淡绿，也和现在一样，透明的光辉泛在地平线上，一抹夕阳的残晖挂在天边……船上只有一支桨，而且破旧得像一把铁锹，我就像野人那样用那支桨划着船，一会儿在右侧划，一会儿又在左侧划。对岸稀稀拉拉的树林，看上去是昏暗的，然而那半明不暗的奇光异彩却在树林背后的天际彻夜不熄。万籁俱寂，无法用笔墨形容，只能听见蚊虫的嗡嗡声和蜻蜓的飞舞声。我从来不知道蜻蜓夜里也会飞，我总觉得它们飞起来一定有什么缘故。那情景真有些可怕。"

迎面来的快车终于开了过来，风驰电掣，伴着隆隆的巨响和一阵劲风，灯火通明的车窗如同一条金黄色的光带一闪而过。停着的车马上就开动了。乘务员走进了车厢，开了灯，然后就开始铺床。

"以后你和这姑娘怎么样了？是真正的浪漫故事吗？你可是从来没对我讲过她。她长得怎么样？"

"又瘦又高。总是穿一件黄色洋布大坎肩[1]，常光脚，穿一双彩色毛线织的便鞋。"

"那么也是属于俄罗斯风格了？！"

"还不如说是贫穷的风格。没有什么可穿的，所以穿一件俄式大坎肩。此外，她是一个画家，曾经在斯特罗加诺夫美术学校读过书。而且她自己就是画中人，甚至有圣像中的那种风度。背上垂着一条黑黑的大辫子，脸色黑黝黝的，还有几颗小黑痣，鼻子纤细而端正，黑眼睛，黑眉毛……头发硬硬的、干干的，微微有些卷。衬着那身黄坎肩和白色的细纱衣袖，出落得很标致。穿着便鞋的脚和踝骨都很干瘦，她黑黝黝的皮肤很细腻，脚上的骨骼明显可见。"

"我知道这种类型的人。我读大学的时候，就有过这样一个女朋友。她大概有些歇斯底里吧？"

"也可能。她的脸长得很像她的母亲。她母亲有东方血统，是个什么公爵小姐，当时患着一种忧郁病，除了吃饭，从来不肯露面。出来吃饭时就坐着一声不响，也不抬眼睛看人，常常轻微地咳嗽几声，就开始把刀和叉子不停地摆过来摆过去。有时她也冷不防地说上一句话，总是那么突然，出人意料，而且大声喊叫，能把人吓一跳。"

1　俄罗斯女人常穿的无袖连衣裙，里面着上衣，形同披肩。

"父亲呢？"

"也不喜欢说话，个子高高的，很瘦，是个退伍军人。只有他们家的小男孩很天真可爱，我就是他的补课老师。"

乘务员告诉他们床已铺好，祝他们晚安，然后就从卧铺包厢走出去了。

"她叫什么名字？"

"露霞。"

"哪有这样的名字？"[1]

"很平常，就是马露霞。"

"你一定热恋上她了吧？"

"当然，我觉得我狂热地爱过她。"

"她呢？"

他沉默了一会儿，淡淡地答道："她大概也爱我。不说这些了，睡觉吧，忙了一天，我疲倦了。"

"真新鲜！难道你就白喜欢她一场？喂，简单地用一两句话告诉我：你们的浪漫史是怎么结束的？"

"无所谓结束。我走了，事情也就完了。"

"你为什么没有和她结婚？"

"大概预感到以后会遇见你。"

"说真的，别开玩笑！"

"因为我当时开枪自杀了，她用匕首自刎了……"

他们洗过脸、刷了牙，关上了包厢的门，在这显得非常狭小的包厢里，他们脱了衣服，怀着旅途中那种愉快的心情躺进清洁

1　基督教国家的人名一般都是沿用圣徒的名字。

的、熨得光滑的亚麻布被单下面，枕头微微垫高，也同样光滑。包厢内一片昏暗，窗上有一束深紫罗兰色的光。她很快就睡觉了。但他却睡不着，躺着吸烟，思绪回到了那个难忘的夏天……

　　她的肌体上也有许多小小的黑痣，这些小痣使她显得更加迷人。也许因为她穿着便鞋，没有高跟，所以走起路来，黄色长坎肩下面的整个身体仿佛都在颤动。大坎肩又宽又薄，所以衣衫下修长的少女身躯一点也不受束缚。有一次她从花园跑进客厅，雨把她的脚打湿了，他忙着跑过去帮她脱下鞋子，吻了一下那湿漉漉的瘦小的脚，在他一生中再也没有感受到类似的幸福了。阳台外面雨越下越紧、越下越大，到处一片雨声，又是一片清新和芬芳。这时整个屋子里，光线暗淡，人们都在午睡，狂热的感情使他们失去了警惕，一只全身发着灰绿闪光、头上长着硕大的红鸡冠的黑色大公鸡突然也从花园跑进客厅来，爪子打得地板咚咚地响，这可把他俩吓了一大跳。公鸡看见他们从沙发上跳起来，就匆忙缩起身体，仿佛是出自礼貌，拖着它那五光十色的尾巴又跑回雨中去了……

　　他刚到她家的时候，她一直在悄悄地观察他。当他和她说话时！她总是脸涨得绯红，而且总是开玩笑地答着话；进午餐时，她也时常嘲弄他，比如，她有一次对父亲大声地说：

　　"用不着款待他，爸爸，你白操心，他不喜欢甜馅饺子，也不爱吃格瓦斯香肠冷汤，面条和酸牛奶他是讨厌吃的，奶渣就更恨死了。"

　　上午他给小男孩上课，她搞家务，整个家都靠她管理。全家中午一点钟吃午饭，饭后她回到她住的屋顶阁楼上去，如果天不下雨，就去花园，那里的一棵白桦树下放着她的画架，她一边挥手赶蚊子，一边写生。之后她常到阳台上来。他总是午饭后坐在这里的一把歪歪斜斜的藤椅上看书，这时，她就背起手来，站在一旁看着。有一次，她带着讽刺的口吻说道：

"能不能知道您在啃什么高深的书？"

"《法国革命史》。"

"啊！我的上帝！我还不知道我们家里出了个革命家！"

"您怎么不写生了？"

"我要把绘画完全丢掉。我已经知道我没有才能。"

"您把您的作品给我看看行吗？"

"您觉得您很懂绘画吗？"

"您太自命不凡了！"

"我倒是有这样的缺点……"

终于，有一天她提议和他一块儿到湖上去划船，于是她突然下了决心似的说：

"大概我们这里的热带雨季已经结束了。咱们出去玩玩吧！我们那条独木舟已经朽烂了，船底还有好几个洞，不过我和彼加已经用欧莞把那些洞堵上了……"

这日，天气炎热，暑气蒸人，岸边的草丛里乱七八糟地夹杂着稗子的小黄花，又潮又热的空气令人气闷，数不清的淡绿色的小蝴蝶低飞在草上。

他也学会了她那种嘲弄人的口吻，当他走进小船时，说道：

"您终于屈尊赏脸了！"

"您终于挖空心思来报复了！"她泼辣地回答他的话，一面跳到船头上。青蛙被惊动了，它们扑通扑通地从四面八方跳下水去，这时，她突然尖声地大叫起来，一手抓住了她的大坎肩，把衣服提到膝盖以上，跺着两脚：

"草蛇！草蛇！"

他往她黑黝黝发亮的腿上扫了一眼，抓起了桨，向那条在船底弯弯曲曲蠕动的草蛇打了下去，然后一手把蛇抓起，远远地扔到水里去了。

她的脸顿时苍白了，这是印度人脸色苍白时的那种样子，她脸上的黑痣和那头黑发显得更加乌黑了。然后她松了一口气，说道：

"唉！真恶心人！难怪'可怕'这个词和'草蛇'同一个词根呢！到处都是草蛇，在花园里，在家里，到处都是[1]……简直不能想象，彼加敢用手抓蛇呢！"

他们俩第一次这样随随便便地谈话，第一次彼此凝视对方的眼睛。

"您真棒！一下子就把它打死了！"

此刻，她的神态已经恢复正常，微笑着从船头跳动到船尾，高高兴兴地坐下了。当她害怕的那一瞬间，她是那样迷人，使他为之倾倒。现在他满怀柔情地想：是啊！她还完全是个小姑娘！于是，他装出一副满不在乎的样子，小心地跨进小船，用桨撑在湖底的软泥上，把船掉了个头，穿过缠在一起的密密实实的水草、像刷子般的欧莞、盛开的睡莲和被又厚实又圆的荷叶覆盖着的一片翠绿的湖面，终于把船划到湖心了，于是他坐在船中间的凳子上，左一桨右一桨地划着船。

1　这句话是双关语，指家中充满恐怖。

"这儿好吗？"

"非常好！"他回答说，把帽子摘了下来，向她转过身去，"劳驾请把帽子放在您身边，不然我就得把它扔到这猪槽似的船里，对不起，这船毕竟还在漏水，而且到处都是蚂蟥。"

她把帽子放在她的膝头上。

"这太麻烦您了，随便放哪儿都行！"

她把帽子抱在自己的胸前，说道："不，我来保护它。"他的心又一次颤抖了一下，感到了温暖。他转过身来使劲地划着，把桨伸进密布着欧莞和睡莲的亮晶晶的水里。

蚊子叮在他们的脸和手上，四周是一片温暖的银光，眼睛晃得睁不开；空气里充满了水蒸气，阳光像蒙上了一层雾；团团白云柔和地浮在天空，倒映在欧莞和睡莲间的湖面上，宛如仙岛一般；湖水似乎很浅，那长着水草的湖底清澈可见；然而这一切又和那倒映着蓝天白云的深邃莫测之感同时存在。不一会儿，她又突然大叫了一声，船歪向一侧：原来她从船尾抓住一株睡莲使劲想把它拔起来。船身倾斜了，他及时跳起来，伸手从腋下把她抱住了。她哈哈大笑，仰面倒在船尾上，甩着手上的水，水珠溅到了他的眼睛上。他情不自禁地又一次抱住了她，吻了那笑着的双唇。自己都不知道在干什么。这时，她迅速地搂住了他的脖子，窘促地吻了一下他的面颊……从此以后，他们就常常夜里来划船。

次日午饭后，她把他叫到花园里，问道："你爱我吗？"

回味着昨日船上的一吻，他满腔热情地答道："从我们见面的第一天起我就爱上了你！"

"我也是。"她答道，"啊，不，开始时我恨你，因为我觉得你完全不想理睬我。感谢上帝，这些都成为过去了。今天晚上，等人们都睡下以后，你还到那儿去等我。你出来的时候要留神，我妈妈监视着我的一举一动，她嫉妒，嫉妒得都快发疯了。"

夜里她来到湖岸，手里拿着一床方格毛毯[1]。由于心里充满了喜悦，遇见她时，他反而心神不定。只是问道：

"带着方格毛毯干什么？"

"你真傻，我们会冷的。来，快点上船，划到对岸去！"

一路上他们默然不语。待到船已划进对岸的树林边上时她说：

"好啦！现在到我这儿来。毛毯呢？啊，它就在我身下。给我盖上，我有点冷。你坐下，好，就这样……不，等等，昨天我们亲过吻，亲得不像样子，现在我先吻你，只是轻轻地，轻轻地。你可以拥抱我……随便……随便怎么拥抱都行……"

在大坎肩下面她只穿了一件衬衫。她温存地轻轻地碰了碰他的唇角。他头晕目眩地把她推倒在船尾。她如醉如痴地抱住了他……

她全身无力地躺了一会儿，一脸幸福的倦意，带着尚未消失的痛楚之感微笑着坐了起来，说道：

"现在我们是夫妻了。妈妈说她无法忍受我出嫁，啊，现在我不愿意想这些……你知道吗？我现在想游泳，我非常非常喜欢夜泳……"

她从头上脱下衣服，在昏暗中，她那修长的身躯显得很白，接着她抬起手臂把辫子盘在头上，露出黑黑的腋窝、高高突起

1　俄罗斯人的习惯，方格毛毯是可以披在身上当披肩用的。

的乳房和小腹下一块黑黑的三角洲，她并没有因为裸着身子而羞怯。盘好了头发，她迅速地吻了他一下，站了起来，平平地跳下了水，她的头向后仰着，两脚把水打得哗啦哗啦响。

之后，他不慌不忙地帮她穿好衣服，给她围上毛毯。在昏暗的光线里，他看着她那漆黑的眼睛、盘着辫子的乌黑头发，觉得仿佛走进了童话世界。他再也不敢碰她一下了，只是吻她的手，这种幸福简直不知如何消受，他只能沉默。这时，他们总觉得岸上的森林里，在点点萤火虫默默飞舞的地方，有什么人站在那里偷听着；觉得那里不时沙沙作响，好像有人小心翼翼地、无意地弄出的声音。她抬起了头，说道：

"慢。这是什么声音？"

"别怕，这大概是青蛙往岸上爬，或者是树林里的刺猬……"

"要是大角山羊呢？"

"哪会是什么大角山羊！"

"我不知道。你想想看，如果这时从树林子里跑出一头大角山羊，站在你面前，盯着你看，会怎么样呢……呵，我觉得一切都那样美好、愉快，直想说一些可怕的蠢话！"

他又把她的手抬到唇边吻着，时而像吻圣物那样，吻一下她的胸。这时，她对他来说，已经变成了全新的人！在黑黝黝的矮树林后面，仍然笼罩着一片淡绿的半明不暗的光，微弱地映在远方的湖面上。湖面如镜，苍苍茫茫，岸边披着露珠的花草树木发出强烈的芹菜味，看不见的蚊子秘密地、好像有所询问地嗡嗡叫着。夜色奇异，在船的上面，在亮晶晶的水面上，无眠的蜻蜓飞来飞去，不时发出轻微的啪啪声，令人毛骨悚然。他们觉得在某处有什么东西在响、在爬、在向着他们偷偷走来……

一星期以后，他蒙受着耻辱，被粗暴地赶出了她的家门，突如其来的诀别使他茫然不知所措。

有一次，午饭后他们头挨着头坐在客厅的沙发上看一卷《处女地》[1]上的图画。

"你还没有讨厌我吗？"他轻声问她，装出专心看书的样子。

"傻瓜！你是个大傻瓜！"她低声回答着。

突然传来了轻轻的跑步声，门口出现了她那疯疯癫癫的妈妈，穿着黑色的破旧的绸晨衣，脚上是一双很旧的羊皮软便鞋，漆黑的眼睛里闪着凄惨的光。她跑进客厅里来，像演员上了舞台似的大声喊叫起来：

"我全明白啦！我早就感觉到了，我早就观察你们了。无赖，她不会属于你！"

她抬起晨衣宽大的袖子，手上握着一柄年代久远的手枪，轰地开了一枪。这手枪是彼加吓唬鸟儿的，只能装火药，在一团硝烟里他冲了过去，抓住她握枪的手。她挣脱了，用手枪向他的额头砸去，他的眉毛上被打了个口子，鲜血直流，然后她又把手枪向他甩了过去。

这时，她听见全家人都应声赶来了，就大喊大叫，灰黑色的唇上吐着白沫，这叫喊像演员在舞台上做戏时一样：

"她只能跨过我的尸体才能走进你的家门！如果她和你私奔，我当天就上吊，就跳楼！无赖，滚出我们的家！玛丽娅·维克多罗夫娜[2]，你选择吧！母亲，还是他！"

---

1 19世纪末的一种流行杂志。
2 即露霞的名和父名。

她低声地说："您，您别这样，妈妈……"

他从回忆中清醒过来，睁开了眼睛，门上小窗子射进来的那束深紫罗兰色的光仍然神秘地、像来自墓坟似的照着漆黑一片的室内。列车的速度很快，颠簸着、摇晃着、上下弹动着向前奔去。那个凄凉的小车站早已远远地留在后面了。那一片小树林、喜鹊、沼泽地、睡莲、草蛇、大雁，这一切已成往事，已经过去整整二十年了。是啊，那里还有一对大雁，他怎么会忘掉它们呢？！在那个美妙的夏天，一切都是那么奇怪，不知从哪里飞来一对大雁，它俩时时在岸边的沼泽地上流连，只允许她一个人走近它们身边。这对大雁弯着它们那又细又长的脖子，十分严肃又怀有好意地从上往下打量着她。她穿着五颜六色的毛线便鞋，轻轻地、飘然地跑到它们面前，蹲下身去，她那黄色的大坎肩铺在岸边，铺在潮湿的、被太阳晒得热乎乎的草地上，带着孩子般调皮的神情凝视着大雁深灰的眼珠。大雁的瞳孔缩成一个小圈，那眼神漂亮而又咄咄逼人。他从远处用望远镜看着她和它们，大雁发亮的小脑袋，骨质的喙上的小鼻孔，这雁喙又大又硬，一下子就能啄死一条草蛇。它们的身躯短小，覆盖着一层灰色的羽毛，长着一束毛茸茸的尾巴；又长又细的腿，仿佛长着一层鳞，和身体很不相称，一只雁的腿完全是黑色的，而另一只的则是深绿色的。有时它俩整小时整小时地一条腿站着，一动不动，简直无法理解是什么缘故；有时又突然一面跳着，一面展开巨大的翅膀；有时又好像在散步，煞有介事，目中无人，腿抬得很高，慢条斯理地迈着均匀的步子，抬起脚时，三个趾头握成一个小球，放下脚时，脚趾分开，平放着，像猛禽的凶恶的爪子；它们老是在摇动着小脑袋……

然而当她跑近大雁时，他就什么也看不见，什么也不能想了——他只看见散铺在地上的黄色大坎肩，当他一想到这衣服下面那黑黝黝的身体以及肌肤上的小黑痣，他觉得全身都软了。在最后一天，他们俩一起坐在客厅的沙发上看那卷装订成册的《处女地》时，她也像在船上那样，把他的帽子拿在手中，然后又贴在胸前，她闪着那又黑又亮的充满喜悦的眼睛，对他说：

"现在我是这样爱你，甚至于你帽子里面的气味——你的头发和那难闻的花露水的味道，我都觉得无比亲切！"

火车过了库尔斯克站。当他在餐车里用过早餐、喝着加白兰地的咖啡时，妻子对他说：

"你怎么喝了这么多的酒？大概已经第五杯了吧？还伤心吗？还想着你那瘦脚板的别墅姑娘吗？"

"很伤心，很伤心呵！"他苦笑了一下，"别墅姑娘……Amata nolis quantum amabitur nulla[1]！"

"这是拉丁文吗？什么意思？"

"这你就不需要知道了。"

"看你说话多粗暴！"她漫不经心地叹了一口气，转脸眺望窗外的景色。车窗外一片阳光。

写于1940年9月27日

1　拉丁语：一个被我们热爱的姑娘，再不会有别的姑娘像她那样得到我的爱了。

在巴黎

当他戴着帽子走在大街上，或者站在地铁的车厢里，就看不见他那剪得短短的、有些发红的头发里已经夹杂着丝丝华发了。他那刮得光光的清癯的脸上气色红润，那穿着长长的风雨衣的瘦削修长的身材，受过训练的军人举止，端正的仪表，看上去至多不过四十岁。只是他的目光严肃而忧伤，言谈举止都说明他是个饱经沧桑的人。他曾经在普罗旺斯[1]租过一个农场，在那里他听人们讲过许许多多普罗旺斯的挖苦刻薄的笑话。以后他到了巴黎，有时也喜欢冷嘲热讽地把这些笑话加进他那一向简短的谈吐里去。许多人都知道，早在君士坦丁堡时，他的妻子就抛弃了他，从那时起，他就带着心灵的创伤独

---

1 法国的一个省份。

自生活。他从来没有向任何人倾吐过他的内心隐秘，但当话题一涉及女人时，他会颇有些难堪似的开着玩笑，情不自禁地流露出他心上的痛苦："Rien n'est plus difficile que de reconna-ître un bon melon et une femme de bien。"[1]

有一天，在巴黎深秋的一个潮湿的晚上，他到帕西街附近一条阴暗的小巷里一家不大的俄国餐厅去吃晚饭。餐厅附设一个类似食品商店的小卖部，他不自觉地停在宽大的橱窗前面——橱窗里摆着几瓶盛着粉红色的花楸子露酒的圆锥形瓶子和金黄色的盛着羊齿草浸酒[2]的方瓶子，以及一盘已经干硬了的炸包子、一盘已经变成灰色的炸肉饼、一盒胡桃酥糖、一盒油浸熏西鲱鱼罐头[3]。橱窗后面是柜台，上面摆着各种小吃。柜台后面坐着老板娘，她生有一张令人不快的俄罗斯人的面孔。商店里灯火通明，吸引着他离开这昏暗、寒冷、仿佛涂着一层油腻的小巷，走到那明亮的地方去。他进了这个商店，向老板娘鞠躬问候之后，就走进连着商店的一间空无一人、光线很暗的餐室，这里摆着几张小餐桌，上面铺着白餐纸[4]。他不慌不忙地把他的灰色呢帽和长大衣挂在衣架的钩子上，然后就近在一个角落里的餐桌旁坐下来。他心不在焉地搓了搓他那长着红色汗毛的手，开始看起一张满是油腻的菜单。菜单上开列着一长串冷盘、小吃和菜肴，其中部分

1　法语。意为：世上没有比能看准一个好西瓜和认识一个正派女人更难的事了。

2　一种烈性浸酒，即将芳香羊齿草浸入伏特加中，类似我国用白酒浸泡人参、枸杞。

3　都是俄国土特产。

4　西方餐馆往往不铺桌布，代之以桌布形餐纸，用后丢掉，以免洗涤昂贵。

文字是铅印的，部分是用很洇的紫墨水写的。突然他坐的这个角落里的灯亮了。这时他看见一个三十岁左右的妇人走了过来。她神态冷漠、彬彬有礼，一头黑发，头缝中分，头发梳向两边，生着一双漆黑的眼睛，穿一身黑色的连衣裙，上面系着一条镶着花边的雪白的围裙。

"Bon soir monsieur! [1]"她用悦耳的声音和他打招呼。

他觉得她是那样漂亮，以至于有些不知所措了，他局促不安地说：

"Bon soir……可您是俄国人吧？"

"是俄国人。请原谅，和顾客说法语已经成了我的习惯。"

"难道你们这里有很多法国顾客吗？"

"相当多，还一定要点羊齿草浸酒、煎饼，甚至于红菜汤。您选好了什么菜？"

"还没有选好，菜单上的菜太多了……还是麻烦您替我选一下吧！"

她开始用背诵的调子念起菜单来：

"今天我们有海军酸菜汤、哥萨克味小肉饼……您可以要一份炸小牛排；或者，如果您愿意，可以点一份喀拉地方风味烤羊肉串……"

"太好了，麻烦您给我来一份酸菜汤和小肉饼。"

她拿起挂在腰带上的拍纸簿，用一个小铅笔头把他点好的菜写在上面。她两手白嫩，十指尖尖，手形优美，衣服虽然是半新不旧的，却看得出是上等时装店缝制的。

1　法语。意为：晚上好，先生！

"您想要点伏特加吗？"

"很想，外面天气非常潮湿。"

"要什么冷盘？我们有很好的多瑙河咸青鱼，还有刚上货的红鱼子、科尔库诺夫的淡味腌黄瓜……"

他又看了她一眼——她那镶着花边的白围裙衬着黑连衣裙显得非常漂亮，衣服下面那隆起的健康少妇的胸脯看上去十分美丽；丰满的双唇没有擦口红，但很红润鲜艳；一条漆黑的发辫随随便便地盘在头上；白皙的手上皮肤保养得很娇嫩，指甲亮晶晶的，呈淡粉色，一看就知道是修过的……

"我点个什么下酒菜呢？"他微笑着说，"如果方便的话，就要个咸青鱼加热土豆。"

"您要点什么葡萄酒？"

"红葡萄酒。最普通的——就是你们这里经常摆在桌上招待顾客喝的那种[1]。"

她一一记在拍纸簿上，然后把邻桌盛满水的细颈玻璃瓶摆在他的桌子上。

他摇了摇头："不要，谢谢，我无论喝汽水或者喝酒都从来不掺水。L'eau gâte le vin comme le chariot le chemin et la femme——l'âme。[2]"

"您太恭维我们了！"她漫不经心地说，去取伏特加和咸青鱼去了。他望着她的背影：她举止从容，走起路来，黑色的连衣

_____

1 法国人都喜欢葡萄酒，一般食堂里，餐厅的桌上都放着普通的红葡萄酒，这种酒不另付钱，包括在菜价之中。此系法国的习惯。

2 法语。意为：水能败坏酒，就像大车能毁坏马路，女人能伤害人的心灵一样。

裙摆来摆去……是的，她的彬彬有礼和漫不经心以及她的举止言行都说明她是一个生活简朴、行为庄重的侍者。她穿着一双价钱昂贵的高级皮鞋。这鞋是从哪里来的呢？大概她有个上了年纪的、有钱的"ami"[1]吧……这天晚上，因为遇见了她的缘故，他兴致勃勃，这样的情绪他已经很久都没有过了。然而一想到她可能有"ami"，又不由得激起他心中的烦恼。是呵！日复一日，年复一年，他暗暗地期待着一件事——希望能有一次幸福的艳遇，实际上，这只是他对幸福的期待，结果不过是一场空而已……

第二天他又来了，还坐在老地方。他进来的时候，她正忙着招呼两个法国顾客点菜，一面在拍纸簿上记着菜名，一面口里重复着：

"Caviar rouge, salade russe……Deux chachlyks……[2]"

然后她走出去了。当她回来之后，就向他走过来，微笑着，像对一个熟人那样说道："晚上好，您喜欢来我们这里，非常荣幸。"

他高高兴兴地欠了欠身子说："您好。我很喜欢你们这里。请问尊姓大名？"

"欧莉嘉·亚力山大罗芙娜。请教尊名？"

"尼古拉·普拉东诺维奇。"

他们相互握了手。

她拿起了拍纸簿："今天我们有可口的杂拌汤。我们的厨师手艺是很出色的，曾经在亚力山大·米哈伊洛维奇大公[3]的游艇上

---

1 法语。意为：男朋友。
2 法语。意为：红鱼子，俄式沙拉……两份烤羊肉串……
3 沙皇尼古拉三世的侄子。

给大公做过饭。"

"好极了，杂拌汤就杂拌汤……您早就在这里工作了吗？"

"才两个多月。"

"以前在哪里工作？"

"在春天商店¹当售货员。"

"大概是因为裁员被解雇的吧？"

"是的，总不会自愿辞掉这样的工作的。"

他心中满意地想：这么说，她是没有"ami"了。于是问道："您已经结过婚了吧？"

"是的。"

"您的先生做什么？"

"在南斯拉夫工作。他过去参加过白军运动。您大概也是吧？"

"是的，参加过大战²和国内战争。"

"这一眼就看得出来。也许您还是个将军吧？"她说，微笑着。

"明日黄花了。现在有几家出版社向我约稿，要我为他们撰写这两次战争的历史……您为什么只一个人在这里？"

"就是一个人嘛。"

第三天晚上，他问她："您喜欢看电影吗？"

她一面回答，一面把一盆红菜汤放在桌子上："有时碰上好电影也看看。"

1　当时巴黎出名的大时装店。
2　指第一次世界大战。

"现在Étoile¹影院正在上映一部什么片子，听说很有意思。我们一起去看好吗？你们这里自然也是有休假的吧？"

"谢谢。星期一我休息。"

"那么我们就星期一去看电影。今天是星期几？星期六？那就是说后天。行吗？"

"行。明天您大概不会来吧？"

"明天不来。我要出城去看一个熟人。可是您为什么问我来不来？"

"不知道……这很奇怪，我好像已经习惯和您在一起了。"

他感激地看了她一眼，涨红了脸："我也习惯和您在一起了。您知道，人生难得遇知己……"然后他急忙改换了话题，"说定了，后天。我们在哪里见面呢？您住在什么地方？"

"在Motte Piquet²地铁东站附近。"

"您瞧，多方便，从那里可以直达Étoile。我八点半准时在地铁出口处等您。"

"谢谢。"

他开玩笑地鞠了一躬。

"C'est moi qui vous remercie.³照料孩子们睡下以后。"他微笑着说，想探探她有没有孩子，"您就可以来了。"

"感谢上帝，我没有赚下这样的宝贝。"说罢，她步履轻盈地把盘子从他桌上端走了。

回家的路上，他深为她的言辞所感动，也觉得有几分凄楚。

---

1 法语。意为：星。
2 法语，专有名词。音译为：莫特·比凯。
3 法语。意为：是我应该感谢您。

"我已经习惯和您在一起了……"是的，也许这就是他期待已久的幸遇吧！只是太晚了，太晚了。Le bon Dieu envoie toujours des culottes à ceux qui n'ont pas de derrière……[1]

星期一晚上下起雨来，巴黎雾水茫茫的夜空泛着一片暗淡的红光。盼望着能和她一起到蒙帕尔纳斯去共进晚餐，他没有吃午饭，只到拉米埃特大街上的一个咖啡馆吃了份火腿三明治，喝了杯啤酒，抽了支烟，就坐进了一辆出租汽车。在地铁出口处他请司机把车子停下，出了汽车，冒着雨走到人行道上去。司机是个面颊紫红的胖子，信任地坐在车里等着他。一股又热又潮湿的风从地铁吹出来，黑压压的人群顺着扶梯走了上来，边走边撑开手中的雨伞。一个报贩在他身旁用低沉的、鸭子似的嘎嘎嗓音死命地叫卖晚报。突然她在走上来的人群中出现了。他满怀喜悦地迎上前去：

"欧莉嘉·亚力山大罗芙娜……"

她打扮得漂亮时髦，样子和在餐厅里完全不同，神态自若地抬起她那眼圈涂得黑黑的眼睛望着他，用贵妇人的风度把挂着一把小伞的手伸给他，另一只手提着晚礼服的长裙。他更加高兴了，他想："穿着晚礼服，那就是说，她也想在看过电影之后到什么地方去坐坐。"他翻起她的手套边，吻了一下她那白皙的手。

"可怜的人，您等久了吧？"

"没有，我刚到。快到汽车里去吧！"

他怀着久违的激动心情，扶她上了车，自己也坐进光线不明

1　法语。意为：上帝总是把裤子赐给没有屁股的人。

不暗的散发着潮湿的呢绒气味的车里。拐弯的时候，车身厉害地颠了一下，在这一瞬间，路灯照进车里来，他不由得抱住了她的腰，闻到了她腮上的粉香，看见了那晚礼服下面的丰满的膝头、亮晶晶乌黑的眼睛和涂着口红的双唇，他觉得坐在自己身旁的仿佛已经是另外一个女子了。

坐在漆黑的影院放映厅里，他们两人一面望着明亮的白色银幕上几架飞机斜飞下来，嗡嗡地响着，然后坠入茫茫云海之中，一面悄悄地谈着话：

"您一个人还是和女朋友住在一起？"

"一个人。这是很可怕的。我住的那家小旅馆挺干净，也暖和。可是，您知道吗？这是人们可以带上姑娘过一夜或者玩上几小时的那种地方……当然，电梯不上我们住的六楼，楼梯上铺的红地毯也到四楼为止……夜里，特别是下雨的天气，真把人烦闷死了。打开窗子，街上连个人影也没有，简直像一座死城，天晓得下面街上的什么地方才有一盏路灯在雨中透出一点点微光……您大概也是单身住在旅馆里吧？"

"我在帕西街有一套不大的寓所。一个人住着，是个老巴黎了。有一段时间，我住在普罗旺斯，租了一个农场，想要远离所有的人和事，靠自己的双手劳动为生，结果受不了劳动的苦，未能如愿以偿。当时还请了一个哥萨克做助手。原来这个人是个酒鬼，喝醉了的时候，就变得非常忧郁，样子阴森可怕极了。我也养过鸡和兔子，没有养好，全死光了。有一次，骡子几乎没有把我咬死。这东西虽然性子凶猛，却是个聪明的牲口……然而最主要的是——生活实在太寂寞孤独了。我还在君士坦丁堡的时候，妻子就把我抛弃了。"

"您在开玩笑吧？"

"一点不是开玩笑。这是件普普通通的事情。Qui se marie par amour à bonne nuits et mauvais jou's[1]。可是我，这两样都没有多少。结婚第二年她就把我抛弃了。"

"现在她在什么地方？"

"不知道……"

她半天没有说话。银幕上有一个模仿卓别林的人撇着两只脚，脚上穿着又大又破、难看得要命的皮鞋，头上歪戴着圆顶礼帽，像个傻瓜似的在拼命地跑着。

"是的，您说得很对，非常孤独寂寞呵！"她说。

"是的，又有什么办法呢！只好忍受着。Patience——médecine des pauvres。[2]"

"这是很悲惨的médecine。"

"是的，这种疗法并不愉快。我甚至于——"他苦笑了一下，"我甚至于有时去翻阅《俄罗斯画报》[3]，您大概知道，这刊物上辟有专栏，登载征婚或求爱的启事，有这样的内容：'一位来自拉脱维亚的俄罗斯小姐，深感闺中寂寞，愿与居住巴黎之情深意长之俄罗斯男子建立通信关系，如有意者，请惠寄玉照一张……'或者还有：'一位夫人，生活态度严肃，棕色头发，虽不摩登，但清秀可人；寡居，有一九岁之子。怀着认真求偶之目的，愿与一位先生建立通信关系。条件为：年龄在四十岁以上，不

1　法语。意为：有这样的情况，人们之所以结婚，是因为他们喜欢美好的夜晚和讨厌的白天。

2　法语。意为：忍耐是穷人的医疗办法。

3　是流亡法国的俄国人办的一种刊物。

酗酒，生活有保障，从事司机或其他工作，喜欢过舒适的家庭生活。文化修养并非必备之条件……'我完全理解她，文化修养并非必备之条件。"

"难道您就没有朋友、熟人吗？"

"没有朋友。熟人的安慰没有什么意思。"

"谁给您料理家务呢？"

"我的家务很简单。我自己煮咖啡，早饭也自己做。晚上有个femme de mènage¹来收拾房子。"

"可怜的人！"她握了一下他的手。

他们手握着手，紧靠在一起，久久地坐在黑暗里，眼睛望着银幕，装成看电影的样子。大厅后墙上放映室里一道青白色烟雾缭绕的光束从他们头上射过去。卓别林的模仿者坐在一辆上面安装着茶炊烟囱的、老掉了牙的、破旧不堪的汽车上，这车开得飞快，发了疯似的正往一根电线杆上撞去，他惊恐万状，圆顶礼帽也从头上飞出去了。扩音器里大声地播放着各种音乐和声音，他们俩坐在楼上包厢里，下面观众们吸着烟，弄得大厅烟气腾腾，同时观众的鼓掌喝彩声和欣喜若狂的笑声吵闹得要命。他俯身对她说：

"我们到什么地方去坐坐，您看好吗？比如说去蒙帕尔纳斯。这里太没意思，空气也坏得很……"

她点了点头，戴上了手套。

他们又坐进了光线半明不暗的出租汽车，眼睛望着淋在雨中闪闪发光的车玻璃，五颜六色的路灯与黑暗的夜空中忽而一片血

1　法语。意为：从事清扫的女用人。

红、忽而一片水银白光的霓虹灯广告交相辉映，这些五光十色的光线不时地闪进汽车里来。他又翻起她的手套边，长时间地吻着她的手。她望着他，那对睫毛又粗又黑的眼睛闪着奇异的光彩，她的脸上充满着深情和忧伤，那丰满的、发出甜丝丝的口红香味的双唇向他凑了过来。

在Coupole[1]咖啡店，他们先吃了牡蛎和上等安茹红葡萄酒，之后又点了小山鸡和波尔多红葡萄酒[2]。喝咖啡的时候，又要了金黄的沙尔特略斯甜酒，这时两人都颇有些醉意了。他们抽了许多烟，烟灰缸里满是染上了口红的烟头儿。他边谈话，边望着她那张满面春风的脸，心里想：她堪称一位美人。

"请对我说真话。"她用指头拿掉贴在舌尖上的烟丝，"这些年来，您总有过艳遇吧？"

"有过。您会猜得出那是些什么情况。不过是在旅馆里过上一夜……您呢？"

她沉默了一会儿。

"有过一次令人痛心的经历……不，我不愿意提起这件事，他还是个孩子，实际上却是个专门靠妓女养活的骗子[3]……可是您为什么和妻子分手了呢？"

"说起来很可耻。也是一个孩子，一个希腊的美男子，非常有钱。不到一两个月的工夫，原来纯洁动人、无限崇拜白军和我们这些人的小姑娘连个影子都不剩了。开始她和他一起在

---

1 法语。意为"圆房顶"或"苍穹"。
2 两种葡萄酒都是法国的上等名酒。
3 妓女的情人，靠名妓养活的人。

彼拉街[1]最豪华的酒馆吃晚饭，接受他送来的一大花篮一大花篮的鲜花……她总是说：'我不明白，难道你还嫉妒他吗？你每天从早忙到晚，有他陪着，我会高兴些。他对我来说只不过是个可爱的孩子，如此而已！'哼，一个可爱的孩子！可她自己也只不过二十岁。很难忘却以前的她，那个叶喀琪琳娜达尔[2]的小姑娘……"

账单送来了，她仔细地看过之后，说小费只付百分之十就行了，用不着再多。付过账后，他们两人都觉得半小时之后就分手各自回家，简直是不可思议的事了。

"到我家里去吧！"他面带愁容地说，"我们再坐一会儿，再谈谈……"

"好的，好的。"她回答着，同时挽住了他的手臂，紧紧地把它贴在自己身上。

夜里出车的司机是个俄国人，他把车子开进一个偏僻的小巷，向一座高楼的门前驶去。在楼前路灯的铁灰色光线下，雨正哗啦哗啦地落在一口大洋铁缸里，向四面飞溅着。他们走进这座楼房灯火明亮的前厅，然后进了窄小的电梯，电梯慢慢地上升，他们拥抱在一起，亲吻着。

他趁走廊上的灯亮着，急忙把钥匙插进钥匙孔里，把她带进衣帽间，然后走进一间小小的饭厅，这里的玻璃吊灯上只有一个灯泡孤零零地亮着。他们两个人都满脸倦容。他提议再喝一点葡萄酒。

"不，我的亲爱的，"她说，"我不能再喝了。"

---

1 君士坦丁堡一条繁华街道。
2 即今俄罗斯克拉斯诺达尔市，当时曾为白军运动的中心地区。

他哀求她："只喝一杯白葡萄酒，我窗子上有一瓶上等的蒲伊白葡萄酒。"

"您自己喝吧！亲爱的，我去更衣，也想洗一洗。然后就睡觉，大睡一场。我们都不是孩子了，我想您一定非常明白，既然我同意到您家里来，那……总之，我们为什么要分手呢？"

他激动得不能作答，默然地把她带进卧室，把卧室和洗澡间的灯都打开了，洗澡间通向卧室的门本来就开着。这里灯光明亮，开着暖气，到处温暖如春。外面屋檐上滴着雨，雨声滴滴答答均匀地响着。她立刻从头上脱下她那长长的晚礼服。

他走出卧室，一口气喝了两杯白酒，他按捺不住，又走回到卧室里来。卧室正对洗澡间的那堵墙上挂着一面镜子，正好能照见灯火明亮的洗澡间。她背对他站着，赤裸着身体，皮肤雪白，十分矫健，她正俯身在洗脸池上面，洗她的颈子和胸部。

"不许到这里来！"她一面说，一面披上了浴衣，然而并没有遮上她那丰满的胸脯、雪白结实的腹部和健美的大腿。她向他走过来，像妻子那样，拥抱了他。他也像拥抱自己妻子那样拥抱了她——拥抱了她那冰冷的身体，吻了那还湿漉漉的、发散着香皂味的胸脯、眼睛和已经洗去了口红的双唇。

过了一天，她辞去了工作，搬到他家里来住了。

冬天的时候，有一天，他劝她在里昂信贷银行以她的名义租个保险柜，把他的全部积蓄都存放进去。

"未雨绸缪什么时候都有必要，"他说，"L'amour fait danser les ânes[1]，我现在觉得自己只有二十岁，可是天有不测风

1　法语。意为：热恋中的毛驴都会跳舞。

云，人有旦夕祸福，谁知道会发生什么意外呢……"

　　复活节的第三天，他死在地铁车厢里了——当时他正在看报，突然头向后仰，倒在椅背上，闭上了眼睛……

　　她穿着一身丧服从墓地回来了。这是一个春光明媚的日子，在巴黎柔和的天空上飘着朵朵春天的浮云，一切都象征着生命是永恒的、常青的，也象征着——在永恒之中，她却此生休矣！

　　回到家中，她收拾了房间。在衣帽间的壁橱里，她看见了那件已经在这里挂了很久的大红衬里的灰色春大衣[1]。她从挂钩上取下这件大衣，把脸贴在大衣上，颓然地坐在地板上，抽噎着，泣不成声了，同时呼天唤地祈求上苍、命运以及别的什么主宰不要这样残酷地对待她，饶了她吧！

写于1940年10月16日

1　红里子大衣是将军服。

故　园[1]

1

娜塔莉娅对故乡苏霍多尔的眷恋，一直使我惊异不已。

她是我父亲奶娘的女儿，和父亲是同奶姐弟，一起长大，以后又在卢涅沃村我们家里整整度过了八年。我们视她如亲人，没有把她当作原来的农奴、家里的使唤丫头看待，用她的话说："整整八年都是在休息"——是她在苏霍多尔蒙受重重苦难的岁月之后的一种休息。俗语说："落叶归根"[2]。她多

1　原名《苏霍多尔》，意为旱峪。
2　这里用的是一句俄罗斯谚语，直译为：家里养狼，无论喂得多好，还是会逃回树林去的。作者这里用的是转意：故土难离或落叶归根。

年前离开了苏霍多尔，把我们带大成人以后，又返回故乡去了。我还记得孩提时代和她在一起时讲过的一些话。

"你是孤儿吗，娜塔莉娅？"

"是孤儿。全靠老爷家把我养大。你们的祖母安娜·格里戈黎耶芙娜很早就归天了，她待我不比我亲爹亲妈差。"

"他们为什么那么早就死了呢？"

"死神来了，他们也就跟他去了。"

"不说这些。他们为什么死得那么早呢？"

"天意难违呀。我爹爹因为有了过失，老爷把他充军了[1]；妈妈因为没有养好老爷家的小火鸡，所以，她也很年轻就死了。我当然不记得这些事，我很小，哪能知道这些？！都是人们在下房讲的。他们说，她是管鸡场的，养了无数的小火鸡。有一天，下了雹子，牧场上的小火鸡全给砸死了，一只也没有剩……当她跑到牧场，一看见这光景，当时就吓死了！"

"你为什么没有出嫁呢？"

"我的未婚夫还没有长大成人呢！"

"别开玩笑。到底为什么？"

"听说，好像是你们的姑姑要了我，所以，就把我这个在上帝面前有罪的人留下来做老小姐，没有嫁出去。"

"你算什么小姐！"

"正经算小姐呢！"娜塔莉娅微带讽刺地回答，"我是阿尔喀吉·彼得罗维奇的同奶妹子，你们的二姑嘛……"

随着年龄的增长，我们都更加留意听人家讲苏霍多尔老家的

---

1 帝俄时代，送去当兵的农奴很少有生还的。

故事，也就更能理解以前不能理解的东西了，因此也就更强烈地感受到苏霍多尔生活的离奇古怪。半个世纪以来，娜塔莉娅和父亲几乎过着同样的生活，她是我们赫卢肖夫家族主要成员的真正亲人，这一切难道我们还不清楚吗？然而，正是这些主人把她的父亲充了军，而她母亲一见到小火鸡死于冰雹，就吓得心脏破裂一命归天了。

"可也是。"娜塔莉娅说，"出了这样的飞来横祸，哪能不吓死呢？不然，老爷也要把她流放到莫查依[1]去的！"

以后，我们知道了苏霍多尔发生的一些更离奇的事情。人们说：像苏霍多尔的老爷们这样善良、平易近人，是"踏破铁鞋，走遍天下也找不到的"。又有人说：世上再没有比他们性子更"残暴"的人了，就连苏霍多尔老家的那幢房子也是昏暗、阴森、吓人的。我的祖父彼得·基里雷奇是个疯子，被他的私生子格尔瓦西加打死在这幢房子里，格尔瓦西加是我父亲的挚友，娜塔莉娅的堂兄。我们的朵娘姑姑，因为失恋的缘故，年纪很轻就精神失常了。她一直没有离开那败落不堪的庄园，现在仍居住在以前下人的一间小木房里。她时常坐在那张破旧的钢琴前弹奏一首苏格兰舞曲，琴声乱七八糟，难听得很。娜塔莉娅还是少女的时候，曾经发了疯似的爱上了我们已故的叔叔彼得·彼得罗维奇，然而，他却把娜塔莉娅流放到索什基村去做苦工……我们曾那样热情地向往苏霍多尔，这是可以理解的。对我们来说，苏霍多尔仅仅是已逝岁月充满诗意的纪念碑。然而，它对娜塔莉娅来说，又意味着什么呢？有一次，她满怀哀愁，仿佛在回答她心里

---

1 西伯利亚的流放地，现为一个城市。

思考着的问题似的说道："真的！苏霍多尔老家的人连吃饭时都带着鞭子！回想起来真吓人！"

"是长鞭吗？"

"长鞭、短鞭都差不多。"她说。

"他们带着鞭子干什么？"

"准备打起架来使用的。"

"苏霍多尔的人也吵架吗？"

"愿上帝宽恕他们！他们没有一天不吵架！老家的人性子都很烈，简直是一团炸药！"

每当听她讲述这些故事，我们都呆若木鸡，面面相觑，但又高兴万分。很长一段时间里，老家在我们的想象中是一个大庄园，有大花园，房屋是俄式圆木结构，墙都是用槲木建的，上面盖着沉重的草屋顶，因年深日久，已经变成了黑色。人们在大厅里坐在长桌旁共进午餐，一面吃，一面把骨头扔在地板上喂猎犬，大家都怒目而视，每人的膝头上都放着一根长鞭。我们也憧憬着这样的黄金时代，待我们长大成人，也在这长桌前就餐，膝头上也放一根鞭子。当然，我们也明白，皮鞭不会给娜塔莉娅带来欢乐！虽然如此，她仍然从卢涅沃返回苏霍多尔，那里是唤起她阴森回忆的源泉。苏霍多尔并没有她的栖身之地，也没有一个亲人，她也不是回去伺候她原来的主人——我的姑母，而是为了照顾已故的彼得·彼得罗维奇的寡妻克拉芙吉娅·玛尔科芙娜。对娜塔莉娅来说，离开了庄园，是活不下去的。

"有什么法子呢？不过是一种习惯。"她朴实地说，"线总是往针上穿的，看来落叶总是要归根呵！"

眷恋苏霍多尔的人岂止一个娜塔莉娅！天哪！多少苏霍多尔

人喜爱回忆它的过去，又有多少人为它丧失了生命！

朵娘姑姑住在这里的小木房里，过着贫困的生活。苏霍多尔夺去了她的幸福、理智和美貌，夺去了一个人应该有的一切。虽然，我的父亲一直劝她离开老家，迁到卢涅沃来住，然而，她却丝毫没有背井离乡的意思，她说："打石头还是在山里方便！"

父亲是个无忧无虑的人，他对一切事物都从不留恋，然而，当他给我们讲起苏霍多尔的旧事时，也流露出深切的忧思。他很早就从苏霍多尔迁到卢涅沃庄园来了，这里是祖母奥丽佳·基里罗芙娜的地产。然而，他一直到死都埋怨不已，说："赫卢肖夫全家只剩我一个人活在世上，可惜也不住在苏霍多尔！"

是的，也常常有这样的情况，每当他如此感叹一番之后，往往若有所思地伫立在窗前，眺望着田野，突然自嘲般的淡淡一笑，从墙上取下他的吉他，然后，怀着像刚才眷恋它时所具有的同样的深厚感情，感慨地说："苏霍多尔的日子过得乱七八糟，以致败落到如此地步！"

对苏霍多尔往事的回忆，对草原的思念，因循守旧、落后懒散的生活方式，使整个村庄和苏霍多尔的上上下下融合成为一种完整的古老的家族关系，这是苏霍多尔人的精神，它的力量是巨大的。在我父亲身上也具有这种气质。是的，六册厚厚的家谱上记载的赫卢肖夫的世世代代，记载着那些传奇人物般的祖先，那些有着立陶宛和鞑靼王公贵族血统的名门显贵。此外，自古以来，赫卢肖夫家族一直和本村人联姻，它的血源还夹杂着下房奴婢的血液。彼得·彼得罗维奇的生命是谁给的？传说不一。人们说格尔瓦西加是个弑父之子。那么他的生身之父是谁呢？我们从儿童时代就听说彼得·基里雷奇就是他的父亲。父亲和叔父的性格为什么又是那么不同呢？对此人们也众说纷纭。父亲和娜塔莉娅是同奶姐弟，和格尔瓦西加交换过十字架[1]，结了干亲……因此赫卢肖夫家族早就应该承认：全村的人，包括奴仆、下人，都与他们沾亲带故。

我和姐姐受惑于古老故乡的魅力，也曾向往苏霍多尔。往昔，村子、下房和主人的宅邸组成了一个大家庭，我们的祖先是一家之长，他们掌管一切，这种传统代代相传，使人深深感到这种家族关系之久远。家族、氏族、部族的生活源远流长、错综复杂、神秘离奇，有时听起来令人毛骨悚然。年代久远的往事、荒诞古怪的传说，正是这些，苏霍多尔才具有它的魅力。有文字记载的苏霍多尔的家史和其他文献，并不比巴什基里亚草原上的其他山村丰富多少。俄罗斯是传说代替史料的国度，那些古老的传说和歌曲对斯拉夫人的心灵来说是一杯毒酒。老家的那些农奴喜欢幻想，满腔热情，又都是懒汉，他们除了高谈阔论我们家的故事，还能到什么地方去消闲解闷呢？！

现在，苏霍多尔家族剩下的唯一代表人物就是我的父亲。我们开始牙牙学语时，讲的是苏霍多尔的语言。深深感动我们心灵的最早的故事、歌曲是娜塔莉娅、父亲讲给我们、唱给我们的有关苏霍多尔的往事，难道还有什么人能比我父亲唱得更感人肺腑吗？他是我们家的农奴教出来的，他的歌声悠闲自若，夹着缕缕哀思，柔情似水又如怨如诉，肝胆相照又如泣如慕！他唱那支《矫揉造作的贤夫人》时，是多么动人啊！娜塔莉娅讲起故事来，有谁能和她相比呢？对我们的心灵来说，又有谁比苏霍多尔

---

1 俄国的民俗，交换受洗的十字架，是结成干亲的仪式。

的庄稼汉更使我们感到亲切?

从久远的时代起,赫卢肖夫家族就以争吵、斗殴闻名于草原,吵吵闹闹本来是每个长久居住在一起、关系密切的大家庭常有的事。记得我们还在孩提时代,苏霍多尔和卢涅沃之间发生了一次争吵,此后,父亲不进苏霍多尔家门达十年之久,所以,我们小的时候就从来没有见过苏霍多尔。记得有一回,我们去扎顿斯克时,曾经路过老家,但没有进去。梦想往往比目睹的景物有更大的吸引力。我们模模糊糊记得:那是夏日的永昼,眼前起伏不平的田野上有一条荒凉的、行人稀少的大道,然而一路上天地辽阔,景色宜人。路旁有几株树干上有洞的白柳;不远的庄稼地里,一个蜂房听天由命地挂在一株孤零零的白柳上。在一条长长的山坡拐弯的地方,有一块光秃秃、无水无草的牧场,上面有几幢简陋的小木屋,房后是黄扑扑的石谷,谷底有一层白色的、大大小小的卵石……第一起使我们丧魂失魄的事件,也是在苏霍多尔发生的:格尔瓦西加打死了我们的祖父。当我们听人们讲述这次凶杀的经过时,眼前仿佛又浮现出一条条黄扑扑的山谷,似乎格尔瓦西加干完了坏事,逃进了这些山谷里,就像钥匙沉进了大海一样消失了。

苏霍多尔的庄户人常常来卢涅沃串门,他们和其他下房人来的目的不一样,多半是谈各种和土地有关的事宜。他们像亲人回家似的走进我们的家门,躬身向父亲问安,吻他的手,然后甩一甩头发,同父亲和娜塔莉娅互相吻腮三次[1],再亲我们这些孩子的

---

1 是一种礼节。

嘴唇。他们带来蜂蜜、鸡蛋和绣花麻布巾[1]等礼物。我们是田野里长大的孩子，喜爱各种花草，也善于识别各种花草的香味，就像我们爱听歌曲和故事一样。和这些苏霍多尔的庄户人接吻时，闻到的那种独特的大麻的香气，都永生永世地留在我们记忆之中，不能忘怀。回想起来，他们带来的礼物都发散着古老的草原的芬芳：蜂蜜使你嗅到盛开的荞麦花香和老椴树上陈腐的蜂房的甜馥；绣花布巾上带着祖先住过的烟熏火燎的木屋和茅草仓房的气息……苏霍多尔的庄户人从来不讲他们自己的故事。话又说回来了，他们又有什么可讲的呢？他们自己连个传说都没有留下，祖祖辈辈过的都是同样单调的生活，随着岁月流逝而无影无踪了。他们日夜操劳取得的果实只不过是一块面包—— 一块赖以充饥的面包罢了！他们在早已干涸了的卡敏克河的石河床上挖出了水池，但水池不能和日月永在，水池干了。他们建造了房舍，房舍也不能和天地长存，一个火星把它们烧得干干净净，片瓦无存了……那么，苏霍多尔光秃秃的牧场、木屋、山谷、破败的庄园，其中使我们为之神往的东西又是什么呢？

2

当我们快要长大成人，已经进入青少年时期的时候，曾有机会去过一次苏霍多尔——这哺育了娜塔莉娅的精神世界、吞蚀了她整个一生的故乡。

此行的情景至今仍历历在目，宛如昨日。记得我们是傍晚抵

---

1 是一种四尺长的麻布手巾，上绣十字花纹，用作装饰圣像、房屋。有贵客来临，主人会用以擦拭茶杯等。

达苏霍多尔的。当时，大雨滂沱，雷声震耳欲聋，一个接一个的闪电像条条火蛇撕裂天空，晃得人睁不开眼睛；黑紫色的乌云铺天盖地向西北压了过去，盛气凌人地遮住了半边天。在这样威严的背景下面，那片绿油油的庄稼地虽然清晰可辨，看上去却显得毫无生气，仿佛蒙上了一层灰色。景色平淡极了。不过路旁被雨水打湿了的小草却异常鲜嫩，青翠悦目。被雨淋湿了的马，好像一下子消瘦了许多；马车行驶在青蓝色泥泞不堪的路上，马蹄一闪一闪地溅起了泥水……当马车正要转弯驶进苏霍多尔时，突然，我们看见湿漉漉的、高高的大麦地里，站着一个怪里怪气的人，弄不清是老头子还是老太婆。这个人穿着晨衣，戴着一顶破帽子，手里拿着一根树枝，正在痛打一头无角的花母牛。当车子快要驶到他面前时，这个人就越发使劲地打那头牲口。母牛甩着尾巴，终于笨拙地走上了大路。这时，我们才看明白这人是一位老妇人。她口里喊着什么，朝着我们的马车奔来，一走到我们跟前，她那张苍白的脸就向我们凑了过来。我们恐怖地望着她漆黑的眼睛和疯狂的眼神，同时感到她那冰冷的尖鼻子碰着我们的脸，一股强烈的陈年木屋的气味随即扑鼻而来。我们和这位老妇人接了吻。难道她就是女妖雅加[1]吗？老妇人头上戴着一顶高高的帽子，帽子是用肮脏的破布做的，她光着身子，穿了一件破旧不堪的晨衣，那件连瘦骨伶仃的胸脯都遮盖不住的衣服已经被雨水打湿了。她死命地喊叫，仿佛我们都是聋子似的，又好像是想要找茬儿大骂我们一番。之后我们听清楚了她喊叫的是什么，于是突然明白了，原来她就是朵娘姑姑。

---

1 俄国童话里的女妖，她骑着扫帚，可以从烟筒进入各家，专门吃小孩子。

克拉芙吉娅·玛尔科芙娜也向我们喊话，她的声音明快悦耳，举止很像一个无忧无虑的贵族学校的女学生。她个子不高，身体肥胖，脸上还有一颗灰色的小痣，一双眼睛炯炯有神，充满了朝气。她正坐在窗前织着袜子，看见了我们的马车，她就把眼镜推到额头上，凝神张望着那块和院子连成一片的牧场。这幢房子很大，有两个宽阔的门廊。娜塔莉娅站在右边的门廊上，她温顺地微笑着，深深地向我们鞠了一躬，以示问候，娜塔莉娅穿了一条红色的毛布裙子，领口开得很大的灰上衣里，露出了黝黑的、满是皱纹的脖子，她脚上穿着一双草鞋，身材纤细，皮肤晒得黑黝黝的。望着她的颈子、突出的锁骨、疲倦而忧伤的眼睛，我想，很久以前，她和父亲是一起在这里长大成人的。这幢祖传的槲木老屋，曾几经大火、多次重建。古老的大花园里，现在只剩下这样一副难看的景象了；在丛生的灌木中，夹杂着几株白桦和白杨；原先一排排的仓库和下房，现在仅余下一幢木屋、一座仓库和一间淹没在苦艾和野苋中泥抹的储藏室和冰窖了[1]……

茶炊端来了，室内充满了茶香。人们问长问短叙起了家常；从百年旧物的玻璃橱里拿出了盛糖酱的水晶盘，摆上了金茶匙——这些茶匙因为年深日久，已经磨得非常薄了，看上去好像片片枫叶；桌上的小甜面包圈大概已经收藏了很久，是主人专门备以招待贵客的。大家天南地北地谈了半天……一个古老而不和睦的家族，一旦能团聚在一起促膝谈心，真是倍觉亲密而和谐呵……之后，我们到光线很暗的各个房间去转了一趟，寻找通往花园的阳台。

---

1 俄国及我国东北都有蓄冰的习惯，即在仓房的地下挖一冰窖，冬季蓄存天然冰，以备夏季使用。

因为时间久远，这些空荡荡的房屋中的一切都蒙上了黑色，加之翻修时用的也是这房子的老木料[1]，更给人一种粗糙、简陋之感。这些房间一直保留着祖父在世时的格局。原先听差住的那间房里，墙角上供奉着的一幅斯摩棱斯克圣徒美尔库里的巨像[2]，已经旧得发黑了。据说，他的一双铁鞋和头盔至今还保存在斯摩棱斯克古老教堂的经台[3]上。我们听大人讲过他的故事：有一名叫美尔库里的赫赫有名的王公贵族，听见了圣母像说话，说指路女神召唤他去杀敌人，于是他奋起和鞑靼人作战，捍卫了斯摩棱斯克国土免遭敌人的蹂躏。圣徒打败了鞑靼人之后，躺下去休息，安然入睡了，这时敌人乘机取下了他的头。可是他抱起了自己的首级来到城门口，仿佛还想再看一眼他的故土……这是一幅苏兹达里省制作的圣像[4]，上面画着一个无头的人，一只手抱着青紫色的、戴着头盔的人头，另一只手抱着圣母像。看一眼这样的圣徒像都觉得毛骨悚然。人们说，这件祖传下来的厚厚的银质圣像，虽然几经大火，却仍然保存至今，上面木质部分已经被火烧裂了[5]。圣像的背面刻有赫卢肖夫的家谱，家谱上端刻着族徽。好像是为了保持风格的一致，室内的两扇门也非常笨重，每扇门的上下都装有沉甸甸的铁门闩。大厅的地板是用特别宽的木材铺成的，颜色很深，走上去挺光滑，窗子却小得很，可以支起来。我

---

1 这房子遭过几次大火，因是原木结构，翻修时木料仍可使用，所以也给人以烟薰火燎之感。

2 美尔库里为古罗马的商贾神，传到东正教成为守护神。

3 东正教教堂圣像下面放圣经的桌子。

4 苏兹达里以绘制圣像出名，这些绘像以后都成了俄国的著名文物。

5 圣像的面部和手是绘制的，银质部分钉在木板上，几经大火，被抢救出的圣像的木质部分因此留下了裂纹。

们穿过一个小厅去看会客室。这小厅只有当年赫卢肖夫家族成员围坐桌前、膝上放着鞭子共进午餐的那个大厅一半大。会客室里有门通向阳台。阳台对面靠墙摆着一架钢琴，我们听说：曾几何时，朵娘姑姑还在这里弹琴，那时，她坠入了情网，正热恋着一位姓伏依特凯维奇的军官，他是彼得·彼得罗维奇的同学。再往前走，就是祖父当年的起居室——一间是他的休息室，另一间在拐角，是卧室，这两间房子的门都大敞着……

傍晚天色阴沉沉的。花园里的树木已经被砍伐光了。那座谷物干燥室已经没有了屋顶，远处的白杨闪着银光，团团乌云浮在天际，云过处，彩霞绚丽，夕照中，群山一片殷红，闪着金灿灿的光辉。大概特罗申森林一带没有下暴雨吧！远方——花园、谷地后面的山坡上，就是那片黑郁郁的森林，阵阵干爽的、暖人肺腑的槲树的香气从那里吹过来，和青草的芬芳混杂在一起；还有一股湿润的和风，从林荫路旁残存的白桦树梢上吹来，掠过阳台前高高的荨麻、蓬蒿和灌木丛，也和花草的香气掺杂在一起了。偏僻荒凉的俄罗斯呵！草原上的傍晚呵！你那深邃奥秘的寂静笼罩了一切……

"请用茶。"有人小声地叫我们。

原来是娜塔莉娅！她是苏霍多尔全部生活的参与者、见证人，也是它的故事讲说员。她身后站着一个人，微微伛着身子，一面用疯狂的眼神注视着什么，一面彬彬有礼地、轻飘飘地从光滑的地板上走过去了。她就是娜塔莉娅的主人——朵娘姑姑。她头上仍然戴着那顶高高的帽子，不过身上穿的不是那件破烂的晨衣，而是一件式样古老、透明印花轻纱的连衣裙，肩上搭着一条颜色不新鲜的金线丝绸披肩。

"Où êtes-vous, mes ehfants[1]？"她矫揉造作地微笑着，大声叫喊，她的声音非常刺耳，吐字清晰，很像鹦鹉学舌，在阴暗的空室里回荡，听起来是那样古怪……

3

在苏霍多尔败落的庄园里，也像在娜塔莉娅的身上，在她那苏霍多尔哺育的农民的朴实美好而可怜的心灵中一样，有一种迷人的东西。

古老的客厅里地板已经倾斜，这里却满室茉莉花的香气。天长日久，阳台被太阳晒成青灰色，木料也朽烂了。因为台阶已经没有了，所以，要去花园，只能从阳台上往下跳，那样人就立即没进荨麻、接骨木和卫茅草里面。夏日炎炎，太阳烤晒着阳台，那两扇已经微微有些下沉的玻璃门开着的时候，一束愉快的阳光射在对面墙上一面昏暗无光的椭圆形镜子上，此情此景，勾起我们对朵娘姑姑往事的回忆。当年这里有一架钢琴，她看着发黄的、印有花体字的乐谱，弹着琴；他站在她身后，左手有力地叉着腰，双眉紧锁，绷着脸。当时，常常有一些漂亮的花蝴蝶飞进客厅里来，有的像身穿花洋布衣裳，有的如着日本和服，有的像披着紫黑色的天鹅绒披肩。有一次，那是他离开苏霍多尔之前，他站在钢琴前，情绪很坏，当他看见钢琴盖上停着一只颤动着翅膀的蝴蝶，很不耐烦，就一巴掌把它打死了。钢琴盖上只留下一点点银色的粉末。过了几天，女婢不懂事，收拾房间时，把银粉

1　法语，意思是："我的孩子，你们在哪里？"。当时俄国贵族都说法语，表示他们有教养。

擦掉了，于是，朵娘姑姑为此大哭大闹了一场，从此就疯了……我们走出客厅，坐在阳台温暖的栏杆上，想起了许许多多的往事。轻风吹过花园，送来阵阵白桦树叶的窃窃低语，这风声宛如丝绸在迎风飘舞。那根根白桦树干，仿佛包着白色的缎子，上面横七竖八地有些黑色的条纹，绿叶茂密的树枝向四面八方伸展开去。田野的风吹过来，白桦树叶就沙沙作响……这里有些房屋的烟窗已经坍塌；黑暗的阁楼里发散着陈旧的砖头气味，几束金色的阳光穿过钉死了的窗户投在呈深紫色的灰堆上。暮鸦栖宿在烟窗里和阁楼上，它们家族庞大，呱呱地闹过一阵之后，就归巢安息了。有一只羽毛翠绿、闪着金光的黄鹂，孑然一身，从一片白色的小花上飞过，它歌喉婉转，愉快地唱起歌来，这声音是那么悦耳动听……晚风和畅，小蜜蜂在阳台前的花朵上懒洋洋地爬来爬去，正在完成它不慌不忙的工作……沉寂中，白杨银白色的叶子在微微颤动，听起来仿佛是下着绵绵的细雨……我们在花园里徘徊，一直走到花园的深处，从这儿往前走就是庄稼地了。此处有一个祖先留下的浴室，天花板已经塌下来了。娜塔莉娅偷出来的彼得·彼得罗维奇的那面小镜子就曾经藏在这个浴室里，现在这里已经养上白兔了。这些小兔子软绵绵地跳到门槛上，怪模怪样地颤动着胡须和豁嘴唇，瞪着鼓溜溜的一双大眼睛——两眼的距离很远——瞧着那片长得高大的野葱、天仙子草、荨麻丛、刺梅和荒芜的樱桃树。谷物干燥室的门半掩着，里面栖宿着一只大猫头鹰。它选择了一个阴暗的角落，蹲在一根钓鱼竿上，两耳竖起，看不见东西的黄眼珠子转来转去，那样子十分凶恶，像个魔鬼似的。花园后面是望不到头的庄稼地。夕阳西下，正沉入这片海洋般的田野之中。此刻，宁静而凉爽的黄昏降临了，特罗申森林里的布谷鸟叫了起来，牧人斯切帕老伯吹起了短笛，其声如怨如诉，从草地上传来。猫头鹰坐在角落里等待着黑夜的来临。夜深人静时，田野、农村、庄园——一切都进入了梦乡，猫头鹰就专门选择这样的时刻在枝头哀鸣和哭泣。果然，它悄悄地围着干燥室飞了一圈，又在花园上空盘旋了一阵子，然后，飞向朵娘居住的木屋，轻轻地落在房顶上，突然，好似倾吐无限痛苦似的叫了几声。这时，睡在火炉边木榻上的朵娘一下子就被它吓醒了。

"仁慈的基督呵！宽恕我吧！"她长叹一声，喃喃地祷告着。

木屋里又热又黑，天花板上的苍蝇睡意蒙眬地嗡嗡了几声，像是表示它们的不满，因为，每夜都有什么事把它们吵醒：不是奶牛身上发痒往隔壁墙上乱蹭；就是老鼠在钢琴键上瞎跑，弄出丁当的声音，它一害怕掉了下来，落在屋角上那一堆姑姑仔仔细细垒起来的碎瓦片上，于是又稀里哗啦响成一片；或者是大黑猫深夜归来，睁着一双闪着绿光的眼睛，懒洋洋地叫主人给它开门；再不就是这只预言灾祸的鸮鸟飞到房顶上来乱叫。这时，朵娘姑姑克制着睡意，伸手轰赶黑暗中叮在她眼睛上的苍蝇，在木榻上摸了一阵，起身开了门，然后，就站在门口，把一个木头棒槌¹往满天星斗的夜空抛去。猫头鹰唰的一声展开了翅膀，擦着房盖上的茅草，低低地飞下来，在黑暗中消失了。之后，它几乎擦着地面，平稳地飞到谷物干燥室前面，扇动一下双翼，坐到屋梁上去了。这时，花园里又传来了它那哭泣般的叫声。它一动不

---

1 即捣衣用的木杵。这是一种迷信，如有凶鸟进宅，投掷木杵即可消除灾祸。

120

动地坐着，仿佛在回忆往事；突然，又宛若受惊似的嚎叫不已；沉静片刻之后，又歇斯底里地咯咯狂笑、呼啸哀鸣，泣天恸地；接着又沉默了一会儿，继之是低泣、呻吟和声声长叹……这昏暗而温暖的夜晚，空中浮着紫色的云朵，却是那样的宁静……时而传出睡意蒙眬的白杨的阵阵低语。黑乎乎的特罗申森林上空尚留有一抹晚霞，空气干爽、温暖，弥漫着槲树淡淡的香气，森林附近，辽阔的燕麦地的上空，在团团乌云之间，天蝎星座像墓碑上面的十字架似的，闪着银光……

我们每天都很晚才回庄园，尽情地呼吸着草原上露湿的清新气息，陶醉在野生花草的芬芳之中。兴尽归来，小心翼翼地踏上门廊，走进漆黑一片的衣帽间。这时，我们常常遇见娜塔莉娅在做晚祷。她身体瘦小，赤着脚，两手合在胸前，站在美尔库里圣像前面，低声地祷告着什么，然后手画十字，深深地弯下身去，在黑暗里面对着那看不见的圣徒鞠躬礼拜——她的一切动作是那么纯朴，仿佛她正和自己的亲人—— 一个也和她一样纯朴、善良、宽厚的人—— 在促膝谈心。

"是娜塔莉娅吗？"我们低声地叫她。

"是我。"她停止祷告，轻声地回答我们。

"这么晚了，你怎么还不睡觉？"

"躺在坟里时，还怕睡不够吗……"

我们坐在矮柜上，打开了窗子。她仍然站着，两手合在胸前。一抹残晖神秘地在天边闪烁，微光射进黑洞洞的房里来。这时，从披着露珠的草原上，远远地传来鹌鹑咕咕的叫声。池塘里一只被惊醒的鸭子报警似的，嘎嘎地叫了起来。

"逛去啦？"

"去散步来着。"

"年轻人嘛……从前，我们年轻的时候，通宵达旦在外面游逛……送走了晚霞，又迎来了朝晖呢……"

"以前的日子过得好吗？"

"好呵……"

接着是长时间的沉默。

"保姆，猫头鹰为什么叫呢？"我的姐姐问。

"夜猫子进宅，无事不来，魔鬼快把它抓去了吧！要是能打一枪，吓唬一下也好。一听见它叫，我就害怕，总是想：也许又要降临什么灾难了吧？它把小姐吓坏了，小姐本来胆子就小得要命！"

"她怎么得了这病的？"

"这是大家都清楚的事：老是流泪，老是哭，没完没了地思念，还能不病吗……后来，她开始祷告苍天援救她……可是她对我们这些丫头越来越凶，对下房的小厮们更是厉害得不能说了……"

这时，我们想起了祖先的鞭子，于是问她：

"这么说，家里过得不和睦吧？"

"哪还谈得上和睦？！特别是你们祖父，他老人家生病多年不管事，待他归天之后，少爷们当了家，加上已故的彼得·彼得罗维奇成了亲，就更糟了。大家的性子都很暴躁，个个都是一团炸药！"

"下人常挨打吗？"

"我们家从来不兴这种办法。我的过失可不算小呵！彼得·彼得罗维奇只不过吩咐用羊毛剪子把我头发剪光，给我穿上了干粗活穿的难看袍子，然后，发配到外村去干活……"

"你犯了什么过失呢？"

娜塔莉娅往往并不直截了当回答我们提出的问题。她有时直言不讳，详详细细地给我们讲解；有时突然停顿下来，然后轻轻地叹了口气，在黑暗中，凭她说话的声调，我们知道，她正在愁肠满腹地苦笑着。

"我早就给你们讲过了……就是因为做了那件错事情……那时候，我很年轻，真糊涂……夜莺在花园里唱过歌，歌声招来了罪恶，招来了横祸……呵！谁都知道，那时候，我还是个很年轻的姑娘……"

我姐姐温柔地请求她说：

"好保姆，你把刚才的那首诗念完好吗？"

娜塔莉娅局促不安起来。

"这不是诗，是一首民歌……我现在已经记不清楚了。"

"你说谎！你说谎！"

"那，好吧，就背背看……"

她像说顺口溜似的把歌词读了出来：

"'歌声招来了罪恶，招来了横祸……'然后是重唱，'花园里夜莺唱着忧伤的歌，歌声招来了罪恶，招来了横祸……夜沉沉，歌断肠，不让痴情的姑娘入梦乡……'"

姐姐鼓起勇气问道："你非常爱我的叔叔吗？"

娜塔莉娅痴情地、简短地回答说："非常爱他。"

"你天天为他祷告吗？"

"天天祷告。"

"听人家说，送你去索什基村时，你晕过去了。是吗？"

"是晕过去了。我们这些上房里使唤的丫头是很娇嫩的……受不了这样的惩罚……跟下房干粗活的小厮们不一样！叶夫西·波杜良安排我坐在车上打发我走的时候，我又怕又伤心，人都傻了……在县城里，因为什么都不习惯，我差一点没死。我一进了草原，就愈发舍不得走了，心里难受得厉害。这时，迎面来了一位骑马的军官，很像他，我喊叫了一声，就晕过去了！当我醒过来之后，躺在车上一路想：现在好了，不必伤心了，像到了天国一样！"

"他很厉害吗？"

"厉害得很，愿上帝宽恕他。"

"那么最任性的恐怕还是朵娘姑姑吧？"

"是的，是的。我可以告诉你们：她还去朝过圣呢！我们陪着她，真是受够了罪！她本来应该太太平平地过好日子，到现在都会有享不完的福，可她傲慢得要命，终于疯了……那时，伏依特凯维奇多么爱她呀！瞧这事怪不怪！"

"那么，祖父呢？"

"他吗？他也精神失常了。当然，他也因为出了一桩不称心的事……话又说回来了，那时候，人们都是烈性子……不过，那些年头，老爷们并不嫌弃我们下人。常常有这样的事：吃午餐的时候，你们的爸爸处罚了格尔瓦西加，本来也该罚他——可是，到吃晚饭的时候，他两人又在下房里一块儿玩起来，叮叮咚咚地弹起他们的三弦琴了……"

"请告诉我们，伏依特凯维奇长得漂亮吗？"

娜塔莉娅思忖了一下。

"我不想说假话，他长得很像个乌克兰人，不漂亮，人很

124

严肃，不爱说笑，性子倔强。常常念诗给你们姑姑听，常吓唬她说：'就是我死了，也会来找你，把你带走……'"

"听说祖父也是因为恋爱才精神失常的，是吗？"

"那是因为你们的祖母。这是另一回事了[1]，我的少小姐！看看我们这幢房子吧，阴森森的，连阳光都很少见，愿上帝与它同在！好，要是不嫌我笨嘴笨舌的话，现在你们就听我讲下面的故事吧……"

于是，娜塔莉娅慢条斯理、声音低沉地讲了一个很长很长的故事……

4

如果相信传说的话，那么，我们的曾祖父是个富有的人，晚年才从库尔斯克附近迁到苏霍多尔来。他不喜欢我们这块地方，不爱这里的森林，嫌荒郊野岭太偏僻。俗语说："远古的时候，地面上都是森林。"今天的这条大道，二百年前，也是茂密的森林，人们要走这条路，只能穿林而过。当时，卡敏加河的上游地带即现在的村落、庄园所在的地方，四围的田野和丘陵都在林海之中。然而，到了祖父当家的时候，已经面目全非了：这里出现了一片依林的宽阔的草原和光秃秃的山坡；田地里种着大麦、小麦、荞麦等作物；大路两旁，稀稀拉拉地栽着树干上有洞的白柳林；顺着苏霍多尔谷地往上走，沟里全是白卵石；原来的大森林不见了，这一带仅剩下一座特罗申树林。当然，那时我们的花园非

---

1 这里暗指祖母被一个农奴污辱了。

常漂亮，景色宜人。林荫路很宽，两侧挺立着七十株枝叶繁茂的白桦，樱桃树下荨麻丛生，花园四周生长着茂密的覆盆子树、丁香、金合欢，一排排银白杨已经成林了。再往前走，就是和花园连在一起的大田了。我们老家的主房上面覆盖着厚厚实实的草屋顶，因日晒雨淋已经发黑了。房前有一个大院落，长长的、成排的仓库和下人的住房建在院子的两侧。院墙后面，极目望去，是一片绿油油的看不到尽头的牧场和一座隶属于庄园的大村子。村里的人过着贫穷的生活，然而他们却依然悠闲自得，对一切都满不在乎。

"整个村庄都像它的主人！"娜塔莉娅说，"老爷们都是无忧无虑的人，他们不善理财，也不贪得无厌。西蒙·基里雷奇是你们祖父的哥哥，他和弟弟分了家，把又多又好的土地全占去了，世袭领地也都归了自己，只分给我们家索什基、苏霍多尔两个庄子和四百个农奴。后来，这四百人丁中有一半还逃走了……"

祖父彼得·彼得罗维奇只活了四十五岁就去世了。父亲常常说，有一天祖父在花园里休息，躺在苹果树下的地毯上睡着了，突然起了狂风，满树的苹果像下雨似的落下来，他受了惊吓，精神失常了。可是下房里讲的就不大一样了。娜塔莉娅说，我们的祖母是个美人，祖父非常爱她，祖母死后，祖父日夜思念她，终于想疯了，不过那天黄昏时分，苏霍多尔也确实有过一场大雷雨。彼得·基里雷奇生着一头黑发和一双温柔而体贴的黑眼睛，背微微有点驼，样子和朵娘姑姑有点相像。他患的不是狂暴性的神经病，所以不吵不闹，就这样直到死，病也没有好起来。据娜塔莉娅说，他的钱多得不得了，不知道怎么花才好。他病后常常身穿老式的花上衣，脚着羊皮软靴，若有所思地、轻轻地在房间里踱步。他常常四下环顾，若是没有人，就迅速地把金币塞进房墙的椭木缝里[1]。

"这是我留给朵娘办嫁妆的。"当他的行为被人发现时，他嗫嚅地解释说，"我的朋友，放在这里可靠些……至于以后怎么办理，那就随你们的便了；如果你们不愿意我这样做，我就不往这里放了……"

可是，他仍然继续往墙缝里塞金币。有时他把大厅、客厅里的那些笨重的家具搬过来搬过去，仿佛准备接待什么贵宾，虽然他的邻居几乎从来不到苏霍多尔做客。有时他埋怨没有吃饱，于是就自己动手做格瓦斯面包渣汤[2]。他笨拙地把小葱放到木碗里，使劲儿捣碎，把面包渣倒进去，然后把冒着泡沫的格瓦斯冲进碗里，再撒上一大把大粒粗盐，结果这汤又咸又苦，简直无法下咽。吃过午饭，庄园里的人都不干活，各自寻找自己心爱的角落去好好地睡个午觉，他们午睡的时间很长。这时，连夜里都睡得很少的彼得·基里雷奇就更不知道如何打发这永昼了。他不堪忍受可怕的孤独和寂寞，就到处乱溜达，到处瞎张望。他走进卧室，步入过厅，然后到女儿和其他人的房里去，小心翼翼地去叫醒睡午觉的人们：

"你睡着了吗，阿尔喀沙[3]？你睡着了没有，小朵娘？"

这时，他听到的回答是充满愤怒的喊叫："看在上帝的分

---

1 俄式木屋是用整原木堆积起来的建筑物，内墙不涂浆灰，原木之间有缝隙。

2 一种用格瓦斯、面包渣、葱等做的素汤。

3 即阿尔喀吉的爱称。

上，饶了我们吧！"

于是，他赶忙安慰他们说："睡吧！睡吧！我亲爱的，我并不想吵醒你……"

他走开了，但他从来不进听差们的房间，因为他认为听差都是些粗野的人。十分钟后，他又出现在门前，轻声轻气地叫人，胡乱想出一些借口，比如说：林里有马车的铃铛响啦，有人来啦，大概是彼得从团里回来休假啦；或者扯谎说天空上有一片冰雹云啦；等等。

"他老人家特别怕雷雨天气，"娜塔莉娅说，"当时我还是个黄毛丫头，未到及笄之年，虽然年龄还小，但记得却很清楚。我们老家这幢房子，一天到晚黑咕隆咚的，见不到多少阳光。夏季天长，真是让人度日如年哪。下房的人闲着没事可干，不知道怎么消磨自己的时光……上房的听差就有五个人……老爷们午饭后都要睡午觉，这是大家都很清楚的，我们这些下人——他们忠实、顺从的奴仆——伺候完他们之后也躺下睡一会儿。彼得·基里雷奇从来不到我们房里来，他特别躲着格尔瓦西加。如果格尔瓦西加听见有'听差，听差，你们睡了吗？'喊人的声音，那他就会马上从木炕上抬起头来问道：'听着，你是不是想让我马上抓一把荨麻塞进你老爷的裤裆里？''你跟谁敢说出这样的话？''我是在做梦，和看家神说话呢！'这时，彼得·基里雷奇就会回到大厅和客厅里，在那儿来回踱步，不时地瞧瞧窗户，望望花园，看看天上有没有黑云彩。听说古时候常有雷雨，这倒也是真的，而且不来便罢，一来就是大雷雨。早先，午饭后，只要金莺一啼叫，花园后面马上就有黑云上来……房间里立刻就暗了，园子里的蒿草、密密实实的荨麻都会沙沙乱响，火鸡带着一

128

群小火鸡躲到阳台下面来……看到这光景，真叫人汗毛倒竖、心烦意乱！老爷这时总是唉声叹气地把手放在胸前画十字，登高爬梯赶忙点上圣像前面的蜡烛，挂上那条曾祖父传下来的绣花布手巾(我一见这条手巾就怕得要死！)，或者抓起一把剪刀扔到花园里去。扔剪刀[1]是最重要的事，因为据说这样能赶走雷雨……"

　　曾经有一段时间，法国人住在苏霍多尔。那时家里显得愉快些。先来的法国老师名叫路易·伊凡诺维奇[2]。他穿着上面宽大、裤腿窄小的裤子，嘴上留着两撇长长的小胡子，一对沉思的眼睛碧蓝碧蓝的，他是个秃子，假发一直贴到鬓角上。后来的第二个老师是个五十来岁的法国女子——西吉小姐。老师在的时候，家中各个房间里都可以听见路易·伊凡诺维奇对阿尔喀吉大喊大叫："你给我出去，再不许进来！"或者可以听到教室里说的法国话"maitre Corbeau sur un arbre perche[3]"和朵娘的琴声。两个法国老师在苏霍多尔前后住了八年，彼得·基里雷奇很愿意把他们留下，因为有他们在，家里显得不那么寂寞。以后孩子们到省里读书去了，在他们回家度第三个暑假之前，两位老师离开了苏霍多尔，辞职走了。这个假期之后，彼得·基里雷奇就再没有送阿尔喀吉和朵娘去上学，他说，送彼得一个男孩子去上学也就足够了。自此之后，孩子们既没有再读什么书，也再没有什么人去照管他们……娜塔莉娅说："我年纪比他们都小。格尔瓦西加和你们父亲同岁，自然他们两人最早成了知心朋友。俗语说得好：狼和骏马不是亲戚。他们俩交了朋友，起誓要永生永世友好下去，

　1　这是一种迷信。
　2　在俄国当家庭教师的外国人，常给自己起俄国名字，以便于称呼。
　3　法语。意为：乌鸦飞上了树梢。

还交换了十字架，拜了干兄弟，可是没有多久，格尔瓦西加就闹出了事：他差一点把你们的爸爸淹死在池塘里！这人满脑子坏主意，专门干犯法坐牢的勾当。有一次他问少爷：'当你长大了，也会拿鞭子打我吗？'少爷说：'会的。'他说：'不要这样。'少爷问：'为什么不要这样呢？'他说：'不为什么……'以后他就想出了个主意：他看见池塘旁边的高坡上放着一个大木桶，就叫阿尔喀吉·彼得罗维奇钻进去，对他说：'少爷，你先滚下去，然后我来……'少爷听了他的话，钻进木桶，用脚一蹬，木桶就轰隆轰隆地从山坡上滚了下来，扑通一声掉进了水里……我的天呵！只见山坡上像刮起龙卷风般扬起了尘土！多亏旁边有几个放羊的，才把人救上来了……"

法国人住在苏霍多尔时，老家还像个家的样子，有点生活气息。祖母在世时，这个家里，有主人，有人当家管事，有上有下；有接待客人的华丽厅堂，有眷属孩子起居的内室；有繁忙的工作，也有过节休假的日子。法国人在的时候，保持了祖母在世时的习惯。后来他们走了，家里就完全没有人当家做主了。那时，孩子们都还年幼，最年长的要算彼得·彼得罗维奇了。然而他能做些什么呢？这个家到底谁统治谁呢？是他管理下人呢，还是他受下人管制呢？钢琴的盖子关着，没有人动它；槲木餐桌上的桌布不见了，不能准时开午饭，进餐时，桌上也不铺桌布了；门廊里养了猎犬，结果来了人进门都很困难；没有人关心家中的清洁卫生，不久，本来颜色就深暗的原木墙壁、地板、门框、沉重的门窗以及那占据了厅室整个角落的苏兹达里绘制的圣像都变成了黑色。夜间，特别是雷雨之夜，外面大雨倾盆，闪电照得那仿佛在战栗的天空一片金红，大厅里的圣像时隐时现，接着是震耳欲聋的滚滚雷鸣和伸手不见五指的一片黑暗。在这样的时刻，坐在家里，真是恐怖极了。而夏日永昼又让人觉得一切都是那样无精打采，空虚、寂寞，百无聊赖。就这样年复一年，彼得·基里雷奇的身体日益衰弱，作为主人的他几乎已经不复存在了。祖父的奶娘——老朽不堪的达莉娅·乌斯琴诺芙娜成了一家之主，操持家务。可是，没有人听她的话，她当家和祖父当家没有什么两样。老管事吉米扬从来没有插手过日常家务，他只管理大田里的农活。他常常懒洋洋地讽刺说："我不想欺负我的主人……"当时父亲还是个少年，顾不上苏霍多尔的家务。他每天发疯似的出去打猎，三弦琴使他陶醉，和格尔瓦西加形影不离，热衷于他们的友谊，整天整日地消磨在米舍尔斯克沼泽地里和他一起游猎，或者两人躲在车棚子里忙于弹三弦琴、学吹短笛，等等。

"我们只知道他晚上才回家睡觉，"娜塔莉娅说，"要是不回家，那就是在村子里，或者车棚子里，再不然就是打猎去了。冬天打兔子，秋天打狐狸，夏天打鹌鹑、野鸭子和山鸡。你瞧他们，把猎枪往肩上一背，叫来车夫吉安加，然后往轻便马车上一跳，于是主仆两人，今天去河中游的磨坊，明天到米舍尔斯克沼泽池，后天又奔往草原了。格尔瓦西加和他形影不离，什么事都是他出主意领头干的，但每次他却装模作样地说是少爷非叫他跟去不可。阿尔喀吉·彼得罗维奇真心诚意地爱着他，对他像亲兄弟一样，可是他却越来越爱捉弄少爷，他哪里是朋友，简直是个冤家。还发生过这样的事情，少爷说：'来，格尔瓦西加，咱们弹三弦琴吧！看在上帝的分上，教我弹弹《殷红的太阳落进了树林》这首曲子，行吗？'格尔瓦西加瞪着他，鼻子里喷着烟，嘲弄他说：'请先吻我的手！¹'这时阿尔喀吉·彼得罗维奇的脸马上白了，立即跳了起来，使出了浑身的力气，啪的一声，打了他一个嘴巴。可他，只摇了摇头，脸色变得铁青，皱起了两道眉毛，像个强盗一样。'站起来，你这无赖！'他站了起来，垂手直立，像条猎犬，宽大的绒布裤子耷拉着……一句话也不说。'你要向我道歉！''对不起，少爷！'于是阿尔喀吉·彼得罗维奇叹了一口气，不知道再说什么好了。'别来什么少爷少爷这一套了，'他喊道，'我从来对你平等相待，你这无赖！我有时候想：为了你，我连自己的命都舍得……可是你，你老是故意以怨报德。'"娜塔莉娅说，"事情说起来也奇怪，格尔瓦西加老是捉弄少爷和祖父他老人家；小姐呢，却总是没完没了地折腾我。说老实话，老祖父和少爷都非常宠爱格尔瓦西加，我也十分爱小姐……后来，我犯了家规，被发配到了索什基村，当我又回到苏霍多尔以后，我才悟出了点道理……"

5

祖父辞世，格尔瓦西加逃走，彼得·彼得罗维奇成家，朵娘姑姑也精神失了常，说自己是至上耶稣的未婚妻，终身侍奉上帝了。娜塔莉娅流放归来后看到，在发生了这一切大小事件之后，人们变得怒目而视，腿上横着鞭子在一起进午餐了。朵娘姑姑发疯和娜塔莉娅被流放，都是爱情引起的后果。

年轻的主人送走了祖父寂寞、闭塞的岁月。出乎一切人的意

1　这是农奴对主人的礼节。

料，彼得·彼得罗维奇退了伍，回到苏霍多尔老家。他的归来，差点置朵娘姑姑和娜塔莉娅于死地。

她们两人都深深地坠入了情网，不知不觉地投入了爱神的怀抱。开始时，只觉得"生活变得愉快一些了"。

刚回来那阵子，彼得·彼得罗维奇把苏霍多尔的生活进行了一番革新，想使旧居呈现一派阔绰、欢乐的景象。他和他的朋友伏依特凯维奇带着一名厨师一起回来的。这位厨师是个下巴剃得光光的大酒鬼。他斜眼看着那些长了一层绿锈的做水晶肉冻儿用的模子和笨重的刀叉，脸上挂着瞧不起人的神情。彼得·彼得罗维奇很想在自己的朋友面前炫耀一番他的富有、豪爽和殷勤好客的气派，然而他像一个孩子那样，一切都做得那么笨拙，那么不得体、不像样子。实际上他确实还是一个孩子。他长得十分娇嫩，漂亮非凡，然而性情却非常尖刻而且残忍。小时候，他仿佛很自信，然而也很容易发怒，动不动就气得满眼泪水，对得罪过他的人总是耿耿于怀，久久不能忘却。

"我记得，阿尔喀吉弟弟。"他回到苏霍多尔的第一天，吃饭的时候说道，"记得我们家里藏有挺不错的红葡萄酒。还有吗？"

祖父涨红了脸，想说点什么，但是他没有敢开口，用手不断地揪着胸口的上衣。

阿尔喀吉·彼得罗维奇有点摸不着头脑，问道："什么红葡萄酒？"

这时，格尔瓦西加却蛮横地看了彼得·彼得罗维奇一眼，然后冷笑了一声。

"您大概忘了吧，老爷！"他对阿尔喀吉·彼得罗维奇说，一点也不想隐瞒他那嘲笑的意思，"你们老爷自然是不知道怎样处理这些多得不得了的葡萄酒，我们下房的奴仆们就把酒拖了出去，把陈年老酒当格瓦斯给喝掉了。"

"还有个规矩没有？这还得了！"彼得·彼得罗维奇提高了嗓子呵斥他，气得脸都紫了，"住口！"

这时祖父心情振奋地把话头接了下去："对，对，彼琴卡[1]，再给他点颜色看！"祖父兴高采烈地拖着细嗓门喊了起来，声音里带着哭腔，"你完全不能想象，他是多么目中无人，天天挖苦我。我不止一次想过：还不如偷偷地拿个铜棒锤，一下子把他打死算了……真的，我真这么想过！我想拿把匕首在他腰上捅一刀！"

格尔瓦西加一步不让，立即回敬了他。

"老爷，您要是这么干，那可就犯法了，要判重刑的。"他双眉紧蹙，反驳着，"我的脑袋里也常有一个念头：大概该送老爷上天国了吧！"

事后彼得·彼得罗维奇说，这样无法无天的回答是完全出乎他意料的，当时因为有外人在座，所以克制住了自己的感情。他只对格尔瓦西加说道："马上滚出去！"然而他又为自己的急躁、有伤体面而羞愧不已，他赶忙向伏依特凯维奇表示了歉意，抬起他那双迷人的眼睛，面带微笑地看了客人一眼。凡是认识彼得·彼得罗维奇的人，对他这一双漂亮的眼睛是久久不能忘怀的。几度寒暑春秋、雨雪风霜，多少岁月过去了，娜塔莉娅一直不能忘记这双眼睛。

1　彼得的爱称。

她的幸福曾是那么短暂，可有谁料到，这异常短暂的幸福是以娜塔莉娅被流放到索什基而告终的呢？！又有谁知道，这段情思是她一生中最好的时刻呢？

索什基村至今还在，不过它已易主，属于一个唐波夫省的富人了。村子坐落在空旷的平原上。这里有长长的俄式木屋、仓库、用吊杆汲水的井和打谷场，四围都是瓜园。这个村庄和祖父在世时差不多，就是从苏霍多尔去索什基途中经过的那个城市也没有多大的变化。娜塔莉娅犯下的过失，对她自己来说，也是完全出乎意料的：她偷了彼得·彼得罗维奇一面镶银的漂亮的小镜子。

她见到了这面镜子，觉得好看极了，惊叹不已，她控制不住自己的感情就偷走了[1]。不过，属于彼得·彼得罗维奇的一切，无不使她惊异，无不具有同镜子一样的魅力。家中丢失了镜子的这几天里，她被自己犯下的罪行吓傻了，同时，像《小红花的故事》[2]中说的那样，她被心中的巨大秘密和获得的至宝弄得神魂颠倒。就寝之前，她祷告上苍：让黑夜飞快过去，晨曦迅速来临。因为她觉得这个家苏生了，变得快乐了，自从这位美男子少爷回来以后，新的迷人的事物充满了苏霍多尔。这位少爷服装华丽，擦发蜡，头发梳得光光的，军服上高高的衣领鲜红耀眼，肌肤黑黝黝的，然而却细腻得和小姐一样。就是娜塔莉娅睡觉的过厅里也充满了欢乐。当天空刚露出曙色，她就从作床铺用的大箱子上

1　俄国民间的一种迷信，镜子可以问卜，如果姑娘用心上人的镜子去照自己，可以获得他的爱慕。

2　《小红花的故事》是描写一头大熊变成一个美貌青年和一个少女恋爱的故事。

跳起来，立刻想到的是：在这世界上，她也有了快乐，因为门前有一双轻巧的皮靴等待她去刷，她觉得这样合脚的靴子只有王子才配穿。此外，花园里，在那间已经废弃不用的浴室里，还有一件更加使她欣喜而又恐惧的东西——那面沉甸甸的镶银的双面镜子就藏在这里。当人们还在梦乡中漫游的时候，娜塔莉娅就已经踏着露珠晶莹的野草丛，悄悄地跑到花园尽头，去欣赏她收藏的宝物。她站在浴室门口，迎着夏日早晨炽热的阳光，拿出小镜子照来照去。小镜子使她高兴万分，觉得头晕目眩了，然后她藏起她的宝镜，跑回家去。整个上午，她都在伺候她的少爷，然而却不敢抬头看他一眼。为了他，她曾不断地在镜中端详自己，疯狂地希望着：有朝一日，她能够得到他的喜爱。

然而，关于《小红花的故事》很快就结束了，而且是以娜塔莉娅的心灵蒙受了无以名状的羞辱而告终的……彼得·彼得罗维奇亲自吩咐给她剪了光头，穿上最难看的粗糙衣服，把眉毛描得又粗又黑，把她丑化得不成样子之后，再强迫她去照她偷来的那面镜子。这面镜子曾经照过她心中的秘密，温暖过她的心，使她感到自己的心灵和他接近了。娜塔莉娅的过失是他亲自发现的，而且给她定了个"偷窃罪"，说是下房小丫头的鬼蜮伎俩。他命令当着全体奴婢下人的面，把穿上了粗糙的劳工服、眼睛哭得肿肿的娜塔莉娅拖到粪车上，发放到遥远的草原上，发放到无人知道、可怕的村庄去受苦。她受尽了凌辱，心灵中所留恋的一切全都被夺走了。她已经知道：在那个村子里，她将头顶烈日养小鸡、喂火鸡、看瓜地，被世人所遗忘，在草原上度日如年。那里，白天地平线消失在浮动着的气雾之中，只有酷暑、寂静，在这样的环境中，人们仿佛只能整天鼾睡不醒。然而不行，他们应该去听熟透了的豌豆荚有没有微微可辨的干裂声；在那灼热的地上孵蛋的老母鸡是否已经孵出了小鸡；如果小火鸡在高声地哀叫，要去看看是否有老鹞鹰从天上飞下来，在地上投下了它那可怕的暗影；或者，如果人们听到有一种细长的咻咻声，就应该赶紧跳起来出去查看一番……那村里，还有个老太婆——一个乌克兰人，不说别的，单是她一个人已经够娜塔莉娅受的了，因为这老太婆掌握着对她的生杀予夺之权，大概这时候她已经急不可待地等候着给她送来的牺牲品了吧！有一点娜塔莉娅比其他被处以极刑的人强些，就是她还可以寻个机会悬梁自缢。这个念头一路上支持着她走到流放地，自然，她觉得此生此世她都将在这里受苦了。

在横穿整个县界的路上，娜塔莉娅饱览了一路上的风光。然而她顾不上欣赏这些东西，她只是想，不，大概她只是意识到一件事：此生休矣！因为她所蒙受的耻辱和犯下的罪行是如此重大，使她无颜再偷生人间。暂时她身边还有一个亲人，这就是叶夫西·波杜良。可是，过几天他就会把她交给那个乌克兰女人，然后再住上一夜，之后，就永世把她抛在异乡，自己回苏霍多尔去了。到那时，她将怎么办呢？她一路上哭得声嘶力竭，后来想吃点东西了。使她吃惊的是，叶夫西并没有认为这一切有什么奇怪。他边吃东西，边和娜塔莉娅聊天，和往常一样，好像并没有发生什么变故。之后，她睡着了，待她醒来，他们已经进了县城。她没有料到城市不但空气那么干燥，令人透不过气来，一点意思也没有，而且还使她模模糊糊地感到一种恐怖和忧伤，仿佛是做了一场说不清楚的梦。以后回想起来，她只记得草原上的夏日炎热异常，这天走过的路都长得永无尽头，此外好像世上就再一无所有了。她还记得有一条用石头铺的街道，车子驶在路面上，发出一种听起来特别奇怪的声音。从远处她就闻到这座县城有股铁皮屋顶的气味。在过往行人休息和喂马的广场上，到傍晚时分，卖熟食的凉棚附近就已经没有人了，可是这里依然发散着松焦油、尘土和腐烂了的干草的味道。庄户人的停车场上还留有一小束被踩在马粪里的干草。叶夫西卸了车，把马牵到车前，喂上草料，把被太阳烤得热乎乎的帽子往后脑勺上一推，浑身晒得漆黑的叶夫西用袖子擦了把汗水，就到小饭馆去了。他非常严厉地嘱咐娜塔莉娅要"倍加小心"，如果出了什么事，就死命喊叫，让全广场都能听见。于是娜塔莉娅一动不动地坐在车上，两眼凝视着新建起来的教堂的圆屋顶，远远看去，这圆屋顶好像是层层屋舍后面升起的一颗巨大的亮晶晶的星辰。就这样，她一直等到叶夫西回来。过了一会儿，他回来了，嘴里嚼着东西，满脸带着酒后欢快的神情，腋下夹着一个白面包。一回来他就动手把马套进了车辕里。

"咱们大概不能按时候赶到了，我的皇后！"他兴致勃勃地不知是对娜塔莉娅还是对马说，"不过，既然没有人寻死上吊，也没有失火要赶着去救，那我也就用不着半路上返回去。对我来说，哥们儿，老爷的马比你的爱吵爱闹的大嗓门儿值钱。"这里他指的是吉米扬，"瞧他伸着脖子喊的那些话，什么'你当心点！要是出了什么差错，给我发现了，我会扒下你的裤子揍你的屁股……'咳！当时真把我的肚子都气炸了！就是老爷们也没有扒下过我的裤子……你这黑牙齿的魔鬼能和我平起平坐吗？哼！'你当心点！'我有什么可当心的？我又不比你傻，不比你笨。要是我高兴，我就溜之大吉不回庄园了，等我把这姑娘送到地方，

138

自己改个名字，谁还能再找到我……我真奇怪这姑娘，伤什么心？唉，她真是个糊涂虫！世界这么大，哪里不能容身呢？遇见有乌克兰盐贩子，或是卖唱的老头子打村口路过，你只要说一句话，立刻就能到罗斯托夫那块宝地了……到了那儿，谁还问你从前姓甚名谁呢！"

这时，在娜塔莉娅那个头发被剪光了的脑袋里出现了一个新念头：不上吊了，逃走！马车吱吱嘎嘎地响着，左右摇晃地往前走。叶夫西沉默起来，他牵着马走到广场上的井边去饮水。落日正沉入他们背后那座修道院大花园的后面。修道院的对面是一座尖柱形的黄色城堡[1]，隔街可以看见城堡窗子上金灿灿的灯光。这座城堡的样子又一次激起娜塔莉娅逃跑的念头。对呀！逃走之后不是也能活下去嘛！不过，听人家说，那些卖唱的老头子拐走了小伙子和年轻的姑娘后，会把他们的眼睛用滚开的牛奶烫瞎，然后说他们是残废，逼他们卖唱；盐贩子会把人拐到海上，卖给坏人……有时，主人还能把逃跑的家丁抓回来，带上镣铐，关进监狱去做苦工……格尔瓦西加说过：坐牢也没有什么了不起的，庄户人仍然是庄户人，不会变成牛马！

城堡窗上的灯光熄灭了，娜塔莉娅的思路也变得混乱了。不行，逃跑比上吊还可怕！这时，叶夫西的酒兴过去了，他沉默着，一句话也不说了。

"咱们是不能按时赶到地方了，姑娘！"他一面心地平静地说，一面侧身一跳，坐在车边上。

马车上了大路，又颠簸起来，左右摇晃着，轰隆轰隆地驶在

---

1 作者用的双关语，"尖柱形城堡"和"监狱"是同音词，这里指城堡外形很像监狱，所以娜塔莉娅想要逃走。

石头路上……"最好还是能把车赶回去。"娜塔莉娅不知是这样想呢，还是意识到应该这样做，"回去，快马加鞭地把车赶回苏霍多尔，然后跪倒在主人们的脚下！"然而叶夫西仍然赶着车往前走。房屋后面的星星不见了。前面是白茫茫的空无行人的街道，白茫茫的马路，粉白的房屋，这条街道，这些房屋的尽头就是那座白洋铁圆顶的洁白的大教堂。那天空也仿佛显得苍白、冷漠。在她的想象中，苏霍多尔老家早已遍地露珠了。花园里空气清新而芳馥，厨房上飘着缕缕炊烟[1]。平坦的田野、银白杨、花园尽头祖传的老浴室，一切都沐浴在夕阳的残照里。客厅通向阳台的门敞开着，殷红的晚霞映照进来，然而屋角却是阴暗的。室内有一位小姐肤色黝黑，还有些发黄，眼睛也是漆黑的，模样既像祖父，又像彼得·彼得罗维奇，她身穿薄薄的宽大的橙黄色丝绸连衣裙，眼睛凝视着琴谱，背对着落日的余晖，不时地理一下她的衣袖，手指有力地弹着淡黄色的琴键。一支奥金斯基[2]的《波洛涅兹舞曲》在客厅里回荡，琴声庄严而悠扬，深情而奔放，她好像一点也没有注意站在她身后的那位军官。此人个子不高，面孔黑黝黝的，左手叉着腰，全神贯注，神情严肃地注视着她在琴键上飞速弹奏着的手指……

"她有她的心上人，我有我的心上人。"每当遇上这样的傍晚，娜塔莉娅不知是这样想，还是心里意识到这一点。每逢月夜良宵，她的心简直快要停止跳动了，她跑进凉气袭人、遍地露水的花园，钻进发散着牛蒡花湿润浓郁芳香的茂密的荨麻丛里，静

---

1 炊烟对俄国人来说，能引起思乡之情。来自格里鲍耶多夫的诗句："久别故乡归来的游子，故国的炊烟也芳香扑鼻。"

2 波兰著名作曲家。

静地站着。她在期待着一件不可能实现的梦想突然成为现实：她希望有朝一日，少爷从阳台上下来，在林荫路上漫步，看见了她之后，就猛然转身，快步向她走过来……她将陶醉于幸福和恐惧之中，却一句话也说不出来……

马车行驶着，隆隆地响个不停。他们没有出城，原来她想象中的仙境般的城市，实际上却是炎热不堪、恶臭扑鼻的地方。娜塔莉娅惊异而痛心地望着一排排的房屋、院落、营业店铺前的石铺路上来往的红男绿女……"叶夫西为什么要到这儿来？"她想，"他老把马车赶得隆隆地响，又是为什么？"

他们驶过教堂，沿着崎岖不平、尘土飞扬的山坡路，经过几家黑洞洞的铁匠炉和几间发着霉腐气味的市民居住的简陋茅屋，向一条浅水河驶去……这时，他们又感到了熟悉的河水的温暖、青苔的清新和傍晚田野的凉爽。对面山上一栋铁道拦路杆附近独屋里的灯火已遥遥可见……他们终于走到了开阔地带，过了桥，向着铁道拦路杆驶去。迎面出现的一条空荡荡、白茫茫的石铺路伸向无际的远方，伸向蓝蓝的夜色笼罩着的草原。马一路小跑过了铁路之后，就放慢了速度往前走着。寂静，夜的寂静，天和地都沉浸在这寂静之中。此刻远方传来阵阵如泣如诉、叮叮当当的马颈圈的铃声。铃声越来越清楚，宛如有人唱着悲伤的歌，最后，这铃声、三驾马车和谐的嘚嘚蹄声和车轮滚过石铺路的隆隆响声都融合在一起了……一个年轻的、临时雇用的车夫赶着一辆三驾马车，车里坐着一名军官，他穿着带有风帽的军大衣，下巴埋在领子里面，当这辆马车擦肩驶过娜塔莉娅乘坐的马车时，他猛地抬起了头。这时，娜塔莉娅突然看见了军服上鲜红的衣领、漆黑的小髭和像水桶似的高高的军帽下面那对光彩耀人的年轻的眼睛……她大叫了一声，晕过去了……一个使她神魂颠倒的念头照亮了她的心：她看见了彼得·彼得罗维奇。痛苦和深情像闪电一样穿透了这个下房丫头脆弱的心，她猛然感到：她永远不能再在他的身边了……叶夫西赶紧拿起路上用的木桶，往她那剃光了头发、向后仰着的头上浇了一桶水。

她感到一阵恶心，醒了过来，于是赶紧把头伸向车外，叶夫西急忙用手掌托住她冰冷的头……

她觉得心里轻松一些，身上有些冷，因为上衣已经湿透了，她仰卧在车上，凝视着天上的星星。吓坏了的叶夫西一声不吭，以为娜塔莉娅已经睡着了，他一面不时地摇着头，一面紧赶着马车。车子颠簸着，向前飞驶。然而娜塔莉娅这个小姑娘却没有感到这些，她只觉得自己的肉体已经不存在了，留下的只有灵魂，这灵魂是那样舒畅、自由，像已经升入了天国一样……

她的爱情犹如童话世界花园中开放的那朵小红花，在这荒凉寂寞的草原上，比起在偏僻的苏霍多尔，更显得圣洁，不可侵犯。她带走了她圣洁的爱情。在以后漫长的岁月中，在寂寥孤独时，她将借以驱散心中的巨大痛苦，重温初恋的甜蜜和欢乐。然后，把她的爱深深地埋藏在她那苏霍多尔哺育出来的心灵的深处，直到她走进坟墓。

6

苏霍多尔的爱情故事极不平凡，它的积怨和仇恨也是如此。

祖父之死，害死他的凶手的所作所为，以及苏霍多尔逝去的一切，都是荒诞离奇的。就在娜塔莉娅出事的同年，祖父被害

142

了。那天苏霍多尔正在过一个盛大的宗教节日——圣母节[1]。彼得·彼得罗维奇请了许多客人，他一直惶惶不安，不知道曾答应出席酒宴的首席贵族是否能来。祖父不知为什么也心神不宁，然而却很高兴。结果首席贵族光临了苏霍多尔。午宴丰盛豪华，客人众多，宾主尽欢而散。这天最高兴的是祖父，可是第二天——十月初二清晨，人们在地板上发现了他的尸体。

退伍之后，彼得·彼得罗维奇毫不隐讳地说：他退役是为了挽救赫卢肖夫家的荣誉，为了重整家园。他还直截了当地说：他将不得不亲自管理苏霍多尔庄园的事务。他声称：他应该结识县里最有教养、对他有用的贵族并和他们交往，和其他贵族也保持一定的关系。刚回来那一阵子，他的确准备按自己的安排行事，拜会了许多人，包括一些小庄园主，连他的姑妈奥莉佳·基里罗芙娜都看望过了。她是一个胖得要命的老妇人，患昏睡症，还有用鼻烟刷牙齿的怪癖。到了秋天，人人都已经十分清楚了，彼得·彼得罗维奇掌管了家产，已经大权独揽了。他那副神情，已经不是回家休假的美男子、潇洒的军官，而是一家之长、年轻的地主了。当他感到窘促的时候，也不像以前那样满脸绯红。他发福了，身体肥胖起来，穿上了贵重的旧式短上衣，秀气的脚蹬着舒适的红色鞑靼式便鞋，纤细的手指上戴着绿松石戒指。阿尔喀吉·彼得罗维奇不敢去看他那对棕黑色的眼睛，也不知道应该和他谈些什么。他刚回到苏霍多尔的时候，阿尔喀吉·彼得罗维奇无论什么事都依他的意见处理，自己整天在外面打猎。

圣母节那天，彼得·彼得罗维奇想向所有的来宾夸耀一下他

1　圣母节的日期是俄旧历十月初一。

豪爽好客的气派，同时借以表示他是家里当家管事的一把手。祖父却老是碍他的手脚。老祖父陶醉于节日的欢乐之中，唠唠叨叨，谈吐很不得体。他头戴标志长者身份的天鹅绒帽，身穿庄园裁缝制作的不合身的宽大蓝色长上衣。他也以殷勤好客的主人自居，从清早起就忙于安排接待客人的愚蠢仪式。从过厅进大厅有两扇门，其中一扇从来都是关着的。他亲自打开了沉重的铁门闩，搬来一把椅子，颤颤巍巍地爬了上去，打开了门，然后就一动不动地站在门前恭候嘉宾，直到最后一个客人光临为止。为此，彼得·彼得罗维奇羞怒交加，不知所措，但他忍下了这些不愉快的事，决心保持沉默。祖父吩咐把门廊也敞开了，据说这也是古老的风俗。他焦急不安地两眼盯着大门口，一见有人进门，立即迎上去，匆忙地做出轻飘飘的舞步动作，一只脚向前迈了一步，深深地躬身致敬，然后上气不接下气地说：

"非常荣幸，非常荣幸！久未光临寒舍，欢迎！欢迎！"

祖父逢人就说朵娘不在家，到卢涅沃去看望姑妈奥莉佳·基里罗芙娜去了。"朵娘心里烦闷，在姑妈家要住上一秋天呢！"他的这种此地无银三百两的做法，也快把彼得·彼得罗维奇气疯了。客人听了这些不打自招的说明，会怎么想呢？！伏依特凯维奇和朵娘的事，当然已经无人不知无人不晓，可以说，他为了求婚才来苏霍多尔，而且是一心一意的。他曾向朵娘表示了他的爱慕之心，和她一起四手联弹钢琴，他轻声为她朗诵《柳德米拉》，或者忧郁而沉思地说："你将把许婚的誓言作为圣物献给一个死者……"然而，每当伏依特凯维奇非常纯洁地想流露一下自己的感情，比如献给她一朵小花，朵娘则总是满面绯红、发了疯似的愤怒不已，结果，有一天伏依特凯维奇突然走了。他离开以后，朵娘彻夜不眠，在黑暗中坐在敞开的窗前，仿佛在期待那只有她自己才知道的时刻的来临。然后突然失声痛哭，这时彼得·彼得罗维奇就被她吵醒了。他久久地躺在床上，咬牙切齿，听她哭泣和窗外花园中白杨催人入梦的窃窃私语，这声音听起来很像绵绵的细雨。他起来安慰她，睡意蒙眬的丫头们也跑来劝导小姐，有时祖父也惊慌失措地进来看望。这时，朵娘就跺着脚，大喊大叫："别来缠我，你们都是我不共戴天的仇人！"结果大家对骂起来，甚至于弄到动手打人的程度。

"你要懂得，懂得。"彼得·彼得罗维奇赶走了祖父和丫头们，"乓"的一声关上了门，一手紧紧地抓住门柄，疯狂地说，"你要明白人们会怎么想！"

"啊呀，不好了！"她歇斯底里地大叫起来，"爸爸快来，他说我肚子大了[1]！"

彼得·彼得罗维奇只好两手揪自己的头发，赶紧从朵娘的房里跑出来。

圣母节这天，格尔瓦西加也仿佛六神无主，他生怕自己万一不小心说出了蠢话，因而得咎。

格尔瓦西加长高了。他身躯魁伟，虽然有些笨手笨脚，然而却是仆人中最出色、最聪明、最出类拔萃的。这天他也打扮起来：身穿蓝色的长上衣，蓝色灯笼裤，脚蹬平跟的羊皮软靴；又黑又细的脖子上系着紫罗兰色的粗毛领巾；他那又干又粗、漆黑的头发梳了个分头，然而他不想剪短，只四圈削了一下。他的脸用不着刮，下巴和嘴角只有两三根稀稀拉拉的黑色胡须，嘴

1　这里朵娘说的是疯话。

特别大，俗语说："嘴大得连着耳朵，应该缝根带子给系住些才好！"他这人长得像根棍子，胸脯宽而扁，瘦得骨头都看得很清楚，头很小，生着深深的眼窝儿，薄薄的发灰的嘴唇，一口白里透青的大牙齿。他是古老的雅利安族人，又是苏霍多尔的异教徒，人们给他起了个"猎犬"的绰号。看见他那满口的龅牙，听一听他喀喀的干咳声，许多人都心里想："你这条猎狗，已经快要断气了！"可是当着他的面，却不合乎身份地尊称这个黄口孺子为格尔瓦西加·阿方纳席耶维奇。

主人们也都怕他。主人们的性格也和奴仆的气质一样：或者作威作福，或者胆小怕事。彼得·彼得罗维奇回到苏霍多尔那天，格尔瓦西加对祖父说了那么多粗暴无理、寻衅嘲弄的话，竟平安无事地过去了，这件事使全体下房的人都惊异不止。阿尔喀吉·彼得罗维奇仅仅简短地说了他一句："你这东西是个畜生！"格尔瓦西加也简短地回答了一句："我见了他就生气，少爷！"事过之后，他自己去见了彼得·彼得罗维奇。他走到门口，用他特有的那种吊儿郎当的姿势站住了。他那穿着宽大的灯笼裤、和上身不相称的长腿懒散地弯着，左膝向前突出，呈三角形。他是来请求恩典宽免鞭笞的处罚。

"我是粗人，脾气暴躁，是个火性子，老爷！"他满不在乎地说，漆黑的眼睛转来转去。

彼得·彼得罗维奇已经感觉到"是个火性子"是一个暗示，所以吓住了。

"别着急！到时候有你受的！亲爱的，别着急！"彼得·彼得罗维奇装出一副严厉的样子，向他喊道，"滚出去！我见不得你这一点规矩都没有的人。"

格尔瓦西加站着不动，沉默了一会儿，然后说："那就随你的便吧！"

他又站了一会儿，用手捻着一缕散落在唇上的粗硬的头发，咧着发青的嘴，脸上一点表情也没有，然后走出去了，那样子真像一条狗。从此以后，他坚信他的这些做法是有好处的，因此他说话尽可能简短，脸上完全没有表情。彼得·彼得罗维奇则不但躲着他，不和他说话，而且连看都不看他一眼。

圣母节时，格尔瓦西加也是一副满不在乎、高深莫测的样子。为了准备过节，大家都忙得快累死了，主人吩咐做这做那，人们一面骂着、争吵着，洗地板，用去污粉擦那些发黑了的沉甸甸的银器、圣像，到门廊上去看肉冻、果冻凝好了没有，一面用脚踢赶那些钻进来的狗，查看刀叉够不够用，点心烤煳了没有，酥麻花炸焦了没有。只有格尔瓦西加心安理得地什么也不干。他皱着眉头，对气得大发脾气的大酒鬼——厨师卡吉米尔说："小点声，助祭和神甫会气炸肺的！"

"听着，你别喝醉。"彼得·彼得罗维奇正担心首席贵族的事，心不在焉地对格尔瓦西加说。

"我从生下来就没有喝过酒，"格尔瓦西加像对待平辈似的回答说，"我从来对酒没有兴趣。"

过了一会儿，彼得·彼得罗维奇当着客人的面，甚至于颇有点奉承似的大声喊道："格尔瓦西加！你别走开，你不在就什么也办不成了。"他让全家都听见了他的这句话。

格尔瓦西加彬彬有礼、十分得体地答道："请您放心，老爷，我不敢擅离职守。"

他从来没有伺候得这样周到，他完全没有辜负彼得·波得罗维奇当着客人对他的夸奖：

"你们根本无法想象这个大个子说起话来多么没有分寸。他聪明极了，生有一双巧手，能干得很！"

他可万万没有想到：这几句话等于把火星溅到一堆干柴上。祖父听见儿子这番夸奖，他手抓自己长胸口的上衣，突然隔着桌子向首席贵族喊道："阁下！赶快向我伸出援救的手吧！我向您，我们的长者，控诉我的仆人！控诉这位格尔瓦西加·阿方纳席耶维奇·库里珂夫！他随时随地在污辱我！他——"

大家打断了他的话，劝止了他，对他百般安慰。祖父气得泪流满面。人们那样亲切而尊敬地宽慰了他，虽然崇敬之中不无嘲笑之处。他终于被说服了，又像孩子似的觉得自己非常幸福。格尔瓦西加严厉地靠墙站着，垂下眼帘，头微偏到一边。祖父看了看他，觉得这高大的巨人，脑袋却小得出奇，如果把头发剪短的话，这脑袋会显得更小，后脑勺会是尖的，因为他后脑勺上的头发特别厚，当时，经过笨拙的修剪之后，他那又粗又黑的头发高高地翘在纤细的脖子上。他常常外出打猎，太阳晒黑了他的脸，风吹皱了他的皮肤，所以脸上有块块粗糙的紫斑。祖父恐怖而不安地瞥了格尔瓦西加一眼，然而却愉快地对父亲喊道：

"好吧！我原谅他！我的亲爱的客人，为此，我三天不能放你们回家。无论如何不能放你们回去，我请求你们，特别是晚上不要离开我。天一黑，我就坐立不安，觉得那样寂寞、那样可怕。黑云彩也会上来，听说特罗申森林里又抓到了两名拿破仑党人。我今天晚上一定会死去——请记住我的话吧！马琳·扎杰加早就这么预言过了……"

然而，他是次日凌晨死去的。

148

他坚持说"看在他的分上",请求客人留下,所以许多人都留下过夜了。整个晚上都在喝茶,桌上摆的果酱多得不得了,而且是各种各样的。客人总是走到桌前尝尝这尝尝那[1]。之后摆上了桌子,上面燃起许许多多鲸脂蜡烛,烛光映入壁镜内,闪着金黄的光辉。厅内朱可夫烟草[2]的香霭缭绕,到处都是人声话语,宛如在教堂里一般。更主要的是许多客人都住下了,那就是说,明天不但仍然会是热热闹闹的一天,而且,还会有许多新的事情要操劳,如果不是他——彼得·基里雷奇想得周到,那么,绝不可能把节日组织得如此出色,永远也不会摆出这样丰盛、欢乐的午宴。

"是的,是的。"夜间,祖父脱下了那件长上衣,站在诵经台前,经台上摆着点燃的蜡烛,他的眼睛望着发黑的美尔库里圣像,心神不安地想,"是的,是的,上帝赐予罪恶的人以可怕的死亡……激怒上苍,太阳会不出来的!"

这时,他又突然想起他打算考虑的是另一个问题。他伛着腰,默诵着第五十节赞美诗,在房间里踱着步子,然后停在床头桌前,挑了一下上面摆着的那炷熏香,拿起一本圣诗集,翻开了它,满怀幸福的感受,深深地吸了一口气,抬头望着无头的圣徒。接着,他突然发现了他正想不起来的那段话,于是笑容满面地说:"是的,是的,只有一个能杀害他的长者,没有一个能买下他的长者!"

1　俄国贵族的大宴会后,进晚茶时,常常不摆长桌,而是安放许多小桌,上面摆着小吃、糖果甜食、茶、非烈性酒等,人们在沙发和牌桌前就座,或聊天或打牌,想吃茶时,自己走过去,桌前有仆人伺候。

2　当时一种名牌烟丝。

　　他生怕睡过了头，有许多事来不及安排、吩咐，因此几乎整夜未眠。次日清晨，房间尚未收拾，还弥漫着烟草的气味，一切都笼罩在只有节后才有的那种宁静之中。他赤着脚，小心翼翼地走进客厅，带着操心家务的心情拾起落在绿呢面折叠式牌桌旁地板上的几段粉笔，然后往玻璃门外的花园看了一眼，他惊喜地、微弱地叫了一声。园里寒冷的天空一片蔚蓝，阳台、栏杆、阳台下面光秃秃的树丛上的褐色枯叶都蒙上了一层晨霜。他打开了阳台的门，吸了一口气，秋天的腐叶发散着刺鼻的酒味，这种气味很快就消失在冬天清新的空气之中了。一切都那样安宁、那样平静、那样庄严。从村后刚刚升起的太阳把淡淡的点点金光洒在如画的林荫路两侧的白桦树梢上，白桦树光秃秃的枝条、银白的树干沐浴在晨曦里，那披着金光的洁白树端好像还涂上了微微可见的、明快迷人的淡紫色，上面就是晴空一碧的蓝天。阳台下面那冷飕飕的阴影里，有一条狗，踩着被霜打过的、像撒了一层盐似的衰草，唰唰作响地跑了过去，这声音提醒人们冬季已经降临。于是祖父心情愉快地耸了耸肩膀，走回客厅。他屏着气，开始推动那些笨重的家具，想把它们摆回原处去，弄得地板咚咚作响。时而，他望一望映着蓝天的镜子。突然，格尔瓦西加不声不响地快步走了进来，他没有穿上衣，一脸睡意，正像他以后自己描绘的那样："简直就是一个凶恶的魔鬼。"

　　他跨进房来，严厉而低声地呵斥道："轻点！干什么穷管别人的事？"

　　祖父抬起他那张非常兴奋的面孔，满怀温情——这种情绪昨天一整天和这一夜都伴随着他，低声说道："你看，你这个人怎么能够这样子呢？格尔瓦西加！我昨天宽恕了你，可你，不但不报老爷的恩德——"

"我讨厌死你了，你这流哈喇子的老东西！你比秋天还叫人心烦！"格尔瓦西加打断了他的话，"让开！"

祖父恐怖地看着他的白衣衫领子里面那细脖子上的后脑勺，觉得它更向后突出了，于是突然怒不可遏，用那张原来想拖到屋角去的牌桌挡住了自己的身体。

"你让开！"想了片刻，他低声地喊道，"你应该给你的老爷让路。你要是把我惹火了，我就拿匕首在你腰上捅一刀！"

"啊！这样吗？！"格尔瓦西加龇着牙齿愤怒地说，用力地抡起手臂，对着他的胸脯就是一拳。

祖父立刻倒在光滑的槲木地板上，两手挥动着，鬓角正好撞到尖尖的桌子角上。

格尔瓦西加看见祖父脸上流出血来，张着嘴，眼睛也毫无表情地斜了。他立即从祖父还有温气的脖子上扯下金质圣像和一根旧绳子上系着的护身香囊[1]……然后向四周看了一眼，又从祖父的小指上捋下祖母的结婚戒指……然后，悄悄地快步走出客厅，像石沉大海一样，逃之夭夭了。

这之后，苏霍多尔唯一见过他的人，是娜塔莉娅。

7

当娜塔莉娅谪居索什基村时，苏霍多尔又发生了两件大事：一是彼得·彼得罗维奇结了婚；二是兄弟两人自愿入伍，参加了

1　一种迷信，袋内藏有护身经文。

克里米亚战争。

两年后，她又回到苏霍多尔，人们已经忘记了她。这时，她已经认不出苏霍多尔了，正像苏霍多尔也认不出她一样。

一个夏日的傍晚，当老爷家派来的马车吱吱嘎嘎地驶近索什基木房前时，娜塔莉娅立即跑出门外。叶夫西·波杜良惊愕地喊了起来："这是你吗，娜塔莉娅？！"

"那还能是谁呢？"娜塔莉娅脸上露出一丝微笑说。

叶夫西·波杜良直摇头："你怎么一点不好看了？！"

她不过不像原来的样子罢了。当时她是个剪光了头发、脸蛋儿圆圆、眼睛亮晶晶的小丫头，现在变成身段窈窕消瘦，神态恬静、沉着、安详，性格温柔的少女了。她身穿方格布筒裙和一件绣花上衣，按家里的规矩，头上戴着一条深色的头巾，皮肤晒得黑黝黝的，满脸都是淡褐色的雀斑。叶夫西是在苏霍多尔懒散惯了的人，自然觉得深色的头巾、黑黝黝的肤色、雀斑都不好看。

返回苏霍多尔的路上，叶夫西说道："姑娘，瞧你都长成一个未婚妻的样子了。想出嫁吗？"

她摇了摇头："不想，叶夫西叔叔，我永远也不嫁人。"

"这是为什么？"叶夫西问道，甚至把衔在嘴上的烟斗拿了下来。

她不慌不忙地解释说：不是每个人都能够出嫁；大概她要去伺候小姐，小姐又立誓出家敬奉上帝，那就不会放她出去嫁人；何况她又多次清清楚楚地梦见……

"你梦见了什么？"叶夫西问。

"这没有什么，都是瞎扯的事。"她说，"格尔瓦西加来的时候，说了那么多新鲜事，快把我吓死了，我想得多了，就做了梦。"

“听说格尔瓦西加到你们这儿来吃了早饭，是真的吗？”

娜塔莉娅想了一下：“是吃过早饭。他来了以后，对我们说：‘老爷打发我来你们这儿是要办件大事的，先给我吃早饭。’我们像招待客人那样，安排他吃了早饭。他吃饱了以后，从房里走出来，朝我挤了一下眼睛。我跑出门来，他就一五一十地都对我说了，然后就溜之大吉了……”

“你怎么不叫人来抓他？”

“哪行呵！他威胁我，说如果我喊，就打死我。而且告诉我晚上以前不许说出什么。他对这里的主人讲：‘我去仓房睡觉去……’”

苏霍多尔下房的人好奇地看着她，她的女伴和同龄姑娘都向她问长问短，可是娜塔莉娅就是对自己的女伴也回答得很简短，仿佛她正在扮演一个什么角色。

“日子过得挺好。”她一直重复着这一句话。

有一次，她操着朝圣者的语调说：

“上帝是富有的。日子过得挺好。”

她和往常一样，立即置身于苏霍多尔繁忙的生活之中，对祖父过世，两位少爷自愿出征，小姐精神失常、学着祖父的样子在室内徘徊踱步，和大家都格格不入的新太太当了家（她是一位身材矮小、丰满肥胖、精力充沛、身怀六甲的妇人）——对这一切她都毫不感到惊奇……

吃午饭时，太太叫她出来见见面：“叫那个……她叫什么名字？呵！叫娜塔什佳[1]到这儿！”

1　娜塔莉娅的小名。

娜塔什佳轻轻地快步走了进来，在胸前画了十字，向屋角的圣像深深礼拜，然后向太太、小姐躬身请了安，恭敬地站在一旁，等候垂问和吩咐。当然，只有太太问了她一些话，小姐长高了，人也瘦了，鼻子显得越发尖了，她那双黑得出奇的眼睛痴呆地凝视着娜塔莉娅，一句话也没有说。太太吩咐她去伺候小姐。她鞠了躬，只简简单单地说："遵命！"

这位小姐像是非常注意，又像是非常冷漠地望着她。晚上，因为给她脱袜子时，没有使她称心，于是她怒不可遏，眼睛也斜了，突然向娜塔莉娅扑了过去，残酷地撕扯娜塔莉娅的头发，觉得其乐无穷。娜塔莉娅像个孩子那样哭泣，但沉默着，一声不响；等她回到丫头们住的下房，坐在木榻上，整理她那被撕得乱七八糟的头发时，她睫毛上挂着泪珠，然而却微微一笑。

"呵，她可真凶，"她说，"今后的日子不好过。"

次日早上小姐睡醒之后，久久地躺在床上，娜塔莉娅站在门口，斜眼睛偷偷地望着她那苍白的面孔。

"你梦见了什么？"小姐那么冷漠地问她，好像这声音是别人替她说的一样。

她回答说："好像没有做什么梦。"

这时，小姐又像昨天那样，突然从被窝里跳起来，疯狂地连茶带杯子向她扔过去，然后，伏在被子上又喊又叫，痛哭起来。娜塔莉娅躲过了茶杯，她很快学会了极其敏捷地躲开类似的东西。有些愚笨的丫头，当她们回答小姐说"没有做梦"，小姐有时会向她们喊叫："那么，编个梦给我听！"由于娜塔莉娅不会编造和说假话，她就不得不学会另一种本领：躲避可能发生的灾祸。

终于给小姐请来了一名医生。医生给她开了许多药丸和药水，然而小姐害怕人们毒死她，所以服药之前，让娜塔莉娅先服下试试，于是她必须没完没了地替小姐试各种药物。她一回到苏霍多尔，就听人家说，小姐像"盼星星盼月亮"似的等她回来；说小姐一直想念她，睁着大眼睛望着，看她是否从索什基回来了；而且热切地相信：只要娜塔什佳回来，她的病就会痊愈，身体也将康复。待娜塔莉娅回来以后，小姐的态度却非常冷漠。是不是小姐因为失望，因而感到痛苦而哭泣呢？当她这样理解之后，她的心都颤抖了。她走进过厅，坐在木箱上，又哭起来。

"你心里舒服一点了吗？"当她哭得两眼红肿又回到房里时，小姐问她。

"舒服一点了。"娜塔莉娅小声地说，虽然她因无缘无故地吞服药物，已经头昏目眩，心都快停止跳动了，然而她还是走过去热情地吻了小姐的手。

从这以后，有很长时间她都低垂着眼帘，不敢抬头去看那对她发了怜悯之心、没有大吵大闹的小姐。

"喂，你真是个乌克兰的女巫！"有一次下房里她的女伴索洛什佳这样喊她。索洛什佳常常想探索她的一切秘密和感情，然而她得到的只是简短的、朴素的回答，在这些话语中，少女之间的友谊中的那种甜蜜、迷人的东西完全消失了。

娜塔莉娅忧伤地苦笑了一下。

"可不是嘛，"她若有所思地说，"跟着好人学好人，跟着巫婆跳大神，这话不假。有时候，我觉得，对自己的爹妈也没有对那些乌克兰人亲……"

刚到索什基村的时候，她觉得周围的一切都毫无意义。她是早晨到达索什基村的，那天早上令她惊奇的是四周的一片平原，一排长长的农舍粉刷得十分洁白，远远就可以望见。一个乌克兰女人正在烧炉子，她和蔼可亲地向娜塔莉娅打了招呼，相互问了安，一位乌克兰男子不想听叶夫西喋喋不休的讲话，他正在讲老爷们如何如何，吉米扬的长长短短，又说路上多么炎热，在县城里吃了什么东西，彼得·彼得罗维奇又如何如何，当然，最后也把偷小镜子的事说了一番。这个男子姓沙雷，苏霍多尔的人叫他"獾子"。当叶夫西说完了话，沉默下来时，"獾子"摇了摇头，心不在焉地看了他一眼，然后非常高兴地哼起"旋转吧，飞舞吧，暴风雪！"的歌曲来，他的歌声鼻音很重……之后娜塔莉娅的情绪慢慢地安定下来，反而对索什基惊异不止了。她发现这个村庄完全不像苏霍多尔，另有它的迷人之处。就说这乌克兰式的农舍吧，洁白、光滑、上面覆盖着修葺得整整齐齐的芦苇房顶；农舍内部的摆设，和简陋、杂乱无章的苏霍多尔小木房相比，简直令人觉得这里的生活是富有的！墙角上挂着贵重的镀金圣像，圣像周围的纸花栩栩如生，挂在圣像上面的漂亮的绣花布巾，五颜六色！桌上铺着绣花台布，火炉两旁搁架上的一排灰色陶罐和瓷壶多么别致！比这一切更出色的是农舍的主人和主妇。

她并不十分了解他们的出色之处是什么，然而她却经常感到这一点。她从来没有见过像沙雷这样整洁、稳重、随和的庄户人。他个子不高，脑袋尖尖的呈楔形；满头剪得短短的浓厚的白发，留着一条细细的鞑靼式的小胡子，也如霜染；晒得黑黝黝的脸和脖子满是很深的皱纹，不知为什么，仿佛这一切都透露着他随和、坚定的性格和饱受风霜的身世。他走起路来不大利落，因为脚上的靴子很沉重。他穿着漂白的粗麻布裤子，裤腿塞在靴子里，上身穿一件也是漂白粗麻布做的衬衫，袖子宽宽大大的，开口翻领，衬衫塞进裤腰里。他行动起来，身体微微有点伛。然而，无论是他脸上的皱纹、头上的白发还是微伛的身躯，都一点不给人以老迈的感觉，他的脸上没有苏霍多尔人那种疲倦、萎靡不振的样子，他那不大的眼睛里流露出锋利而微带嘲讽的神情。他使娜塔莉娅想起了一件往事：有一次，一个塞尔维亚老人带着一个会拉小提琴的孩子到苏霍多尔来，不知他们是从哪里来的，她觉得这人就是他。

苏霍多尔给这位乌克兰女人起了个外号，叫她"长矛"。她名叫玛琳娜，是个五十上下的妇人，身材匀称，阳光给她那细腻的皮肤蒙上一层均匀的黄色，这样的皮肤是苏霍多尔的女子所没有的。她的脸上颧骨宽宽的，脸形端方、粗犷，有一种独具一格的美。她的眼神严肃而又生气勃勃，一会儿闪着玛瑙色的光，一会儿闪着发灰的琥珀色的光，来回变换，像猫眼睛似的。头上披一条金丝大红点的黑色大头巾，看上去像东方人的高高的缠头；身穿一条黑色的短裙，紧紧地裹着有点长的胯股和两膝；她赤脚穿一双钉着铁掌的皮鞋，裸着的小腿又圆又细，晒成黄褐色，看上去像两根上了漆的小木棍。当她边干活边唱歌的时候，双眉紧锁，发出有力的胸音，她曾经唱过一首歌，这歌叙述波查耶夫被叛逆围城的故事，她唱道：

> 呵！晚霞西天红遍
> 照着波查耶夫的脸

接着她又唱圣母如何显灵，保护圣徒修道院。她的歌声里流露出绝望、悲哀，同时充满着雄伟、坚强、大义凛然的气概。娜塔莉娅又喜悦又害怕，眼睛一直盯着看她唱。

　　这对乌克兰夫妇膝下没有儿女，而娜塔莉娅又是个孤儿，他们相处得很和睦。如果她这时还住在苏霍多尔，人们就会一会儿称她为老爷家的养女，一会儿又骂她是小偷，高兴起来可怜她一阵子，不高兴的时候恨不得把她的眼睛挖出来。可是这对乌克兰夫妇待人接物看上去冷冰冰的，对什么人都一样，他们不好奇，不管闲事，话也很少。秋天的时候，他们分派那些从卡卢加省来的姑娘、媳妇儿去收拾打场[1]，因为她们穿着花花绿绿的大坎肩，人们叫她们"花布衫儿"，娜塔莉娅和这些"花布衫儿"在一起觉得格格不入，她们都是以行为放荡、身患脏病而臭名远扬的。这些女人长着大胸，胡作非为，蛮横不讲理，骂起人来别提嘴有多脏，俏皮话有的是，把人骂得不亦乐乎，自己却得意扬扬。她们像男人那样翻身上马，跑起来像发了疯似的。如果娜塔莉娅在熟悉的环境里生活，能和人说说心里话，想哭就哭一场，难过了和大家一起唱唱歌，也许她的痛苦会慢慢消散掉。可是能向谁吐一吐心里的苦楚和烦闷，又有谁能和她一起唱唱歌呢？！"花布衫儿"的歌声是那么粗俗，给她们伴唱的人，声音高得直走调，而且听起来过于亲昵，有伤大雅，还打着口哨发出咯咯的怪叫。沙雷只唱那类诙谐的舞曲，玛琳娜就是在唱爱情歌曲的时候，也非常端庄、严肃，而且调子阴沉，总是若有所思似的：

　　风吹岸柳声声哀，

1　都是从农村逃出来的人，她们到处打零工。

这柳树呵，是我亲手栽……

她如泣如诉地唱着，然后压低了歌喉，声调刚毅而绝望地唱了下去：

我倾心的那个小伙子，

他却没有来……

娜塔莉娅在孤独与寂寞中，喝下了这第一杯又甜又苦的相思毒酒。她忍受了许许多多的羞辱、忌妒，也做过许多甜蜜的和可怕的梦。夜间，在梦乡里，她常常见到那些不能实现的憧憬和期待、那些在她默默无言的草原生活中朝思暮想的事物。她心灵上蒙受的巨大委屈和欺凌，有时被脉脉温情所取代，柔顺驱走了热恋和失望，她只有一个小小的愿望——不声不响地生活在他的左右，深深地把她的爱情藏在心中，不使任何人知道，一无所求，也不再期待什么。从苏霍多尔传来的各种消息使她的头脑清醒了。然而，如果苏霍多尔音信渺绝，感受不到它那暗淡的、充满了繁重工作的生活，她又觉得苏霍多尔是那样美好，那样令人向往，使她再没有力量忍受自己的孤独和痛苦……有一天，格尔瓦西加突然出现在她面前了。他匆忙地、尖刻地把苏霍多尔的各种消息一股脑儿都倾泻给她，他只用了半小时的工夫，讲述了别人一整天也讲不完的事情，他连如何一拳就打死了祖父的事也一五一十地说了，最后他斩钉截铁地说：

"好！现在永别了！"

这时，她早已呆若木鸡，他的那双小眼睛想要看穿她的心。

当他离开村子上了大路时，他回头向娜塔莉娅喊道："把你满脑袋的糊涂想法都扔出去吧！他很快就要结婚了，你连做他的情人都不够格……想明白点吧！"

她清醒过来了。她又一次忍受了这些可怕的消息给她带来的痛苦，她明白过来了。

这以后，四平八稳的寂寞岁月流逝着，像那些朝圣者不停地跋涉在大路口一样。当那些朝圣者路过村子，在这里休息的时候，常常和娜塔莉娅进行长时间的谈话。他们教她要善于忍耐，寄希望于上帝，虽然他们在祷告至圣的主时，是那样痴呆，毫无表情，而且哀怨甚深。他们又告诉她最重要的一条是：断绝尘念。

"想也好，不想也好，反正都无济于事。"朝圣者们皱起饱经风霜的面孔，一面穿草鞋，一面有气无力地望着草原荒漠的远方，"上帝是富有的！姑娘，你悄悄地给我们摘几个葱头吧……"

还有一些过路的朝圣者照例拿前世的罪恶和来世的命运吓唬她，而且还预言会有灾难和大祸临头。有一次她一连做了两个十分可怕的梦。她一直在思念苏霍多尔，开始时，要斩断尘缘，什么都不想是很困难的。她想念小姐和祖父，也曾思考自己的前途；她占过卜，看能不能出嫁，如果能，什么时候出嫁，嫁给什么人……她总是这样朝思暮想，思念就不知不觉地变成了梦境。有一天，她清清楚楚地梦见：一个炎热的、刮着大风、尘土飞扬的傍晚，她担着水桶到池塘去挑水，突然看见在干爽的土坡上有一个庄稼汉，一个样子非常难看、脑袋特别大的侏儒，他脚上穿着破皮鞋，没有戴帽子，风把他那火红的鬈发吹得乱七八糟，身上没有束腰带，穿一件火红火红的宽大上衣，衣襟也迎风飘舞。她吓得魂不附体，喊道："老爷爷，要起大火吗？"[1]那个侏儒也喊着回答她："要把一切都烧成灰烬，烧得片瓦无存！"一股热风时而压住他的声音，"从来没有人见过的可怕的乌云上来了！……你别想嫁人了！……"第二个梦比这个梦更加可怕：仿佛是一个炎热夏日的中午时分，她站在一个俄式空木房里，门倒锁着，她好像是等待一个人，为此，她的心都快停止跳动了。突然从火炉后面跳出一头灰色的大山羊[2]，这山羊用后腿直立着，满脸淫秽、兴奋的样子，一双眼睛像烧红的火炭似的，用一种狂喜的、乞求的目光望着她，直向她扑过来。"我是你的未婚夫！"它用人的语言喊着，一面用笨拙而急速的碎步小跑着，后蹄嗒嗒作响，然后，猛地一下，两条前腿扑在她的胸上……

她睡在门廊里，被噩梦惊醒之后，吓得从床上蹦起来，心跳得那样厉害，人几乎快死过去了。门廊里一片漆黑，又无处去、无人可找，这样一想，她就更害怕了。

"耶稣，我的主！"她非常快地低诵着，"天上的圣母！主的圣徒们！"

可是在她的印象中，所有的圣徒都像褐黑色的无头圣徒美尔库里那个样子，所以，她简直快吓死了。

当她思索她做的这些梦的时候，一个思想冲击着她：少女时代已经结束，命运已定了。她对少爷产生的不寻常的爱情并不是无缘无故的，这是劫数，而且还有更多的苦难在等待着她，因

---

1 俄国的迷信：如果梦见穿红衣服的人和挑着空水桶的人，预示将有大火。

2 俄国民间传说中，大山羊是淫荡的象征。

此，她应该像乌克兰人那样善于克制，像朝圣者那样朴素和温顺。苏霍多尔人喜欢扮演某种角色，而且扮演之后还使自己相信，实际上事情本来理应如他扮演的那样，不容置辩，虽然各种角色的扮演都是他们自己臆想出来的，那么，娜塔莉娅也为自己选择了一个角色。

8

圣彼得节[1]前夕，她看见来了一辆苏霍多尔庄园的灰尘扑扑、破旧不堪的马车。波杜良坐在车上，他那头发蓬乱的头上戴着一顶破帽子，被太阳晒得褪了色的胡子也是蓬乱的，脸上的神情既显出旅途的劳顿，又显得异常兴奋，他那未老先衰、变得难看的脸上，那极其平凡、五官不匀称的线条中，有什么不可理解的东西。跟着他的那条狗，也是娜塔莉娅熟悉的。它的毛也是蓬乱的，背上呈深灰色，从胸脯到脖子上厚厚的松软的毛黑不溜秋的，就像是被烟熏火燎成了这个样子。在它身上有什么和波杜良，甚至和整个苏霍多尔十分相似之处。当娜塔莉娅站在门口，知道波杜良是来接她的时候，她高兴得两腿麻木，一步也走不动了。回家的路上，波杜良海阔天空地想起什么就说什么，他也讲起了克里米亚战争，仿佛这一消息能使她高兴，又使她忧伤。这时，娜塔莉娅深通事理地说：

"可也是，看来也得教训教训他们，教训教训这些法国

---

1 圣彼得殉难日，日期为俄国旧历六月二十九日。

人……[1]"

他们走了一整天才回到了苏霍多尔。一路上她的感受是可怕的，她现在已经用新的眼光看着一切她所熟悉的旧事物。当故园在望，历历往事、少小时光都呈现在她眼前，她认出了一些熟人，发现了他们身上的变化。马车从大路上拐进苏霍多尔庄园。在长满白玉草的休耕地上，有一头两岁的小马驹跑过来，一个赤脚的小男孩一只脚踩住了缰绳，抱住了马驹的脖子，另一条腿正想跨到马背上，可是马驹不让小孩骑上去，拼命地跑，想把他颠下来。娜塔莉娅认出这孩子是佛木加·潘纽新，她非常高兴，心情十分激动。她看见了那位已经活了一百岁的老纳扎鲁什加。他坐在一辆空车上，那姿势已经不像个汉子，而像一个老太婆了。他直伸着两腿，神情紧张地、有气无力地耸起两肩，没有光彩的眼睛里充满了不幸和忧伤，人瘦得不成样子，像俗话说的那样，"没有什么可往棺材里放了"。他没戴帽子，穿一件破旧的长上衣，由于常常躺在炕炉上，所以满身是灰。他使娜塔莉娅想起了一段往事，于是她的心又一次颤抖了。她记得三年前，有一天，为人非常善良、终日无忧无虑的阿尔喀吉·彼得罗维奇在菜园里看见老纳扎鲁什加手里拿着一个萝卜头儿，说他偷了萝卜，就要打他。这时四面围着许多下人，他已经吓得半死，哭起来了。下人们都哈哈大笑，对他喊道：

"老爷爷，你完了，他们饶不了你，非扒下你的尿骚裤子打屁股不可，轻饶不了你！"

当她看见了牧场、一排排的木房、庄园的花园、上房高高

1　自从1812年拿破仑入侵以来，老百姓常常把敌人称为法国人，这里指的是土耳其人。

的屋顶、下房、仓库、马厩的后墙，她的心跳得多么厉害呵！金黄一片的大麦田连着后墙根上的杂草和大葱地，大田里杂草丛生，长着许许多多的矢车菊，燕麦地里有一条满身咖啡色花斑的小白牛犊，一口一口地吃着麦子。四野宁静，景色平常，然而在她的心中却显得极不平凡、惊心动魄。马车飞快地驶进了宽敞的庭院，那些卧在地上睡着了的白花花的猎犬，活像墓地里的石碑。当她在农舍里度过了两年时光之后，第一回踏进凉爽的上房，这里的蜡烛、菩提树花、餐橱、过厅长凳上放着的阿尔喀吉·彼得罗维奇的哥萨克式的马鞍以及窗上挂着的装鹌鹑的空鸟笼子，都仍然发散着她所熟悉的气味，她怯生生地望了一眼那从祖父房间里搬到过厅角上的美尔库里圣像，故园旧物使她感到头昏目眩，几乎站不住了……

和以前一样，阳光从开向花园的小窗子里射进阴暗的大厅，带来了生气。一只小雏鸡不知什么缘故跑了进来，在客厅里走来走去，像孤儿似的发出吱吱的叫声。被阳光照得又亮又热的窗台上的菩提树花已经被晒干了，然而仍发散着沁人的清香……她觉得周围的一切旧物好像都变得年轻了，凡是办过丧事的人家都有这种感觉。一切的一切，尤其是这花香，使她感到其中有着她自己的某种存在：她的心灵、她的孩提和少年的岁月、她的初恋。有些人长大了，有些人死去了，她自己和小姐都变了，对这一切她都感慨不已。和她同龄的姑娘和小伙子已经长大成人。曾几何时，许多老朽不堪的老头子和老太婆站在下房的门口，摇着头，痴呆地望着人间的世态炎凉，如今，他们已经永远离开了人世。达莉娅·乌斯琴诺芙娜也过世了。老祖父曾经像小孩子似的，一向怕死，他认为死神会慢慢地走近他，给他充分的时间去准备迎接这一可怕的时刻，然而死神却突如其来地、闪电般地、像镰刀割草似的把他带走了。娜塔莉娅简直不能相信，他已魂归西土，在那契尔基佐沃村教堂旁的一抔黄土之下，他的躯体已经腐烂殆尽了。那位又黑又瘦、鼻子尖尖的女子，时而神情极其冷漠，时而狂暴不已，时而惊恐万分、唠唠叨叨，像对一个和她身份相等的人一样向她倾吐衷肠，时而愤怒地撕她的头发，娜塔莉娅无法相信这人就是朵娘小姐。至于那位身材矮小、长着轻微的小黑胡子、说起话来咿哩哇啦的克拉芙吉娅·玛尔科芙娜为什么在这里当家做主，娜塔莉娅也不明白……娜塔莉娅胆怯地往她的卧室溜了一眼，看见了那面要命的镶银的小镜子——那往昔的恐惧、欢乐、柔情，那幸福而羞怯的期待，那满天晚霞、披着露珠的牛叶花的芳香一下子都涌上她的心头，一种甜蜜的感受使她的心都碎了……她将全部感情和思绪压了下去，深深地埋在自己的心里。啊！她的血管里流着古老的苏霍多尔的血液！她吃的是粗糙无味的粮谷，这粮谷是苏霍多尔沙土地上生长出来的！她喝的是苏霍多尔不咸不甜、异常寡淡的池水，这池塘是她的祖辈在干河床上挖出来的！她并不害怕那些把人累得精疲力竭的繁重劳动，然而，她却恐惧那些不寻常的大大小小的风波；她可以视死如归，可是噩梦、暴风雨、雷鸣、火灾、漆黑一片的夜晚，则能把她吓得战战兢兢、魂不附体。她觉得仿佛自己的腹中怀着一个婴儿，像等候他的降生一样，期待着命中注定的灾难来临……

这种惶惶不可终日的期待使她芳华早逝，何况她不断地暗示自己青春已经过去了，而且在自己的一切思想感情中寻找证据来说明这一点。回到苏霍多尔还不到一年，她跨进家门时心中的那种年轻人的感情已经荡然无存了。

克拉芙吉娅·玛尔科芙娜生了一个孩子。养鸡的费多西娅给叫去当保姆了。费多西娅是个很年轻的女人，主人让她穿上了老太婆的深色衣服，她也变成了顺从的、敬畏上帝的人了。当这个新生出来的赫卢肖夫还一脸奶腥气、瞪着毫无表情的小眼睛、流着口水、耷拉着自己无力抬起的沉重的脑袋时，就已经凶狠狠地大喊大叫起来了。人们称他少爷，儿童室里传出了非常古老的哄孩子的歌声：

"他来了，他来了，背口袋的老人来了……老人啊！老人！你别来我们家，我们的少爷不哭了，不能让你带走他……"

娜塔莉娅也模仿着费多西娅的样子，她认为自己也是个保姆——是病小姐的女友和保姆。那年冬天，奥丽佳·基里罗芙娜也过世了。她请求和那些在下房里惨度残年的老太婆一起去送葬。葬礼上吃了蜜粥[1]。这粥一点滋味也没有，却又甜得发腻，令人作呕。送葬归来，她深受感动地对人们说：姑太太躺在棺材里跟活人一模一样。虽然连那些老太婆也不敢看一眼那装殓可怕尸体的灵柩。

次年春天，家里人从契尔玛什镇请来了出名的巫师克里木·叶罗新给小姐治病。此人仪表堂堂，是个富有的小地主。他满脸灰白的大胡子，一头灰白的鬈发梳成背头。在日常生活中，他是个善于理财的主人，语言简练、思路清晰，然而，他一到病人跟前，就立即变成巫师了。他的服装整洁，结实耐用，身穿铁灰色的粗呢上衣，束着大红腰带，脚上蹬着靴子。他的小眼睛炯炯有神，目光狡猾。进入家门时，他总是微微地躬下他那保养得

---

1 俄国人的一种习俗，送葬人在坟上吃蜂蜜粥。

很好的身躯，毕恭毕敬、小心谨慎地用眼睛寻找圣像在什么地方，然后就一本正经地和主人攀谈起来。开始谈论庄稼的长势、年成、雨水、旱情，等等，然后就认真地喝起茶来，一喝就是老半天，茶毕，他在胸前画了十字——这一切都结束之后，他马上改变了声调，问起病情来。

"晚霞呵……天黑了呵……到时候啦。"他非常神秘地说了起来。

小姐正害着寒热病，她全身痉挛，动不动就会滚到地板上去。这天，她摸黑坐在床上，等待克里木来给她看病。娜塔莉娅站在她的身旁，吓得从头到脚都直打哆嗦。全家人都屏声敛气，一点声音都没有，连太太也把丫头们叫到她的房里去，和她们谈话的时候，也是悄悄的，大气儿都不敢出。没有人敢去点燃一个火光，没有人敢高声说一句话。平时有说有笑的索洛什佳，这时候在过道里值班，听候克里木的吩咐，她也吓得两眼发黑，心跳得都快从嗓子眼儿里蹦出来了。巫师从她身边走过，一面解着一个包袱，这包袱里装着问卜和施展巫术用的骨头。不一会儿工夫，在死一般的寂静中，从小姐的卧室里传出他那高亢的、不寻常的声音："站起来，你这上帝的奴仆！"

接着，他那斑白的脑袋从门里伸了出来。

"拿块木板来！"他阴阳怪气地说。

然后他把木板放在地上，让小姐站了上去。她吓得两眼直瞪，全身都冷了，简直像个死人。天已很黑了，娜塔莉娅勉强能看见克里木的面孔。他突然念念有词，这声音听起来非常奇怪，好像从远方传来的一样：

"走进来一个费拉特……他开了门……开了窗……召唤说：

进来呵! 忧伤! 忧伤! ”

"忧伤呵，忧伤! ”突然，他仿佛拥有生杀予夺的权势和力量，喊道，"忧伤! 你给我出去，到阴森的树林里去，那是你栖身的地方! 到大海去，到大洋去。"他声音低沉，以预示灾祸临头的调子急速地说，"到大海去，到大洋去，到荒岛上去，那里有一条大灰狼……"

娜塔莉娅觉得再也没有什么话能比他说的这些更可怕了，这些话把她带进一个野蛮的、神话中的、原始的、愚昧的世界。她不能不相信这些咒语具有的力量，正如克里木自己也不能不相信一样，因为有时真的出现了奇迹，制服了敌人。

克里木做完了法术，坐在过厅上，掏出手帕，擦掉了头上的汗，然后又喝起茶来，一面随和而谦恭地说道："好啦，再有两个晚上病就治完了……要是上帝赐福的话，病情会减轻一点……太太，今年您种了荞麦没有? 都说今年荞麦收成很好! 真不错呵! ”

夏天，家里正等候两位主人从克里米亚归来。可是，阿尔喀吉·彼得罗维奇寄来了一封挂号信，要求家里给他寄钱，并且说，他们秋天以前不能回来了，因为彼得·彼得罗维奇受了一点点小伤，需要较长时间的休息和安静。家里马上派人去契尔基佐沃村，找能预示凶吉的女巫师达尔尼洛芙娜去问卜，看看伤口是否能够痊愈。卜算的结果，自然是主吉的，因此，太太也就放心了。可是小姐和娜塔莉娅都顾不上他们的事。施过巫术后，开头那阵子，小姐的病见轻了些，过了彼得圣徒节，病又厉害了，又出现了忧郁症，害怕雷雨、失火，还恐惧那深藏在她心中、不可告人的一些什么事物，因此顾不上哥哥们的近况。娜塔莉娅也无心顾及老爷们，然而她每天祈祷上帝，保佑彼得·彼得罗维奇身体康复，像她后来在整个一生中，直到她离开人间，天天为他的灵魂安息而祷告那样。虽然如此，对她来说，小姐已经是她最亲近的人了。因此小姐的恐惧症和等候大祸临头的精神状态也感染了她，而且她也像小姐那样，对心中的一切都秘而不宣。

这年夏天十分炎热，老刮风，尘土很大，而且天天有雷雨。老百姓中流传起各种可怕的、令人惶惶不安的谣言：什么又要打新的战争了，某处有人造反了，哪里发生了大火灾，等等。有些人说全体庄户人都要取得人身自由了，另一些则相反，说没有这回事。而且只要谣言四起，照例就出现多得不得了的流浪汉、胡闹的人、僧侣，到处乱窜。为了他们，小姐差一点没有和太太打起来，她俩都抢着向他们施舍面包和鸡蛋。有一天，来了一个名叫德罗尼亚的汉子，这人个子很高，红头发，遍身褴褛不堪。他本来是个酒鬼，却自称是得道成仙的人。他做出沉思的样子，进了院子，就闷着头径直向上房走，脑袋呼的一声撞在墙上，然后，满脸高兴地向后跳了一步。

"我的小鸟儿呀！"他用假嗓子高声喊道，一蹦一跳，把身子弯成八道弯儿，抬起右手做出手搭凉棚遮太阳的样子，"我的小鸟儿飞上蓝天了，飞上蓝天了！"

于是，娜塔莉娅学着农妇们抬眼看望那些得道神人的样子，呆呆地又若有所祈地看着他。可是小姐见了他，马上冲向窗口，满脸泪水，用哀求的声音喊道：

"主的圣徒德罗尼亚呵，请在上帝面前为我这罪孽深重的人祈祷吧！"

听见小姐的喊声，娜塔莉娅脑里浮现出各种可怕的想象，因此吓得两眼发直，一动不动地瞪着。

从克里琴镇上又来了一个叫其莫沙·克里琴斯基的人。他个子很小，胖得像个女人，胸肌发达，脸像一个胖得喘不过气来的小孩，眼睛是斜的，一头黄发，身穿细白布的上衣和短裤。他踮着脚尖，两条结实的短腿迈着小碎步匆匆忙忙地向门廊走来，睁着细长的眼睛，那神情好像刚从水里钻出来，或者是刚刚逃过杀身之祸似的。

"有大祸呀！"他一边喘气，一面喃喃自语，"有大祸呀……"

大家安慰了他，给他开了饭，希望他能告诉大家一些什么。然而他却默不作声，嘴上流着口水，吧嗒吧嗒地闷着头贪婪地吃着。大嚼了一顿之后，把布口袋往肩上一背，着急地找他的拄棍儿。

"你什么时候再来，其莫沙？"小姐向他喊道。

他也喊着，用难听的、刺耳的假嗓子，一板一眼地回答道："啊，圣徒！呵，卢科扬诺芙娜！"

于是，小姐向他的背影凄惨地喊道："主的圣徒呵！请在上帝面前为我这罪孽深重的人、为玛丽娅·叶吉彼特斯卡雅[1]，祈祷吧！"

每天都从四面八方传来各种灾祸降临的消息——哪里失了大火，什么地方有过大雷雨，等等。苏霍多尔自古以来就怕火，这时候，对火的恐惧日增，惶惶不可终日。每当庄园上空彤云四合，一片片黄沙似的成熟了的庄稼显得暗淡无光，或者牧场上刮

1　流浪汉假装巫师，说的是神秘的骗人话；小姐是精神病患者，说的是疯话。这里都与故事没有什么关系。

起一阵龙卷风、远处响起隆隆的雷鸣，庄园的妇女们马上就把圣像捧到门口，摆在一块黑乎乎的木板上，然后准备好几罐子牛奶，大家都相信，这样安排之后，就能防止火灾的发生。家里的人拿起剪刀往荨麻地里扔，然后把那条可怕的祖传的布手巾取下来，挂到窗户上去，人们哆哆嗦嗦地伸手去点燃蜡烛……连太太也不知是装样子，还是受到家中气氛的感染，神情也是恐怖的。开始的时候，她说雷雨是一种"自然现象"，可是现在，遇到闪电的时候，她也紧皱着眉头，在胸前画着十字，而且吓得大喊大叫，这样一来就更增加了自己或她周围人的恐怖感。她还大讲特讲1771年地罗尔省[1]有一次特大雷雨，结果雷电劈死了一百一十一人。听她讲故事的人急忙接着讲自己的见闻：有的说大道边上的一棵白柳遭了雷击，烧得一点也没有剩；有的说头几天契尔基佐沃村有个女人被雷劈死了；有人说，有一辆三驾马车，一声响雷把马都击昏了，全都跪在地上……最后，除了被人们狂信着的各种传闻之外，又来了一个自称是"犯了戒规的僧侣"，此人名叫尤什加，他的故事更加骇人听闻。

9

尤什加原来是个庄户人，可是他从来就没有干过庄稼活儿，走到哪儿就在哪儿混日子，吃喝全靠到处讲故事，讲他那些游手好闲的事情，讲他如何"犯了戒规"，等等。"哥儿们，我虽然是个庄稼汉，可是聪明得像神驼马[2]一样。"他说，"那我干吗还

---

1 奥地利的一个省。
2 神驼马是19世纪俄罗斯作家叶尔绍夫的童话故事。

要去干活儿呢?!"

看上去,他也真像神驼马,聪明、厉害、尖刻,脸上没有胡子,由于患过佝偻病,有点鸡胸,有咬手指甲的习惯,手指细长,有劲儿,不断地伸进红铜色的头发里,向后梳理他的头发。他认为耕耘是"一种又下贱又没有意思"的事情。他进了基辅大教堂,出了家,"在那里长大",后来因犯了戒规被赶出寺院。这时他想出一个主意:假装成苦行僧出入那些人们朝圣的地方,说自己是为了挽救人的灵魂来到人间的。当他觉得这玩意儿已经不新鲜或者无利可图时,就改头换面,装出另外的样子:他身穿僧衣,毫不掩饰地夸耀自己是放浪形骸的人,大讲特讲如何游手好闲、荒淫无度、抽烟、喝酒无所不会,而且千杯万盏从来没有醉过。他讥讽、嘲弄寺院,对人们说,他被驱逐的缘故正是这些。他说这些话时,还做着淫秽下流的手势和猥亵无耻地扭动着身体。

"喏,这就明白了吧!"他挤眉弄眼地讲给庄户人听,"当然,我这个上帝的奴仆就为这个吃不了兜着走了。我就回老家——在整个俄罗斯逛荡……天无绝人之路!四海为家,哪儿也饿不着!"

的确,到哪儿也饿不着他!俄罗斯盛情接待了他这个无耻之徒,主的罪人,而且并不比款待挽救灵魂的人差些。他有吃、有喝、有地方过夜,而且人们欣喜若狂地听他瞎白话。

"那么说,你已经发过誓一辈子不干活了吗?"庄户人问他,眼里发着光,期待着他说些尖刻的话语和讲述自己隐讳的故事。

"现在,魔鬼也没本事逼我去干活儿!"尤什加说,"我已经给娇惯坏了，哥儿们！我可比寺院的替罪羊有血性、还常常爱发情。那些大姑娘怕我怕得要死，可是都爱慕我！那些娘儿们白给我都不要。这也没有什么奇怪，虽说我没长一身漂亮的羽毛，可我这身骨头架子也够得上一表人才了！"

他是个见过世面的人，一到苏霍多尔庄园就直奔上房，走进了门廊。这时，娜塔莉娅正坐在过厅的长凳上，嘴里唱着歌："我是个年轻的小姑娘，手拿笤帚扫谷草，在谷草堆里拾到了一块糖……"一看见他，吓得马上跳了起来。

"你是什么人？"她喊了起来。

"一个人。"他回答说，把娜塔莉娅从头到脚打量了一番，"去禀报你们太太！"

"谁来了？"太太从大厅里也喊着问。

然而，尤什加马上让太太安下心来，他解释说：他原来是个出家人，不是像太太想象的那样，是什么逃兵之类，现在他正返回故乡，他请求先搜他的身，然后允许他在庄园里先住上一夜，歇歇脚。他的坦率直爽使太太深为震惊和感动，以至于第二天就留他住在上房的听差室里，完全成了自家人。雷雨天气，他不知疲倦地给女主人们讲故事，给她们解闷。他出主意把那些不能开的窗子都用板子钉上，说这样可以保住房顶不受雷击。而且在电闪雷鸣可怕的时刻，他跑到门廊上去，向人们证明，雷电并不可怕。他还帮助下房的姑娘们升茶炊。姑娘们斜着眼瞧他，感到他那淫荡的、迅速瞟来的目光正盯在她们身上，可是听他讲笑话，又被他逗得哈哈大笑。在黑乎乎的过厅里，他已经不止一次叫住娜塔莉娅，非常快地低声对她说："我爱上你了，姑娘！"所以她不敢抬眼看他。他那浸透了马合烟草气味的僧衣令她恶心，而且娜塔莉娅觉得他可怕极了。

　　她已经非常清楚将会发生什么事情。她一个人睡在小姐卧室门前的过道上，尤什加斩钉截铁地对她说过："我要来找你，就是杀了我，我也要来。如果你敢喊叫，我就放火，把这个家烧得片瓦无存。"她意识到在劫难逃的大祸已经临头，在索什基村做的有关大山羊的噩梦很快就要应验了，这种想法使她失去了一切自卫的力量，只有束手待毙了。她已经明白：她命中注定就是应该和小姐同归于尽的。现在大家心里都清楚：夜间，在这老屋里有魔鬼徘徊。大家明白：小姐得了疯病，除了雷雨和火灾使她害怕外，她常常在梦中时而发出甜蜜幸福的呻吟，时而狂呼，然后跳起来大喊大叫，非常吓人。这些症候总是发生在震耳欲聋的巨雷之前，这正是因为闹鬼的缘故。她常常喊："伊甸园里的毒蛇、耶路撒冷的毒蛇要缠死我了！"那么这毒蛇是什么东西呢？这当然是魔鬼，就是娜塔莉娅梦见的那头灰山羊，它夜里出来寻找大姑娘和小媳妇。不然还会是谁呢？在风雨交加的漆黑的夜晚，天上不停地响着雷，一闪一闪的电光照在昏暗的圣像上，在这样的时刻，有个魔鬼悄悄地走进这个家来……在这世界上，难道还有比这更可怕的情景吗？那个过路的陌生人，在娜塔莉娅耳边低语时，那满脸的情欲和淫秽的神情，难道是人类所具有的吗？她怎么可能去反抗这些邪恶之物呢？深夜，她坐在过厅里铺着一条粗毛地毯的地板上，心都快跳出来了，眼睛望着漆黑的空间，侧耳倾听沉睡中的这幢房子的每个最小的声响，她等待着无法逃脱的灾祸的降临。这时，她感到自己的病已经很重，出现了早期的发作——以后这症候经常折磨着她，她先觉得脚心发痒，然后出现了针扎似的痉挛，使她的脚趾扣到脚掌上，接着好像有人疯狂地拧她的筋，使她觉得全身发酸，这痉挛之感通过她的两脚、全身，最后连喉咙都抽起来了。这时，她想喊叫，她的呐喊会比小姐的喊叫更疯狂、更痛苦、更令人心酸……

难逃的劫数终于来临了。夏末，圣伊里亚节[1]到了，这天也是古老的火神节，节日前夕恰恰是个恐怖之夜，偏在这个时候，尤什加来找娜塔莉娅了。这天夜里没有打雷，娜塔莉娅并没有入睡，她正在打盹儿，突然，好像有人推了她似的，她马上醒过来了。她知道已经夜深人静，是叫天天不应、叫地地不灵的时候，她的心像是发了疯，跳得非常厉害。她一跳而起，左右张望着过道的两头。这时天空时隐时现地闪着光，天边仿佛吐着火舌，条条金黄、淡青的北极光般的光带在颤动，照得房里亮堂堂的，叫人睁不开眼睛，天空成了火的神秘世界。过厅里不断地闪着亮光，明如白昼。[2]她跑了出来，突然停住不动了。她看见院里窗户下面的那堆榆木在天空闪电时发着白光。本来这些木材很早以前就堆在窗下了。她马上跑回大厅，大厅里有一扇没有关的窗子，花园中风吹动花草树木的均匀的唰唰声从这扇窗户传进大厅里来。因为大厅很黑，因此闪电时从整排窗子射进来的光就显得更加明亮，接着，黑暗又吞掉了一切，随即，在那金光闪闪、一片淡紫色的辽阔的天际下面，整个花园一会儿像隐约可见的幻影，一会儿形象高大、雄伟壮观，一会儿又战战兢兢，仿佛在发抖。那淡绿色的白桦和白杨的顶端，像披着透明织花披肩的幽灵挺立在五颜六色的天幕之下。

"到大海去！到大洋去！到荒岛上去……"她一边喃喃地祷

1 俄国旧历七月二十日为圣伊里亚节，即圣徒伊里亚殉难日。
2 俄国北方夏夜，常常出现类似北极光的现象。

告着，一边往回跑，觉得这巫师的咒文反而会招来祸害，毁掉自己，"那里有一条大灰狼……"

这些非常原始而又令人恐怖的话语刚出口，她一转身，就看见了尤什加。他高耸着两肩，就站在眼前，离她仅有两步远。电光照着他，那面孔是苍白的，那双眼睛又黑又圆。他向她走过来，脚下一点声音都没有。他长长的两臂迅速地抱住她的腰，用力一按，她就跪下了，然后又把她仰面朝天地推倒在过厅冷冰冰的地板上……

第二夜，尤什加又来找她。以后他又在她这里过了几夜。恐惧和厌恶使娜塔莉娅失去了知觉，失身于他了。她连想都不敢想去反抗他，也不敢去请求主人和下房的人来保护她，就像小姐不敢反抗魔鬼，有权有势的美人——祖母也不敢反抗无恶不作的坏蛋、强盗、农奴特卡契一样，特卡契这家伙终于被流放到西伯利亚去了[1]……后来，尤什加觉得娜塔莉娅已经不新鲜了，玩够了，苏霍多尔也没有什么意思了，有一天，他突然不见了，就像他突然出现在苏霍多尔时一样。

一个月以后，娜塔莉娅感到自己要做母亲了。9月里，两位年轻的主人出征归来的第二天，苏霍多尔的上房起了火，火势很大，十分可怕，烧了很久。娜塔莉娅的第二个噩梦也应验了。房子是黄昏时分遭到雷击烧起来的，当时外面还下着倾盆大雨，据索洛什佳说，她看见从祖父卧室的炉子里跳出来一团金色的火球，这火球连滚带跳蹿遍了每个房间。那一阵子，娜塔莉娅日夜都躲在老浴室里哭泣，那天，她一看到浓烟滚滚和火苗子乱飞，

1　这里暗示祖母年轻时被农奴特卡契所辱，事情发生后，自杀身死，祖父也发疯了。

就从浴室里跑了出来。她以后对大家说，她跑到花园里，突然撞见一个人，他身穿红色乌克兰式短上衣，头戴镶着金边的哥萨克式帽子，当时他也在灌木和牛蒡花丛间撒开腿飞跑……她虽然这么说，然而是真有此事呢，抑或这不过是她的幻觉而已？娜塔莉娅也不敢完全肯定。由于发生了这样可怕的灾祸，她受了惊吓，流产了，这倒是千真万确的事实。

从这个秋天起，她日益憔悴，像一朵鲜花渐渐凋谢了。她的生活又进入了往常的轨道，天天有繁忙的工作缠身，她一直走在这条生活之路上，直至走到尽头！朵娘姑姑去沃龙涅什朝拜了圣徒遗体[1]。朝圣之后，似乎魔鬼已经不敢近她的身了，她安静下来，和其他的人一样，日复一日地过日子。她的神志仍不正常，眼睛里发出疯狂的光芒，穿戴极不整洁，邋里邋遢；遇上坏天气，就心情忧郁，脾气很坏，易狂怒。这就是她全部心灵活动的表现。娜塔莉娅也陪同她去朝了圣，此行也使她获得了心灵上的安宁，使她从毫无活路的各种烦恼中解脱出来。不说别的，只要她一想到要和彼得·彼得罗维奇见面了，就已经全身发抖、六神无主。不管她思想如何有所准备，她无论如何也不敢设想能够心神镇定地和他见面。再一想起尤什加、她所蒙受的耻辱，就只有死路一条了！她那绝非寻常的深重苦难、灾祸重重的厄运，同可怕的火灾遇在一起，仿佛并非出乎偶然，正因为如此，她才得免于一死。朝拜圣地和瞻仰圣体给了她一种权利，使她不仅能够安详、平静地去看她周围所有的人，而且敢于正视彼得·彼得罗维奇。她认为：既然上帝亲自用他那生杀予夺之手降灾难给她和小

1　俄国的有些大教堂，因气候干燥，保存有圣徒的木乃伊，善男信女常去朝拜，据说能得到圣徒的祝福，可治百病。

姐，那么她们为什么要去害怕周围的人呢？因此，她好像受过了临终的洗礼一般，一身轻松、纯洁，像一个心地平静的修女，作为主的、世人的仆人。她从沃龙涅什归来，走进了苏霍多尔的家门，勇敢地走近彼得·彼得罗维奇，吻了他的手。当她的唇接触到他那黝黑的、戴着绿松石戒指的手时，她那少女的、百般温柔的心颤抖了一下……

　　苏霍多尔过着平平常常的日子，传来了解放农奴的传说，引起村民和下房奴仆的不安。他们不知道前景如何，生活是否会更坏。开始过新的生活——这话说起来容易！主人们以后也要按新的方式生活了，可是他们连过老式的日子都还不会呢！战争、天上出现了彗星，把全国都笼罩在一片恐怖之中；祖父逝世，家遭火灾，以后是解放农奴的传言——这一切非常迅速地改变了主人们的身心，使他们失去了青春，失去了无忧无虑的生活，原先的火性子、易怒的脾气。然而在他们的性格中却出现了仇恨、凶狠、寂寞，彼此都非常挑剔，弟兄间开始不和睦了，像他们父亲说的那样，甚至到了桌前就餐时都带着鞭子的程度……经济困难经常提醒他们应该认真地重新整顿这份被克里米亚战争、火灾和债务彻底败坏了的家业。在管理这份家业时，两兄弟互相碍手碍脚。他们俩，一个变得悭吝不堪、十分严厉而多疑；另一个变得慷慨无边、异常善良而轻信。有一回，两兄弟马马虎虎商量了一下，想出了一个应该能够赚一大笔钱的买卖，于是他们抵押了一处庄园，请了一个吉卜赛人伊里亚·萨木松诺夫来，得他之助，跑遍全县买了三百匹便宜的瘦马。他们打算喂一冬上膘后开春卖出去，能赚上钱。可是喂了大量的面粉和谷草之后，一开春，不知什么缘故，马就一匹跟着一匹地几乎全死光了……

　　兄弟间的争执和纠纷与日俱增。有时甚至于真枪真刀地闹起来。如果不是新的不幸又降临苏霍多尔，真不知会闹出什么来！这是他们从克里米亚作战归来的第四个冬天，有一日，彼得·彼得罗维奇到卢涅沃村去看他的情妇。他在村里住了两天，这两天他没日没夜地喝酒，往回返时，依然醉醺醺的。路上雪很大，平板爬犁上铺起坐毯，套着两匹马。彼得·彼得罗维奇吩咐把边套马卸下来拴在爬犁后面，自己躺在爬犁上准备睡觉了，人们记得仿佛他是头向着后面躺下的。这是一匹小马，性子烈，松软的雪没到它的肚子。天渐渐黑下来，又起了雾，天空灰漫漫的。跟他来的是叶夫西·波杜良，出门时他往往带波杜良而不带马夫瓦西加。瓦西加是个哥萨克，因为彼得·彼得罗维奇常常打骂下人，招致全家奴仆仇恨他，所以他害怕瓦西加会害死他。安顿妥当之后，他睡意蒙眬地对波杜良喊道："走吧！"一面在波杜良的背上踢了一脚。强壮的枣红辕马身上湿乎乎的，冒着气，肚子里咯咯地响，发出仿佛打嗝的声音，拉着他们上路了。路上雪大难行，荒凉的田野蒙在茫茫的雾中，他们迎着越来越黑的阴森的冬夜驶去……午夜时分，当苏霍多尔都已酣然入梦，有人急速而慌张地叩过厅的窗户，这是娜塔莉娅晚上睡觉的地方。她从木榻上跳了起来，赤着脚跑到门廊上。她模模糊糊看见门廊前像一片黑影子似的马、爬犁和手里拿着鞭子的叶夫西。

　　"不好啦，姑娘，出事啦。"他嘟嚷着，声音低沉，听起来很奇怪，仿佛是梦中的呓语，"老爷给马踢死了……那匹边套马……它跑上来，抬起腿来就是一蹄子……把脸全踩扁了。老爷他人已经凉了……不是我的错，不是我，基督有眼睛……不是我！"

娜塔莉娅默默走下门廊，赤着的两脚陷进雪里，走近爬犁，在胸前画了十字，跪下来。她抱住那血淋淋的、冰冷的头，吻着，然后大声喊叫起来，这声音充满疯狂的喜悦，她一会儿抽抽噎噎地哭泣着，一会儿又哈哈大笑起来，这时，她已经完全喘不过气来了……

10

当我们有机会离开城市到安静、贫穷、荒凉的苏霍多尔去休息时，娜塔莉娅一遍又一遍地把她那受尽摧残的一生讲给我们听。有时，她的眼神忽然变得阴暗，停住不讲了，然后她的语调转成严肃的、发自内心的低语。这时，我常常想起挂在老家听差室墙角上的那尊粗野的圣徒像，这位无头的圣者，他手里捧着僵死的脑袋，来到同胞中间，是想为他自己的故事作证吧……

曾几何时，我们在苏霍多尔老家见过的一切已经所剩无几，能够说明往事的遗迹，现在都已经消失了。我们的祖辈和父辈没有给我们留下相片、信札，甚至连生活中最普通的日用品也没有剩下一件。曾经留下的星星点点的旧物也都在大火中付之一炬了。有一个桦榴木[1]做的箱子，多少年来，一直摆在过厅里。它是祖先留下来的旧物，上面的海豹皮面子还是一百年以前钉上去的，我们看见的时候，只剩下一些硬得像木头似的光秃秃的小皮块了。箱子上有抽屉，里面塞满有火烧痕迹的法语词典和页页都滴上蜡泪的圣经。以后这箱子也不见了。大厅、客厅里的那些笨

1　这是一种贵重的木材，花纹美丽，像我国的桃心木。

重的家具也都坏了，后来也没有了……老家那幢房子已经破旧不堪，渐渐下沉。我们讲述的那些最后的各种变故所经历的漫长岁月，也就是这古老的家园缓慢败落下去的过程……它的往事越来越带传奇色彩。

苏霍多尔人是在偏僻的庄园、阴森却又错综复杂的生活中长大的，这样的生活曾有过自己固有的习俗和繁荣时代。从它因循守旧的生活方式、苏霍多尔人对它的耿耿忠心来判断，简直可以指望它能够子孙万代、永世长存。然而，这些草原游牧祖先的后代却是温顺的、软弱的，像人们所说的那样"不大会折腾人的"！像有着地下通道和洞穴的田鼠窝在犁头之下消失得无影无踪一样，苏霍多尔这个百年望族，人们眼看着它败落了，消失得无影无踪。曾经在这故园里居住过的人，死的死了，散的散了，那些残存者正在熬度他们的风烛残年。我们能够找到的已经不是它的习俗、它的生活，而仅仅是有关它的习俗和生活的回忆以及半野人般的、简陋的生存状态而已。岁月流逝着，我们也就越来越少去瞻顾草原上的故居，它对我们来说，也变得越来越陌生，我们和故乡的习俗以及我们出身的那个阶层的关系也越来越淡漠了。许多和我们一样的同族人，他们同属于古老而功勋显赫的名门望族，我们族人的名字见诸编年史料，我们的祖先曾官居御前大臣、督军、省长，"宫廷显贵"，甚至于是几代沙皇的宠臣和皇亲国戚。要是我们的家族在西方，那他们一定是骑士，受到人民的齐声赞扬，誉满邦国，他们也会更加长久地代代相传，留存人间。一个骑士的后代，绝不会告诉你说，在半个世纪里，几乎整个家族从地球上消失了，他们繁殖了众多的后代，这些子孙疯的疯了，自杀的自杀了，或荡尽家产，或道德败坏，或销声匿迹了！他绝不会像我这样直截了当地承认，且不说对我们的祖先，就是曾祖一辈，我们都没有一点点确切的印象，甚至半个世纪以前的家中情景也日渐模糊了！

卢涅沃庄园的旧址早已犁平，种上了庄稼，像许许多多其他庄园旧址的命运一样。苏霍多尔还幸存人间，然而也所剩无几了。田地一块一块卖掉之后，土地的主人——彼得·彼得罗维奇的儿子——离开了苏霍多尔，出去就业了。他在铁路上找到了一份列车员的差事。留在苏霍多尔最后的人——克拉芙吉娅·玛尔科芙娜、朵娘姑姑、娜塔莉娅，她们的残年是很悲惨的。春去秋来，季节更替，年复一年的岁月流逝……她们已经记不得几度寒暑了。她们的生活就是回忆往事、互相争吵、操劳每天糊口的粗茶淡饭。夏天，原来一片宽阔的庄园旧地，已经淹没在农家的大麦田里，远远就可以看见庄稼地里的这幢旧屋。旧花园残留下来的一些灌木丛也荒芜不堪，连阳台下面都有鹌鹑咕咕的鸣叫。这哪里是庄园的夏天呵！可是老太婆们说："夏天是我们的天堂！"苏霍多尔多雨的秋季和大雪纷飞的冬天都是漫长的，日子很难熬。这日渐破损的空荡荡的老屋里，人们过着饥寒交迫的日子。大雪埋住它，草原凛冽的寒风穿堂而过，生个火取暖吧——又不是常有火可生。晚上，在原来老夫人卧室的窗上有一盏洋铁皮做的油灯，发出一点点可怜的光亮，这就是全家唯一的一盏灯火。太太身上穿着短皮大衣，脚上穿着毡靴子，戴着眼镜，低着头织袜子。娜塔莉娅躺在冰冷的木榻上打盹儿。小姐活像西伯利亚的萨满[1]，在木房里坐着抽烟斗。如果朵娘姑姑没有和克拉芙

---

1 即巫师。

吉娅·玛尔科芙娜吵架，克拉芙吉娅就不把她的那盏灯放在自己的桌子上，而放在窗台上。朵娘姑姑的小木房里堆满了残破的家具、各种餐具的碎瓷片，还放着那架已经破旧不堪、歪斜了的破钢琴。从上房窗上送过来的那点光亮照着冰冷的木房里的破烂东西，她就在这半明不暗的、古怪迷离的光线里坐着。她住的这间房子冷得像冰窖一般，就连朵娘姑姑精心喂养的鸡，蹲在这堆破烂上过夜时都冻坏了爪子……

现在，苏霍多尔庄园已经完全人去楼空了。家史、编年史料中记载的人们，以及他们的左邻右舍、他们的同龄人都已西逝了。有时候，你甚至于会想：算了，难道这些人真在这个世界上生活过吗？

只有在墓碑上看见他们的名字时，你才觉得事实确实如此，而且会感到你和他们非常接近。为此，你应该做一番努力，如果你还能找到他们的坟，就去坐在祖先的墓前，进行一番思索。说起来，很惭愧，但无法隐瞒：我们不知道究竟哪个是祖父、祖母、彼得·彼得罗维奇的墓冢。我们只知道他们都葬在契尔吉佐沃镇古老的教堂圣地的附近。冬天无法去那里，到处都是齐腰的积雪，在深雪之中露出了稀稀拉拉的十字架、光秃秃的灌木丛的枝丫和荆条。夏日，当你穿过炎热的、空荡荡的乡镇街道，把马拴在教堂的栅墙上，你可以看见栅栏后面的云杉像一堵墙似的挺立着。走进那大敞四开的门，有一座洁白的教堂，它的圆顶已经生锈了。教堂后面，是一片绿茵茵的、枝繁叶茂的、不高的小杂木林。这里丛生着榆树、水曲柳、栓皮槭，到处绿荫覆盖，十分凉爽。你会在丛林间久久地徘徊，踏着墓地中青草覆盖的坑坑洼洼、高低不平的土地，踏着那生长着一层黑乎乎的、稀稀拉拉的青苔的石板，这石板已经陷进被雨水冲刷而变得松软的泥土里。走着，走着……这里可以看见两三块铁墓碑。这是谁的墓呢？这镀金的墓碑已生了锈，变成了金绿色，上面的铭文已经无法辨认了。在哪一抔黄土之下埋着祖父、祖母的遗骨呢？上帝才晓得！你只知道他们就葬在这里，在这不远的某个地方。你坐下来，思索一番，想象一下那些已被遗忘了的赫卢肖夫家族的成员，你会觉得他们的时代离我们是那么远，却又是那么近。这时你会对自己说：

"想象一下他们的时代并不困难，只是你要记住：夏日碧蓝的天幕上那个已经歪斜了的、金闪闪的十字架，还是他们活着时的那个十字架……空旷、炎热的田野里，大麦也和现在一样黄熟，墓地里也有灌木林，也曾绿树成荫、凉爽宜人……灌木丛中也像现在这样，有一匹白马在这里放青。这匹马又老又瘦，青绿色的鬃毛掉光了，血红色[1]的马蹄子已经裂开了。"

1911年写于瓦西列夫斯科耶

---

1 因为没有钉掌，马蹄磨出了血。

米嘉的爱情

1

3月9日是米嘉在莫斯科最后一个幸福的日子。起码，他自己觉得是这样。

中午十一点多钟的时候，他和卡佳沿着特维尔街心公园往前走。春天突然取代了严冬，在太阳下面走路还觉得有点发热。都说云雀飞来会给人间带来温暖和欢乐，仿佛真是这样。到处冰雪消融，一切都是湿漉漉的，屋顶上往下滴着水，看门人把人行道上的冰一块一块地敲下来，从屋顶上一锹一锹地扔下湿漉漉的积雪。到处人来人往、生气勃勃。高空的云彩渐渐散开，化成了白色的烟雾，然后就和那碧蓝碧蓝的、仿佛是湿润的天空融合在一起了。那尊神情里充满希望、低头沉思的普希金铜像高耸在远方，耶稣受难广场[1]上阳光普照。然而最使米嘉觉得无比美好的则是：这一天他觉得卡佳特别漂亮，心地十分纯朴，对他很亲热，常常带着孩子般信任的神情，挽住自己的手臂，不时地抬起头来看一眼他那因充满了幸福而显得有些傲慢的面孔。他的步子迈得很大，卡佳简直有点跟不上他。

他们走到普希金的铜像旁边时，她突如其来地说："你的样子多滑稽。你笑的时候，咧开大嘴，满脸孩子气，一副可爱、腼腆而又傻乎乎的神情。你别生气，我爱你，就是爱你这副傻笑的样子。是的，我还爱你那对拜占庭式的眼睛……"

米嘉忍着，没有喜形于色。虽然心中有些暗自高兴，却又有几分不愉快的情绪。他望着耸立在他们面前的铜像，满怀好意地回答说："至于说到小孩子气，咱们俩倒是相差无几。如果说我像拜占庭人，那也等于说你长得和中国的慈禧太后差不多。你们这些人都迷上了拜占庭、文艺复兴……还有，我也很不理解你的母亲！"

"要是你处在她的地位上，一定把我锁在你的后宫里，对么？"

"不是锁进后宫，而是不许那些自以为名士风流的演员，那些美术学院、音乐学院、戏剧学院未来的明星进自己的家门，一概不许。"米嘉回答说，他继续克制着自己，保持着平静、友好、随随便便的神态，"你对我说过：布科维茨基约你到斯维特丽娜饭店吃晚饭；叶戈罗夫文提出要给你塑裸体像，仿佛是象征

1　即现在的普希金广场，因为有耶稣受难修道院而得名，过去每逢复活节，这里都举行盛大的宗教仪式。

什么垂死的海浪[1]……为此，你当然深感荣幸了。"

"反正我不会放弃艺术生涯，即便为了你的缘故，我也不会放弃。也许，像你常说的那样，我很糟糕。"卡佳说，虽然米嘉从来没有对她说过这样的话，"也许，我已经学坏了，然而，你如果要我，就取我这个人的本色吧。我们不要吵架。你不要嫉妒，至少今天不要这样。看，今天有多么美好呵！你难道不明白，无论如何，对我来说，你比其他的人都好；难道你不懂得：你是我唯一爱着的人吗？"她声音不大，但语气却很坚定。这时她已经用假装出来的、诱惑人的神态看着他的眼睛，然后若有所思地、慢悠悠地朗诵道：

> 在我们之间，
> 横着一座沉睡着的苔原森林，
> 有一颗心已经将一枚戒指，
> 赠予了另一颗心……

这最后的一句话和她读的诗句却刺痛了米嘉的心。总之，这一天有许多事使他感到痛苦和不快。说他像小孩子那样腼腆、傻乎乎的，就使他很不愉快，他已经不止一次听见卡佳说过这类话了，显然这些话绝非出自偶然。他觉得卡佳不时表现出自己或多或少比他更成熟，也常常（不自觉地、自然而然地）显露出比他略胜一筹。而他则认为这是她阅历丰富的表现，说明她向他隐瞒了某种不端行为。此外，"无论如何，你比其他的人都好"这

---

1 这是象征派的风格，表示渐渐落下的海浪。是从"垂死的天鹅"引申而来的。

句话也使他不愉快，而且说这段话时，不知为什么她还突然降低了声音。尤其使他不愉快的是她朗诵的那段诗，以及她朗诵时那种矫揉造作的调子。然而，这诗、这朗诵的调子唤起他日夜思考的问题——首先是卡佳交往的那个圈子，它把卡佳从他身边夺走了，因而激起了他对这个圈子的仇恨和嫉妒。虽然如此，在3月9日这幸福的日子里——像他以后常常认为的那样，是他在莫斯科最后的幸福的一天——他心情还不算十分沉重，因此，他压下了心中种种不快的思绪。

这天，卡佳在铁匠桥[1]的齐美尔曼商店[2]买了斯科里亚宾的几件作品，在回家的路上，她无意中提起了米嘉的母亲，她笑着说："你完全不能想象，我心里一直有点怕她！"

不知为什么，在他们相爱的这段时间里，他们一次也没有谈起将来的事，没有提起过他们之间的爱情的归宿是什么。可是今天卡佳突然说起他的妈妈，而且在谈到她时，那口气仿佛是说他的妈妈就是她未来的婆婆，这乃是不言自明的事。

2

这以后，仿佛一切照常，没有什么变化。米嘉送卡佳到艺术剧院附设的戏剧学校去上学，陪她去听音乐会，参加文艺晚会，或者坐在基斯洛夫卡街卡佳的家里，利用卡佳妈妈给自己女儿的不可理喻的自由，一直待到半夜两点钟。卡佳的妈妈有一头暗红色的头发，会吸烟，爱涂脂抹粉，然而却十分可亲，为人善良。

1 莫斯科一个繁荣的商业区，在红场附近。
2 当时有名的出售各种乐谱、唱片、乐器的商店。

188

她早就和丈夫分居了，因为他已经有了外家。卡佳也往莫尔查诺夫卡街米嘉那里跑。在大学宿舍的房间里，他们坐在一起，和往常一样，时间就在没完没了的、如醉如痴的接吻中度过。尽管如此，米嘉却强烈地意识到有什么可怕的事正在袭来：卡佳有点变了，或者开始在变。

他们刚刚相遇的那段难忘的轻松愉快的时光飞快地流逝了。那时，他们相识不久，最大的兴趣是两个人单独在一起谈话、聊天，他们可以从早晨一直说到晚上，还说不够。此刻，米嘉突然坠入了那从童年和少年时代起就暗自憧憬着的神话般的爱情世界。那正是天寒地冻、碧空晴朗的12月，莫斯科披着厚厚的白雪，太阳像一个殷红的火球低低地挂在天上，红装素裹，显得分外妖娆。1月和2月，米嘉的爱情在不间断的幸福的狂飙中旋转着，这幸福仿佛已经是既成事实，起码也是即将实现的事实了。然而，就是在那个时候，似乎有什么东西开始毒化他们的幸福，使美好的感情变得不那么自然。在那些时日，他甚至觉得有两个卡佳同时存在着：一个是从他们相识的第一分钟起，他所向往的，也是他所坚定追求的那种形象；另一个则是真正的、普普通通的，完全和他希望的第一个卡佳不相似。为此，他深感痛苦。虽然如此，当时他却从来没有过类似现在的这些感受。

这一切本来都是可以解释清楚的。春天来了，女人有自己春天的忙碌：购买物品、定制新装、改做这件或那件旧衣服。卡佳也确实常常和母亲一起到女裁缝那里去。此外，她上学的那个私立戏剧学校也快要考试了。因此她完全可能有所忧虑，仿佛有些心不在焉。米嘉总是企图用这些理由来宽慰自己，然而却往往无济于事，因为他那颗多疑的心对抗着这些想法，有力地控制着他，更何况他认为自己目睹的一切也证实了各种猜疑。他觉得卡佳内心深处对他的冷漠正与日俱增，因此，他的疑虑和嫉妒也相应地越来越强烈了。比如说，戏剧学校校长对卡佳称赞不已，使她头脑发热，忘乎所以。她实在憋不住，把校长如何夸奖她的话告诉了米嘉。校长对她说："你是我们学校的骄傲。"（他对一切女学生都以"你"相称，而不称呼"您"。）除了集体课之外，还给她单独上课，大斋期也给她辅导，目的是希望她能够考得特别出色。他认为，这位校长行为不端，常常败坏女学生。每年夏天都带个女学生去高加索，或者出国去芬兰避暑，这也是无人不知、无人不晓的事。于是一个念头浮现在他的脑际：肯定校长已经看上了卡佳。虽然她本身并没有什么过错，可是，米嘉认为她自己大概也体察到了校长的意图，因而可能已经和他有了不干不净的关系。与此同时，卡佳对他米嘉的注意日益减少，这已经非常明显，因此，怀疑她行为不轨的念头就更加令他苦恼不堪。

看来，确实有什么东西把她从米嘉的身边吸引过去了。他一想起校长，就无法平静。可是校长算得了什么！看来，还有一些什么其他的兴趣超越于卡佳的爱情之上。那到底是什么呢？是谁呢？米嘉并不知道，因此他嫉妒卡佳周围的一切，但他嫉妒的主要对象却是他自己想象出来的、他认为隐瞒着他的、占有了卡佳全部身心的那种东西。他觉得有什么东西不可阻止地把她从自己身边吸引开了，也许，她向往的正是他连想都不敢想的那种事。

有一次，卡佳当着母亲的面，半开玩笑地对他说："米嘉，你总是按照《治家格言》[1]的标准来衡量妇女。你会成为最完

1　《治家格言》：俄国16世纪一部要求人们在家庭生活中无条件服从家长的法典性作品，后来专指守旧的家庭生活习惯。

美的奥赛罗[1]。要是这样的话，我就永远不会爱你，也不会嫁给你！"

母亲反对她说："我认为没有嫉妒的爱情是不可思议的。谁要是不嫉妒，他就并不爱对方。"

"不对，妈妈，"卡佳有个毛病，爱重复别人的话，"嫉妒就是不尊敬所爱的人。如果一个人不相信我，就是说，他并不爱我。"她故意不看米嘉。

"我认为，"母亲反驳她说，"嫉妒就是爱情。我还在哪本书里看过这样的思想。这本书里解释得很清楚，而且引用了《圣经》的例子，《圣经》中说：上帝称自己为嫉妒者和复仇者……"

至于说米嘉的爱情，那么它现在几乎全部表现为嫉妒了。他觉得，他的嫉妒不是一般的，而是一种特殊的感情。他和卡佳单独在一起时，虽然并没有超过亲密关系的最后界限，然而几乎无所不至了。现在，当他们卿卿我我的时候，卡佳对他的爱情表现得比以前更加强烈了。然而，这反而引起了米嘉的疑心，有时甚至会在他心上唤起一种可怕的感情。形成米嘉嫉妒心的一切感情都是可怕的，其中最可怕的一种感情到底是什么，米嘉自己也不能理解，也弄不清楚。它表现在：如果发生在米嘉和卡佳之间的各种爱慕的表示是世界上最幸福、最甜蜜、最高尚、最美好的感情，那么，当米嘉想象卡佳对另一个男人也会有这种感情表示的话，他们之间的一切就成为最卑鄙、天理不容的事了。这时，卡佳就会激起他心中巨大的仇恨。他和卡佳两人单独在一起时所

1　莎士比亚名剧《奥赛罗》的主人公，因嫉妒而杀死了无辜的妻子。

做的一切都是天堂般的美好和纯洁；然而，只要他一想到在他的地位上是另一个人，那么，马上一切都变了，一切都成了道德败坏、无耻下流，使他渴望掐死卡佳。他首先要置她于死地，而不是去对付那想象中的情敌。

3

大斋期[1]的第六日，终于进行考试了。这一天，仿佛特别清楚地证实了米嘉的一切痛苦都是有道理的。

当时，卡佳没有看见他，没有注意到他在场。她完全变成了另外的人了，已经完全属于大家了。

卡佳取得了巨大的成功。她像个新娘一样，穿了一身白连衣裙，因为心情激动，显得更加美丽迷人。大家满怀友情、热烈地给她鼓掌。校长是一位自我感觉良好的演员，生有一双冰冷的眼睛。当时他坐在第一排，仅仅是为了表示自己的高傲不凡，才不时给卡佳提出意见。他说话时声音不高，但又能使整个大厅都听得见，而且使人听了不舒服，难以忍受。

"不要背台词。"他说话时字字有分量，态度安详，而且口气那样威严，仿佛卡佳完全是他的私有财产一样，"不要做戏，要真正去感受。"他字字清楚地说。

这真使米嘉难以忍受。大家为之热烈鼓掌的朗诵也令他难以忍受。卡佳腮飞红晕、面泛桃花，局促不安，有时声音上不去，有时换气不及时，有点气不够用，这神态却十分动人，令人倾

---

1 耶稣复活节的前一个月为大斋期。

倒。然而，在米嘉所仇恨的那个圈子里被认为是最高级的朗诵艺术，米嘉在她的每个音节里听到的却是矫揉造作、虚伪和愚蠢。此时此刻卡佳的全部身心已经献给这个艺术世界了。米嘉觉得她简直不是在说话，而是在不断地叹息。她如醉如痴，充满了激情，时而在乞求，时而又哀告。米嘉觉得她都做得过分、有失大雅、毫无根据、没完没了、令人厌恶。于是，米嘉为她的这副样子羞得眼睛都不知道往哪里看了。她的全身、她红晕的面庞、她那雪白的连衣裙（因为坐在下面往舞台上看，所以连衣裙也显得比平常短了一些）、她的白鞋、紧绷在两腿上的白丝袜，以及她朗诵《一个少女在教堂的合唱队里唱着歌》这一段时，想表现一个天使般纯洁少女时的那种做作的过分天真的神态，在这一切之中，有着某种天使般的圣洁和尘世罪恶的混合，对米嘉来说，这是最难以忍受的。此刻，米嘉既感到他和卡佳倍加亲近，像通常在人群中对自己心上人怀有的那种感受，又无比恨她；他除了认为无论如何卡佳是属于他的，因而为她感到骄傲外，同时又痛苦不堪，心都碎了。他想，不，她已经不属于自己了！

考试以后，他们又过着幸福的日子。然而，米嘉已经不能像以前那样，会轻信她的举止言行是真的了。卡佳回想起那次考试时，曾对他说："你多么愚蠢！难道你感觉不出来，我所以朗诵得那么出色，是因为我只是读给你一个人听的？！"

他不能忘记考场上他的那些感受，同时，他又不能不意识到，这些感受至今都没有离开他。卡佳也猜到了他暗暗藏在心中的这种感情，有一天，当他们口角的时候，她万分惊异地说道："既然在你看来，我什么都那么不好，我不明白你为什么还爱我。"

可是他自己也不明白为什么爱她，虽然他觉得他对卡佳的爱不但没有减少，而且为了她，为了他们的爱情，为了这爱情的全部分量，以及为了爱情提出的日益增加的要求，他正在和某人、某种事物进行着斗争。在这场斗争中，他满怀嫉妒，然而对卡佳的爱却与日俱增。

"你只爱我的肉体，并不爱我的灵魂！"有一次，卡佳痛心地说。

他觉得这又是别人的话，是戏里的台词。虽然这些都是无稽之谈、陈词滥调，但却触动了他心中一个使他痛苦而没有得到解决的问题。他既不知道为什么要爱她，也不能确切地说出来，他到底想要什么……爱情究竟意味着什么？回答这个问题对米嘉来说是不可能的，因为他认为人们讲过的，以及他在书本上读过的关于爱情的解释，都没有一个字是它确切的定义。在生活中和书本里，人们总是不约而同地或者只讲精神的爱，或者只谈人们称之为情欲和肉体的爱。他的爱情却既不是前者也不是后者。他从她身上所感受的一切是什么呢？是称之为爱情的东西呢，还是人们称之为情欲的东西呢？当他解开她的上衣，吻着她那无限美好的处子的胸脯时，她非常顺从地、带着最纯洁的童贞的羞怯向他敞开了她的灵魂。这时，那仿佛把他带进了临终前的天国，使他神魂颠倒，简直快要昏厥了的感受，是卡佳的灵魂，还是她的肉体呢？

4

她的变化越来越大了。

考场上取得的成功起了很大的作用。虽然如此，米嘉觉得这些变化的发生无论如何还有其他的原因。

随着春天的来临，卡佳仿佛立即变成了一个社交界的年轻夫人。她打扮入时，忙着今天去这儿、明天去那里。每当她来看他的时候，米嘉为这里黑乎乎的过道感到难为情；每当她绸裙沙沙作响地走在过道上时，她总是先放下她的面纱。现在她已经不步行上街了，每次都是乘坐马车来的。虽然她对他一直都特别温柔，然而却总是迟到和缩短见面的时间，说是要和妈妈一起到女裁缝那里去。

"明白吗？我们在拼命赶时髦！"她说，睁得大大的眼睛闪闪发光，显出一副愉快、惊异的样子。她非常清楚，米嘉一点也不信她的话，然而她还是这样说，因为现在和他简直没有什么话可说了。

现在，她来时，从来不摘掉帽子，也不放下手里的伞，在米嘉的床上坐一下就走了，她那穿着丝袜的小腿肚几乎要使米嘉发疯。临走时，卡佳对他说，晚上她不在家，又要和妈妈到一个人的家里去做客！她装出的那种神态是千篇一律的，目的是捉弄他，如她说的那样：是以此来"奖励"他的一切"愚蠢"的言行和苦恼。她假装偷偷往门口看一眼，然后突然从床上跳起来，身子碰着他的腿，一擦而过，匆匆忙忙低声说：

"来，吻我一下！"

5

4月底，米嘉终于决心到乡村去，想休息一下身心。

他把自己，也把卡佳都快折磨死了。然而到底出了什么事？卡佳有什么过错？却又仿佛没有任何理由和根据。因此这种痛苦简直令人无法忍受。有一次，卡佳被折磨到了绝望的程度，于是对他说：

"好吧，你走吧，你走吧，我再也没有力量忍受了。我们应该分开一段时间，澄清一下我们的关系。你现在瘦得不像样子，妈妈说你肯定得了肺结核。我再也受不了啦！"

于是米嘉决定离开莫斯科。临行之际，米嘉虽然痛苦万分，然而他自己也觉得吃惊：他仿佛还有一种幸福的感受。当他的乡村之行已定，一切过去的感情又回到他的头脑里来了，因为他无论如何也不愿意相信那夜以继日地使他片刻也不能安宁的念头会是真的。只要卡佳有一点点改变，那么，在他的眼中，又一切都换了样子。这时，卡佳一点也不装模作样地气他，对他温柔热情如故（像他这样嫉妒成性的人能准确无误、非常敏锐地感觉到这点），于是他又在卡佳的家里坐到半夜两点钟，他们又有话可说了。而且离他要动身的时间越近，就越觉得这次分离是非常荒诞的行为，"澄清一下他们的关系"则完全没有必要。卡佳是从来不流泪的姑娘，这一次，她哭了。她的泪水突然使米嘉感到，她是他最亲最亲的人，一种强烈的怜悯的感情刺穿了他的心，他觉得自己太对不起她了。

卡佳的母亲6月初要带她去克里米亚，整个夏天将在那里消暑。他们决定在米斯霍尔见面，这样，米嘉也必须计划米斯霍尔之行。

他收拾行装，做动身的准备。在莫斯科的这些天，他一直处于一种奇怪的、像吃醉了酒似的状态之中，仿佛一个大病缠身

的人，然而还很精神、还能够行动。他觉得自己很不幸，一种病
态的不幸，类似酒醉后的状态。与此同时，他又深感幸福，这幸
福也是病态的——卡佳对他又亲热起来，关怀备至，使他非常感
动，她甚至陪他去买了捆行李用的皮带，好像她已经是他的未婚
妻或者是妻子了。总之，他们初恋时的一切感受几乎又都复活
了，他对周围的一切感受也恢复正常了——这里的房屋、街道、
来往的行人、车辆、春日的多云的天空、尘土的气味、春雨的清
香、小巷里教堂院内越墙而出的白杨发散着寺院特有的气息，这
一切仿佛都流露着他的离愁和夏天在克里米亚重逢的希望。他想
到那时就再也没有什么能干扰他们了，一切憧憬都会成为现实，
虽然他并不知道"一切憧憬"具体指的是什么。

　　动身的这天，普罗塔索夫来他家和他告别。中学高级班的学
生和大学生中，往往会见到这样一些青年，他们心地善良、为人
敦厚、有些伤感、喜欢讥笑人，他们那副神态表现出仿佛他们在
这个世界上最年长、最有经验。普罗塔索夫就是这种类型的青
年，是米嘉的亲密朋友之一，也是他唯一真正的朋友。虽然米嘉
是个沉默寡言、性格内向的人，对普罗塔索夫却无话不讲，所以
他知道米嘉的全部爱情秘密。他望着米嘉捆皮箱，看见他的两手
在发抖，心里有些难过，他明智地苦笑了一下，说道：

　　"你们都是纯洁的孩子，愿上帝饶恕你们！然而，我亲爱的
唐波夫省的维特[1]，不管怎么说，你应该懂得：卡佳首先是一个最
典型的女性，就是警察署长对她也没有办法。你作为一个男性，
由于传宗接代的本能，拼了性命都在所不惜，向她提出了非常高

――――――――――

　　1　歌德著作《少年维特的烦恼》中的主人公。

的要求。当然，你的行为是完全合乎规律的，在某种意义上说，甚至于是神圣的。尼采已经公正地指出：你的肉体是最高的理性。然而你在这条神圣的道路上可能跌得粉身碎骨，这也是合乎规律的。在动物界也有这样的属类，按照规律，它们为了第一次也是最后一次爱的行为要付出自己的生命代价[1]。大概这个规律对你并非必然。那么，你要特别注意，自己珍重。总之，不要太心急。'容克地主史密特，真的，夏天会回来的！[2]'天地之大，怎么你偏就和卡佳狭路相逢了呢？！瞧你使劲捆皮箱的样子，我就知道你完全不同意我的意见。我看你还非常喜欢这条狭路。好吧！请原谅我冒昧的逆耳忠言，愿圣徒尼古拉[3]和随从他的圣者保佑你一路平安！"

普罗塔索夫握了握米嘉的手，走出去了。米嘉捆好被子和枕头，这时，住在对面的学声乐的大学生清了清嗓子，放开嗓门唱了起来。歌声从正对院子的那扇敞开的窗子里传了进来。这位大学生从早到晚练习唱歌，此刻，他唱的是歌剧《阿兹拉》。米嘉听他又唱歌了很不耐烦，于是马马虎虎地把皮带扣好，匆忙地捆好行李，一把抓起帽子，到基斯洛夫卡街和卡佳的母亲告别去了。那歌的唱词和旋律一直萦绕在米嘉的耳边，一遍一遍顽强地重复着，使他看不清街道、看不清迎面过来的行人。他跟跟跄跄地走在大街上，比最后这几天的状态更加严重。实际上，真有点像狭路相逢了，以至于"容克地主史密特"都想要开枪自

1　动物界，如有的雄性鱼类、昆虫在交配后立即死去。

2　引自某一德国小说，写的是某一青年情死的故事。

3　东正教中圣徒尼古拉是行路保护神，革命前的各个火车站、驿站都供奉着他的像。

杀了！他想，这也没有什么了不起，狭路就狭路吧！于是那歌词又在他耳边回荡，歌词中说：苏丹王的女儿，"如花似玉、光彩照人"，她在花园里散步时遇见了一个黑奴，他站在喷泉旁边，"面庞比死神还要阴森"。有一次，她问这黑奴家住哪里、姓甚名谁，他恭顺、纯朴而忧伤地回答了她，话语里预示着要发生什么不祥的事情！他唱道：

> 我的名字叫穆罕默德……

最后是庄严、悲愤、高昂的唱腔：

> ……我出身贫寒的阿兹拉家族，
> 我们正在相爱，为这爱，
> 我们正走向坟墓！

卡佳正在换衣服，准备到火车站去送他。她从她的那间闺房里向米嘉喊话，告诉他：第一遍开车铃响之前，她准时到车站。呵！在她的那间绣房里，他曾度过多少难忘的时刻呵！米嘉进来的时候，那位生着一头暗红色头发的、善良、可亲的妇人，正一个人坐着吸烟。她大概早就明白和猜到了他们之间发生的一切，于是她面带愁容地看了他一眼。米嘉满脸通红，仿佛五脏六腑都在颤抖，走过去，像儿子那样俯下身去吻了她那皮肤细腻、肌肉松弛的手；她像母亲一般温柔地吻了几下他的额头，然后在他胸前画了十字：

"唉！亲爱的，"她胆怯地微笑着，背诵着格里鲍耶多夫

的话，"勇敢地生活下去！喏！愿上帝保佑你，动身吧，动身
吧……"

6

他在房间里，做完了应该做的一切事情，然后在楼道值班人
的帮助下，把东西放进一辆相当糟糕的出租四轮马车里，自己坐
在行李旁边，终于动身了。这时，每当人们起程时的那种特殊的
感觉冲击着他，他觉得一段生活结束了，而且是永远地结束了。
与此同时，他突然觉得一身轻松，对某种新的生活充满了希望。
他的情绪安定了一些，精神也振作了些，仿佛用新的目光观察着
周围的事物。一切都已结束。别了，莫斯科！他动身时天气是阴
沉沉的，稀稀拉拉地掉着雨点儿。巷子里空荡荡的，没有行人。
石铺路面闪着光，颜色变暗了，好像铁板铺的一样。街道两侧的
房屋很肮脏，看上去死气沉沉的。马车慢吞吞地、不慌不忙地
向前行驶，令人难受。此外，米嘉还不时地不得不把头转过去，
尽可能闭住气来躲避马的臭屁。马车驶过克里姆林宫、圣母节
广场[1]，又拐进了小胡同。沿街花园里，白嘴鸦呱呱地叫着，呼唤
风雨和夜幕的降临。然而，毕竟是春天了，空气中充满了春的气
息。米嘉终于到达车站，他跟在搬运夫的后面，穿过挤满了人的
车站大厅拼命地往月台上跑。在第三道上已经有一列长长的、重
载的、开往库尔斯克的客车等在那里了。在拥挤的列车前的一大
群乱七八糟的人里，在推着咚咚作响的行李车边走边喊着提醒人

---

1 位于红场附近，是个市场。

们注意的搬运夫之间，他一眼就看见了"如花似玉，光彩照人"的她。卡佳远远地、孤零零地站在那里，他觉得不仅在这群人里面，就是在全世界，她也是非凡的。这时，第一遍铃已经响过了，这一回迟到的不是卡佳，而是他自己。她到得比他早，已经在等他，这使他非常感动。卡佳看见了他，又像未婚妻或者妻子那样关心地向他跑过来说：

"亲爱的，快上去找座位吧！马上就要打第二遍铃了！"

响过第二遍铃以后，她站在月台上，从下往上望着站在那挤得满满的、空气恶臭的三等车厢门口的米嘉，这又使他非常感动。她身上的一切都是美好的、迷人的：她那可爱而漂亮的脸蛋儿，小巧的丁香般的个子，健康红润的气色，青春的活力，带着稚气的女性的温柔，从下面望着他的那双明亮的眼睛，她头上那顶天蓝色、帽檐向上翻卷着的朴素的帽子，既雅致，又显出一副调皮的样子——这一切使他觉得美好、迷人，他甚至觉得仿佛已经摸到了她身上穿的那件暗灰色西装的料子和它的绸里子。他站在车上，面容憔悴，打扮得傻乎乎的：上路时穿了一双笨重的长筒靴和一件旧上衣，上衣的扣子已经磨成红铜色。虽然他这副样子，卡佳仍然满怀真挚的深情、忧伤地望着他。突然响起了第三遍铃，这铃声仿佛打在米嘉的心上，于是，他像发疯了似的跨到车门的踏板上。卡佳也像发了疯似的满脸恐惧向米嘉跑过来。他弯下身去，吻了她那戴着手套的手，然后急忙跑回车厢，满怀狂喜，一脸泪水，向她挥动着帽子。她一手提着裙子，和月台一起慢慢地向后退去，还一直抬着头，盯着他。她越来越快地向后退去，风也越来越厉害地吹着米嘉伸出窗外的头，把他的头发吹得乱七八糟的。火车越走越快，无情地驶去了，一面粗暴而霸道地鸣笛要道¹，突然，她和月台的尽头一下子都消失了……

7

　　春日长长的黄昏已经降临，天上的雨云遮得地上更加昏暗。沉重的车厢隆隆地在光秃秃的、寒气袭人的田野上向前行驶着，这田野还是一派早春景象。车厢内，列车员在过道上走来走去，他们检查车票、往玻璃灯罩里安放蜡烛。米嘉依然站在玻璃被震得叮叮作响的窗前，感到自己的唇上仍留有卡佳手套上的芳香。离别的刹那在他心中点起的那把烈火，还在燃烧着，于是那改变了他全部生活的、漫长的、既幸福又痛苦的莫斯科的冬天又以崭新的面貌全部呈现在他的眼前。在他新的目光中，一个全新的卡佳也站在他的面前了……是的，是的，那么，她是什么呢？爱情、情欲、灵魂、肉体，又都是什么呢？她什么都不是，而是另外的什么，是完全不同的存在！可是这手套上的香味儿，难道不是属于卡佳的，难道不是爱情、不是灵魂，也不是肉体吗？要是这样的话，那么，车厢里的庄户人、工人、带着难看的小孩去上厕所的那个女人，在那震动得吱吱发响的灯罩里昏暗的蜡烛，降临在春天空旷田野上的黄昏——这一切就都是爱情、灵魂、痛苦和无限的欢乐了。

　　早晨火车抵达奥勒尔，他应该在这里换车。去省里各县的客车停在最远的月台上。这时，米嘉觉得：这里真是纯朴、安宁的故土，而莫斯科仿佛非常遥远，已经在九霄云外了。曾几何时，

　　1　以前的车站没有自动装置，列车鸣笛要求信号室给道。

202

对他来说，莫斯科的心脏就是卡佳；现在，他认为她非常孤独、可怜，他只能满怀深情地去爱她！淡蓝色的天空浮着朵朵雨云，和风荡漾，给人以淳朴、宁静的感受。奥勒尔开出的客车行驶得很慢，米嘉坐在几乎是空空无人的车厢里，不慌不忙地吃着土拉产的带花纹的甜饼干。以后，列车飞跑起来，车厢颠簸着，把他摇得入睡了。

一觉醒来，列车已到达维尔霍委叶站了。客车在这里停车[1]。站上人很多，南来北往，忙忙碌碌，但是却又令人觉得十分荒凉。车站食堂厨房的烟囱里飘出的缕缕炊烟，令人有故乡甜蜜之感[2]。米嘉非常高兴地吃了一盘酸菜汤，喝了一瓶啤酒，之后，觉得疲倦已极，就又入睡了。当他再次醒来的时候，火车正奔驰在他所熟悉的初春的桦树林里。这站一过，他就该下车了。又一个春日的黄昏降临了，天色昏暗，雨后清爽又仿佛有蘑菇香气的空气吹进车窗里来。树林虽然还是光秃秃的，然而客车在这里隆隆驶过时，声音比在田野中听得更清楚。远处车站上闪烁着灯火，仿佛流露着一缕春愁。不一会儿，高高的扬旗上的绿色信号灯清晰可辨了，在笼罩着一片暮色的桦树林中，这灯光显得特别迷人。列车在这里颠簸了一下，哐咚一声改进了另一条轨道……天呵！那站在月台上来接少爷的用人，一身乡气，那样子显得又可怜又亲切！

天越来越黑，天际彤云四合。从火车站到大镇子途中的路上到处都是春天的泥泞。一切都沉浸在这不寻常的柔和的昏暗深邃的宁静温暖的夜色里面，沉浸在和夜色融在一起的、飘浮不

1　20世纪初，客车因为没有餐车，会在大站长时间停车，供旅客进餐。
2　出自格里鲍耶罗夫的诗句："游子归来，故国的炊烟也觉得香甜。"

定黑乎乎的沉沉雨云之中。此时此刻，那宁静、淳朴、贫穷的乡村，那早已进入梦乡的烟熏火燎的俄式木屋，这里的善男信女从报喜节[1]起就不生火的习惯，这一切又一次使米嘉感到惊异和喜悦。呵，这昏暗、温暖的草原是多么美好呵！四轮马车在坎坷不平、泥泞的路上颠颠簸簸地行驶着。一家殷实的庄户院子外面的老榆树耸立入云，那光秃秃的枝条看上去很不悦目，枝丫上还有几个黑乎乎的鸦巢。木房前站着一个奇奇怪怪的、好像来自远古年代的庄户人在昏暗里张望，这人赤着两脚，身穿破破烂烂的粗呢上衣，一头留得长长的直发上面戴着一顶羊皮帽子……不一会儿，下起雨来。这是一场温暖的、沁人心脾的、芬芳的春雨。这时，米嘉沉入了冥想之中。他想象睡在这木房里的姑娘会是什么样子；他也想起这个冬天在和卡佳的接触中知道的有关女性的一切。然后，在他的头脑中，卡佳、木房里的年轻姑娘、夜色、春时、雨水的清爽气息、已经耕过了的富饶土地的芳香、马的汗味、对那只皮手套上的香味的回忆……这一切都融合在一起了……

8

乡村的生活宁静而迷人。

从车站回家的途中，卡佳在他心中仿佛淡漠起来，融合在他周围的一切事物之中了。然而事实并非如此，这不过是路上和刚到乡下那几天的一种错觉罢了。因为当时他睡足了觉，得到休

---

1 这是宗教的节日，耶稣教所传。天使于此日告知圣母，她将生下耶稣。东正教为俄旧历三月二十五日。

息，头脑清醒了一些。从童年时期起就十分熟悉的老家、村舍、乡下的春天，以及春日那光秃秃的、空旷的田野，正准备百花吐艳、万象更新的大自然，这一切景象使他觉得十分新鲜。

米嘉的老家是个不大的庄园。房屋古老，陈设很简单，家务也不复杂，不需要很多来人伺候。对米嘉来说，一种平平静静的生活开始了。他的妹妹安娜是个中学二年级的学生，弟弟科斯加是士官学校少年班的学员，他们都在奥勒尔上学，大概6月以前不能回来。母亲奥丽佳·彼得罗芙娜一向自己管理家务，只有一个管家（家中的人称他为村长）帮助她料理一些事务，因此，她常常在大田里转，晚上，天刚见黑就躺下睡了。

米嘉回家以后大睡了十二个小时。第二天，他梳洗打扮得干干净净，从他那间洒满阳光的房间走出来(他的房间向东，窗子面向着花园)，到其他房间里转了一遭，他清楚地感受到家的温暖、慰藉心灵的平静，觉得一身清爽。家中的东西都还摆在他所熟悉的、原来的地方，和许多年前一样，室内依旧弥漫着他熟悉的那种香味。他进门之前，家里到处都收拾得整整齐齐，所有房间的地板都已经擦洗得干干净净。大厅通向过道和沿用旧称的听差室，那里的地板还正在擦洗。一个满脸雀斑的姑娘正站在阳台门旁的那个窗台上，嘴里吹着口哨，踮起脚来擦着窗子的上排玻璃，在下排玻璃上反射出的蓝色的影子，仿佛是远景的画面。使女帕拉莎从盛着热水的桶里拎出一块大抹布，赤着雪白的两脚，小小的脚跟儿着地，从满是水的地板上走过来。她一面在卷起来的袖子上擦着那热得发红的脸上的汗水，一面和蔼可亲地、随随便便地、急促地说道：

"请去用茶吧！天还没有亮，妈妈她老人家就和村长一起去火车站了，您大概没有听说吧……"

突然，米嘉觉得卡佳威严地出现在眼前了。他明白，那卷起袖子的女人的手臂，那站在窗台上踮着脚擦玻璃的姑娘的女性线条，她的裙子，裙子下面的两条粗壮的、光着的腿，这一切都勾起他对卡佳热切的眷恋。他满怀喜悦地感到她的力量，觉得自己是属于她的，而且在这个早晨，在他的全部感受中，她都无所不在，仿佛就悄悄地生活在他的身旁。

这种感觉与日俱增，越来越清晰、明确，仿佛她就在这里，呼之欲出了，而且这一形象日益变得美好起来。这时，他的头脑已经渐渐清醒，心情也随之慢慢平静下来，于是他忘记了那个真实的、普普通通的卡佳。在莫斯科时，由于她和米嘉按自己的愿望创造的那个卡佳的形象往往不能吻合，因而使他痛苦不堪。

9

他第一次作为一个成年人生活在家里，甚至母亲对待他的态度也和以前不同了。他觉得更重要的是：他心中已经有了真正的爱情，实现了从童年和少年时起，他的全部身心就暗暗期待着的梦想。

还是在孩提时期，就有某种美妙的、神秘的、非人类语言所能表达的感情在他身上出现了。很久以前，在某个地方，大概也是春天的时候，那时，他还非常小，在花园里，和一个年轻的女人（大概是他的保姆）站在丁香树下，他只记得那里有强烈的臭甲虫的气味，突然他仿佛如有所悟，不知是这女人的面庞，还是她丰满的胸脯上面穿着的大坎肩激起了他的喜悦，好像有一股

206

热浪通过他的全身，这感受像母腹中的婴儿在蠕动……然而这不过是在混沌的梦境之中，就像以后他童年、少年、中学读书时代的那些感受也都在隐约的梦境中一样。那些时候，常有小姑娘跟着妈妈来参加他家的儿童节日[1]，他曾对她们怀着特殊的、不清不楚的爱慕和赞叹，暗中贪婪地、好奇地注视着她们的每一个动作。这些穿着小连衣裙、小皮鞋、头上用丝带扎着蝴蝶结的小东西很迷人，惹人喜爱，又令人觉得怪里怪气的。曾经有过一段较长的时间，那是当他在省城里的时候，差不多整个秋天，他对一个女中学生产生了爱慕之情，那一次他的爱慕已经是比较有意识的了。这个女学生常常在傍晚时分出现在邻家花园的树上。她生性活泼、动作敏捷、说起话来老爱讽刺人，穿一身咖啡色的连衣裙[2]，头发上卡着一个小圆梳子，两手总是弄得很脏，常常纵情大笑或者高声喊叫。这一切使米嘉从早到晚都在想她。他觉得心上有一缕闲愁，有时会无端地流下泪来，自己也捉摸不定想从她那里得到什么。以后这一切又自然而然地结束了，被忘怀了。再以后，在中学的一次晚会上，他又突然产生了新的爱慕、眷恋，自然也是暗藏在心中的、有意识的，但却为时较久。他心上出现了巨大的喜悦和忧伤，感到肉体上的烦闷，心灵深处模模糊糊地预感和期待某件事情的来临……

他生在乡村，在这里长大，然而他中学读书时，却不得不在城里度过春天的时光，只有前年例外。那时，他回到乡村，在家

1　指米嘉过生日、圣诞节、新年等节日。
2　俄国中学生的制服为咖啡色的连衣裙，上面系着黑色的围裙，节日系白色的围裙。

中过谢肉节[1]，忽然病倒了，整个3月和4月的上半月都在家养病。这真是难忘的日子啊！有两个星期，他都起不了床，只能从窗子上眺望大自然——天气、阳光、苍穹、积雪、花园、树木枝干的变化和消长。一天早晨，室内阳光灿烂、温暖宜人，他看见越冬的苍蝇在玻璃上爬动……次日午饭之后，他看见屋后一片阳光，从窗户往外望去，灰白的春日积雪变成了青蓝色，天空和树端有团团白云浮过……第三天，天空多云，云过处，晴空碧透；树皮湿润润的，上面泛着光泽；屋檐滴着水。这景色真令人欣喜不尽，百看不厌……这以后是温暖的、雾气茫茫的天气。几天工夫，冰雪就消融殆尽，河也开冻了，花园和院子里露出了黑黝黝的土地，一派万象更新、喜气洋洋的景色……3月末的一天，米嘉病后第一次骑马到田野里去散心。那天，天空不十分晴朗，然而花园里无花无叶的苍白的树枝在光照之下却显得生机勃勃，充满了青春的活力。田野里的风还寒气袭人，地里土红色的麦茬子乱七八糟的，样子很难看。耕好的土地已经准备播种燕麦了，初耕过的去年的休耕地显得很肥实，像原始沃土那样有劲儿。他穿过麦茬地和初耕地向那片林子走去。在清新的空气中，这片光秃秃的小落叶林远远地就能一眼望穿。他往下走进了林中谷地，谷地上覆盖着厚厚一层去年的残叶，有的地方很干爽，落叶呈草黄色；有的地方很湿，积叶呈褐色，马蹄踏在上面沙沙作响。随后他又走过流水潺潺、落叶满地的冲沟。树丛下面那全身乌金色的小山鹬嗖的一声，就像从马蹄下飞起来似的……这一天曾久久地留在他的记忆之中。然而，那田野里迎面吹来的寒气袭人的风，

那在吸饱了水的麦茬地和黑黝黝的耕地上费劲奔跑、张大了鼻孔深深地呼吸着、打着响鼻的马，它那发自肺腑的、雄伟、粗野、有力的嘶鸣，那个春天，特别是那野游之日，这一切对米嘉有什么意义呢？他觉得他的真正的初恋正是在这个春天开始的。那时，他天天都在爱慕着某个人、某件事，热恋着一切中学的女同学以及世界上所有的姑娘！现在，他觉得那些日子已经非常遥远了！那时候，他还完全是个孩子，天真无瑕、淳朴忠厚，他的那些小小的喜悦、悲伤和梦想还是那样贫乏！他那没有具体对象的精神恋爱不过是一种梦幻，更确切地说，不过是一场美梦的幻影而已。然而今天，世界上存在着一个卡佳，存在着一个体现了整个世界的心灵，这个心灵凌驾于他和一切事物之上。

10

在这一段时间里，只有一次当他想到卡佳时，觉得有不祥之兆。

有一天，已经入夜了，米嘉从后门走出来，站在后门廊上。外面很黑、很静，空气中弥漫着湿润的田野的芳香。夜色笼罩着朦朦胧胧的花园。天空飘浮着云朵，闪闪星光像滴滴泪珠。突然，远处什么地方发出了一声魔鬼般的狂号，然后这号叫之声变成了汪汪的狗吠，又转成尖声嘶啸。米嘉全身颤抖了一下，惊得呆若木鸡。停了一会儿，他小心翼翼地走下门廊，踏上一条昏暗的林荫小径。他觉得仿佛四面八方都有人心怀叵测地监视着他。他又站住了，等候着，注意地听着，想弄清是怎么一回事。到底这声音是从哪里来的？为什么花园里会突然出现这样可怕的声响？他想，这可能是猫头鹰或林中的大耳朵枭鸟正在谈恋爱，不会是什么别的事情。然而，他却吓得心都快停止跳动了，仿佛在这一片黑暗中真有一个看不见的魔鬼似的。突然，又是一声震动着米嘉心灵的嘎嘎哀号。近处什么地方，仿佛就在林荫路侧的树梢上，发出了沙沙的响声——原来还是这个魔鬼悄悄地飞到花园另外什么角落去了。在那里，它又像犬吠般汪汪叫了几声后，就像一个孩子苦苦哀求什么似的低声哭泣起来；然后，它啪啪地煽动着翅膀，发出痛苦而又满足的叫声。接着一声叫嚣之后，好像有人胳肢它，使它全身发痒，或者盘问它什么事情似的，它活像个流氓一样哈哈大笑起来。这时，米嘉全身发抖，两眼向漆黑的夜空瞪着，聚精会神地听着。可是这魔鬼突然不笑了，上气不接下气地喘起气来，然后，一声仿佛是临终前的、疲倦已极的长号穿过了漆黑一片的花园，一切声音都消失了，就像这个魔鬼钻进了地下一样。米嘉又等了几分钟，听听会不会再一次出现这种令人毛骨悚然的恋爱行动。白等了一阵之后，他返回家中。这一夜米嘉做了许多梦。他3月份的莫斯科之恋又变成了病态的、丑恶的思想和感情，在梦中折磨着他。

次日清晨，阳光普照，夜间的那些痛苦感受很快就消失了。他回忆起当他俩下了决心，认为他应该离开莫斯科一段时间时，卡佳伤心地哭了。他又回味着当他们想出了一个主意，他在6月底也将去克里米亚时，她真是欣喜若狂。此外，她曾经那么令人感动地帮助他整理行装，以及她又如何到车站来给他送行的情景都一幕一幕地映在眼前……他取出她的相片，久久地望着她那小小的脑袋、漂亮的发式和那纯洁、清晰、直爽、诚恳的目光，这一切都令他惊叹不已……然后他写了一封十分亲切的长信寄给了她，信中对他们的莫斯科之恋充满了信任。因此他又不断地感到他全部身心、他的欢乐无不充满着她的深情和她的光辉。

他想起了十年前父亲逝世时他的感受。那时也是春天。父亲死去的第二天，他怯生生地、满怀不解和恐怖地走过大厅。父亲就躺在这里的桌子上，他的胸脯挺得高高的，一双苍白的大手放在胸前，穿戴着贵族的服饰，脸上的连鬓胡子显得很黑，鼻子却非常苍白。米嘉走到门廊上，看见一个裹着金丝锦缎的大棺材盖，他忽然感到，世界上真有死神！在阳光下，在院中的荣荣春草上、在蓝天里、在花园中……它仿佛无所不在。他走到花园里，踏上太阳照耀下、两排菩提树夹成的阴影斑斑的林荫小径，然后又走到阳光充沛的花园两侧的林边的路上，望着丛林树木、初春的小白蝴蝶，听着初春的鸟儿在树头唱着甜蜜的歌。可是他却好像什么也没有看见，什么也没有听见，只觉得到处都是死神，都是大厅里那张可怕的桌子和门廊上锦缎包着的棺材盖。他觉得太阳也不像以前那样发光了，草也不像以前那样绿了，在那仅仅表面被太阳晒得发暖的嫩草上，连小蝴蝶的飞舞也和以前不同了。总之一切都和昨天不一样了，仿佛世界的末日即将来临，一切都变了。因此，美好的春时、它的永恒的芳华都显得那么可怜、那么忧伤！整个春天，以及以后很长一段时间里，他都有这样的感受，或者觉得仿佛如此。就是家中的地板，虽然已经擦洗过多次，全家打开门窗通了许多次风，他仍觉得有一种可怕的、令人恶心的、甜丝丝的气味……

现在，虽然情况完全不同，然而米嘉又有了这种莫明其妙的感觉。这个春天，他初恋的春天，也觉得和以前的春天完全不同。世界在他的眼中又变了样子，到处充满着与事物本身不相干的东西。区别在于这一次并不可怕，没有满怀恶意、虎视眈眈，刚好相反，它是和春天的喜悦、生机勃勃的景象，和谐、美妙地联系在一起的一种感觉。这个与事物本身无关的东西就是卡佳，或者确切地说，是他要求于卡佳的、他所希望的、世界上最美好的事物。现在，随着春日一天天地流逝，他希求于她的反而越来越多了。但是，卡佳现在不在他的身边，只有她的形象留在他的心上，而且这形象并不是真实的、实际存在的，仅仅是他所憧憬的，仿佛卡佳本人和他所向往的白玉无瑕的、无限美好的那个形象并没有什么出入。因此，米嘉的目光无论接触到什么，他都感到卡佳的这一形象栩栩如生地站在他的眼前，而且呼之欲出了。

11

回家后的第一个星期，他心情愉快，确信事情本来就是这样的。当时还是初春时节。他坐在客厅里敞开的窗前看书，从后花园的松树和冷杉的树干间望着草地上肮脏的小河，望着小河后面山坡上的村庄。在邻居地主花园中的百年老桦树上，白嘴鸦呱呱叫个不停，它们从早到晚不知疲倦地忙碌着，虽然操劳使它们精疲力竭，但它们却以此为乐，只有早春时节它们才如此欢快地吵闹着。山坡上的村庄，看上去灰蒙蒙的，景色也不大吸引人，只有垂柳枝头初吐新新……他走进了花园。花园还光秃秃的，显得玲珑剔透、矮矬矬的，只有林边空地上呈现出一片青翠，小草间杂着绿松石色的小花，林荫路上的金合欢嫩叶满枝。花园南面的一块偏低的凹地上有一株樱桃树，枝头已经泛白，小小的花朵零零星星地开放了……他走到大田里去。大地空旷而单调，去年的麦茬像刷子似的支棱着，已经见干的田间道路呈褐紫色……这景色像一个赤裸着身体的健美少年人，说明此刻正是大自然充满了希望和期待的时节。他觉得这一切就是卡佳的化身。他或是和庄园里忙忙碌碌做日工的姑娘们嬉笑，或是和下房里的用人来往，或是读书、散步、到村庄上熟识的庄户人家去做客，或是和妈妈聊天，坐着轻便马车和村长（他是个身材高大、粗鲁的复员兵）一起到大田里去转转……看上去，这一切都吸引着他，其实，这不过是一种错觉而已。

又过了一个星期，一天夜里，降了一场喜雨。这之后，太阳晒得热乎乎的，春天卸下了它的柔和的淡装，眼看着大自然不是按日，而是按时地在改变着样子。田地已经全部耕过了，麦茬地仿佛变成了一块黑色的天鹅绒；田埂上绿油油的，院内荣荣小草更加青翠；天空碧蓝碧蓝的，阳光也越发显得灿烂了；花园迅速地换上了艳装，看上去悦目柔和，基调是绿色的；丁香树灰扑扑的枝条上一片紫花，芳香扑鼻，墨绿色的丁香叶发着亮光，阳光把点点光斑洒在林荫路上；许多闪着铁蓝色光泽的大黑苍蝇出现在丁香叶上和被太阳晒得暖乎乎的光斑上，苹果树和梨树枝条还清晰可辨，然而已经长出了灰绿色的小小嫩叶，在其他高大树木的衬托下，看上去仿佛满园都是弯弯曲曲的果树枝条结成的大网；奶白色的卷曲的小花瓣已布满枝头，而且日益繁花盈树，变得一片雪白、芳香馥郁、沁人心脾了。在这美妙的时刻，米嘉满怀喜悦地密切注视着他四周春日的一切变化。然而，卡佳并没有在这一切美好事物中消失，她一点也没有减色，而正相反，米嘉在一切事物之中都感到她的存在、她的美。他觉得她也和欣欣向荣的春天、洁白华美的花园、日益变得碧蓝的天空一起生机勃勃、含芳吐艳了。

12

有一天，米嘉走进满室夕阳的大厅，准备用茶。突然他发现茶炊旁有一封信，这是那封他白白等了一上午的信。卡佳本来早就该回复他寄去的许多封信了。他迅速地走近桌前，望着这个小小的精致的信封，上面不漂亮的字迹是他熟悉的，他觉得这封信光彩夺目，仿佛又有些可怕。他一把抓起信，从房中走出去，踏上花园里的林荫小径，一直走到花园尽头。这里有一条水沟横断而过，他停下了脚步，撕开了信封。来信简短，只有几行字，他心跳得非常厉害，以至于他读了五遍之后才明白信中写了什么。他不断地读着信中的一句话："我的亲爱的，我的唯一的亲爱的人！"读了这样的称谓，他觉得天旋地转了。他抬眼望去，天空非常明亮，显得雄伟壮丽，又喜气洋洋；花园里万花盈树，洁白如雪；黄昏降临，凉爽宜人；远处树丛的一片嫩绿中，夜莺歌喉婉转，清脆、有力地唱着自我陶醉的、甜蜜的歌。这时，米嘉觉得一股热血涌到头上，连头发根都感到发麻了……

他慢慢地走回家中，他的那杯幸福之酒已经满得不能再满了。在以后的几天里，他小心地举着这杯美酒，心地平静、满怀幸福地等待着下一封信的到来。

13

园子里花团锦簇、五彩缤纷。花园南面有一棵枫树遥遥可见，它比其他树木都高，一身浓绿，打扮起来显得更高大、更引人注目了。

214

米嘉经常从窗子里眺望的那条主要的林荫路上的树木，也长得更高、更加醒目了，菩提老树的树梢上，嫩叶满枝，玲珑透光，看上去像剪纸似的，一排排淡绿色的新枝也欣欣向荣地插向空中。

这株枫树下面和林荫路侧，是一片矮矮的、乳白色的、香喷喷的花丛，这花看上去像满头蓬松的鬈发。周围的一切——生机勃勃的枫树和它那高大的树冠，林荫路侧菩提老树的排排淡绿色的新枝，披着婚礼洁白盛装的苹果树、梨树、稠李树[1]，阳光、蓝天，在花园低处冲沟里以及沿着林荫小径和南墙下生长的丁香、合欢、黑豆[2]、牛蒡花、荨麻、接骨木……无不枝叶繁茂、欣欣向荣、一派万象更新的景象，令人陶醉。在一片打扫得干干净净、绿油油的院子里，春回大地，满树青翠，花草丛生。园子显得有些拥挤，宅邸也仿佛小巧、漂亮了。大厅刷得雪白；古色古香的小客厅是蓝色的；休息室也是蓝色的，墙上挂着小巧的椭圆形的水彩画；拐角上那个空荡荡的、阳光充足的大房间是图书馆，向阳的一面墙上挂着圣像，靠墙摆着一排不高的榆木书柜；所有的房间，门窗都从早到晚大开着，好像全家都在等待贵宾似的，从所有的房间里都能看见房子周围那颜色深浅交映的、绿油油的树木和枝叶间透出的明亮、碧蓝的天空。这景色令人感到有一种节日的气氛。

卡佳没有来信。米嘉知道她不大喜欢写信，让她坐在桌前，

---

1 稠李树春天开白花，芬芳扑鼻，结黑色小果，可制酒，晒干后可做点心馅儿，亦作药用。此树生长在我国东北和俄国各地。
2 多年生名贵浆果树，果实呈小黑豆形，可酿酒、制糖酱，我国俗称黑豆树，学名酸果、加仑子。

找到纸、笔、信封，然后再去买邮票，对她是很困难的事……然
而这些理智的想法对他的情绪没有什么帮助。几天来，他心中充
满了幸福，甚至可以说是骄傲，满怀信心地期待着第二封信。可
是现在他的信心消失了，焦急和不安与日俱增。因为他认为第一
封来信之后，应该马上收到第二封信——更美好，给他更多欢乐
的第二封信。然而卡佳却音信全无。

　　他不大去村庄了，也很少到田野里散心，整天坐在图书馆
里，翻阅那些在书柜中已经存放了几十年、纸张已经发脆的杂
志。在这些刊物上登载着老诗人的名诗，美好的诗句几乎都说明
一个主题——从有人类以来它就出现在一切诗和歌之中——它现
在占据了米嘉的全部心灵，他总是这样或那样把它和自己、自己
的爱情以及卡佳连在一起。于是他整小时、整小时面对敞开的书
柜，一动不动地坐在安乐椅上翻找和诵读这些诗句，因而简直可
以说是在自寻烦恼：

　　　　人们都进入梦乡，
　　　　让我们到荫凉的花园中去吧！
　　　　人们都已进入梦乡，
　　　　只有天上的星光，
　　　　在向我们张望……

　　这些迷人的话语和召唤，仿佛就是发自米嘉本人的肺腑，而
且只是为了一个人，一个他朝思暮想、感到无所不在的那个人而
发的，有时他觉得这些话语是令人生畏的：

天鹅在如镜的水面上，

扇动着翅膀，

微波在河上轻轻荡漾，

啊！你来吧！

看，天上闪耀着星光，

树叶在窃窃私语，

浮云在天际飞翔……

　　他闭上了眼睛，重复着这个召唤，这是一个心的召唤，它充满了巨大的爱情，渴望着能赢得它，赢得一个幸福的结局。之后他久久地凝视着眼前的一切，沉浸在房舍周围乡村中才有的那种万籁悄然的寂静之中。他痛苦地摇了摇头。不，她不会听从他的召唤了，她正在遥远的莫斯科的氛围中放着异彩，不会有信给他了。这时，万种柔情在他的心中油然而生，那段令他生畏的、他觉得不祥的、仿佛咒语般的诗句更加洪亮地在他的耳边响起：

呵！你来吧！

看，天上闪耀着星光，

树叶在窃窃私语，

浮云在天际飞翔……

14

　　有一天，米嘉吃过午饭，躺下打了一个盹儿，起来以后就到花园里去了。春天常有姑娘们在园子里干活，这天她们正在给苹果树松土。米嘉去园里是想和她们在一起坐一会儿，聊聊天——这已经成了他的习惯。

天气有点热，又没有风。他走在阳光斑驳的林荫路上，远远地就可以看见枝头上全是卷曲的小花瓣，一片洁白，尤其是梨树上鲜花怒放，在耀眼蓝天的衬托下，仿佛蒙上了一层淡紫色的轻纱。梨树和苹果树正是盛花期，花儿边开边谢，树下松软的土地上落英缤纷如雪。温暖的空气中弥漫着沁人心脾的芳香和牲口圈里被太阳晒得发了酵的马粪味。有时，天空飘过片片白云，这碧蓝的天、这温暖的空气、这霉腐的气息给人以温柔甜蜜之感。在这春日芬芳的温柔之乡，那些在馥郁、洁白的花海里钻来钻去的蜜蜂和马蜂嗡嗡地叫着，催人入睡。不时还可以听到一两声夜莺懒洋洋的吱喳的昼鸣，仿佛它在白天感到烦闷。

林荫路远远的尽头[1]，就是进打谷场的大门。花园围墙的左角上，一座黑郁郁的云杉林遥遥可见。云杉林前面的苹果园里有两个穿花布衫的姑娘在果树间跑来跑去。和往常一样，米嘉看见她们就走出林荫路，猫着腰，从低矮的树枝向四面八方伸得很长的苹果树下，朝着这两位姑娘走来。树枝带着女性的温柔擦着他的脸，散发着蜂蜜和柠檬似的香味。也和往常一样，红头发的姑娘松喀一看见他，就尖声尖气地边喊叫边哈哈大笑起来。

"主人来了！"她喊叫着，装出一副害怕的神情；她本来坐在一段砍下的梨树枝上休息，这时，噌地一下跳了起来，伸手去拿铁锹。

----

1 俄国的庄园里常有方圆几十乃至上百俄亩的大花园，包括果园、树林、草场、蜂房，每年都有很大的经济收益，有别于我国及西方的观赏性花园。

另一个姑娘是格拉莎。她正相反，做出一副完全没有看见米嘉的样子，使劲地踩着铁锹。她的脚上穿着黑毡子做的软软的便鞋，里面满是白色的花瓣，她熟练地把铁锹踩进泥土里，翻出一锹土来，一面唱起歌来。她的嗓音洪亮有力，非常好听。这姑娘个子高高的，性格刚强，态度一向严肃。她唱道："花园啊，我的花园！你的花儿为谁开呵，为谁放？"

米嘉走到那段被砍下来的老梨树枝前，在原来松喀坐过的地方坐下了。松喀瞪着大眼睛望着他，装出一副随随便便、十分高兴的样子，问道："哟，刚起床吧？您可小心，别睡过了头，耽误了大事！"

她喜欢米嘉，但一直想瞒着，叫人看不出来，可是她又老露马脚——在他面前局促不安，说起话来叫人摸不着头脑，但总是暗示或者模模糊糊地叫人明白：米嘉之所以老是心不在焉、愁容满面乃是事出有因。她怀疑米嘉和格拉莎有一手，起码是米嘉在打她的主意，想把她弄到手。因此她非常嫉妒，和他谈话的时候，时而甜言蜜语，时而尖酸刻薄。在他面前，时而长吁短叹，试图让他了解自己的感情；时而又对他冷若冰霜，满怀敌意。这一切都给米嘉一种奇怪的快感。他一直没有收到卡佳的来信，现在他已经没有生活可言，只不过是日复一日地在望眼欲穿的期待中虚度光阴而已，而且他的期待、他的爱、他的痛苦又都不能向人略有倾诉，无人能与之谈谈卡佳、谈谈他对克里米亚之行所抱的希望。这一切都使他烦恼不堪，所以，松喀暗示他正在和什么人谈恋爱，使他感到愉快。因为这些谈话触及了他心灵中最宝贵的东西——米嘉欢乐和烦恼的源泉。松喀对他的爱慕也使他心神不宁，因为这就意味着松喀成了他的贴心人，成了他精神恋爱的秘密参与者。这个念头甚至有时在他心中唤起一种奇怪的希望，觉得自己也许能够在松喀身上找到感情的某种寄托，或者是在某种程度上用她来代替卡佳。

现在，松喀说"您可小心点，别睡过了头，耽误了大事！"这话时，深信自己揭穿了他的秘密。他向四周看了一下——在阳光照耀下，他面前这座一片墨绿的云杉林看上去是黑乎乎的，排排参差不齐的尖树梢直插云端，碧蓝的天幕无比雄伟壮丽。枫树、菩提、榆树的嫩叶迎着灿烂的阳光，仿佛在整个园子上面搭了一个轻巧、漂亮，玲珑透光的大凉棚，把斑斑点点的阴影洒在小路、空地和草坪上。这凉棚下面盛开的花朵芬芳洁白，阳光照耀的地方望上去好像是瓷制的一样，闪闪发亮。

米嘉勉强地微微一笑，问松喀道："就算我睡过了头，又能够耽误什么大事？糟就糟在我无事可做！"

"甭说了，用不着发誓赌咒的，我相信您说的话！"松喀高高兴兴、毫不拘礼地回答他。她不相信米嘉有什么风流韵事的腔调使他感到愉快。这时，从云杉林里慢吞吞地走出了一头红色的小牛犊，脑门上长着一撮白毛。它走到松喀身后，咬住了她的花洋布的裙子，于是松喀突然大叫起来："呸，魔鬼捉了你去！老天又给我们派来个小少爷！"

"听说有人给你说媒了，是真的吗？"米嘉说，他本来不知道说什么好，又想把话头继续下去，"听说人很年轻，又漂亮又有钱。可你不听父亲的话，拒绝了这门亲事……"

"有钱倒有钱，就是人傻点，还没老，脑袋就糊涂了。"松喀回答得很麻利，有点受宠若惊的样子，"我呀，也许我心里想着别人呢……"

性格严肃、不苟言笑的格拉莎继续干着活，摇了摇头："你
这姑娘，天南海北地胡诌八扯！"她小声地说，"你在这里信口
开河，传到村里，名声可就不好了……"

"你住口，用不着你来叽里呱啦！"松喀喊道，"你以为我
光会吵吵么？！我也不是吃素的！"

"那么你心里想着什么人呢？"米嘉问。

"我早就坦白啦！"松喀说，"我爱上牛倌老爷爷了。我一
见他，就从头到脚全身发热！我也跟您差不多，专门喜欢骑老
马。"她挑衅地说，显然是暗示米嘉和格拉莎的关系。在村子
里，大家认为二十岁的格拉莎已经是老姑娘了。接着她突然把铁
锹一扔，坐在地上了。她把两腿伸直，那穿着毛线花袜和一双粗
糙的旧皮鞋的两脚微微向外撇着，两只胳膊有气无力地耷拉下
来，仿佛因为她偷偷地爱上了少爷就拥有这样的权利，所以放肆
起来。

"哎哟，什么也没干，可是我都快累死了！"她边笑边喊叫
起来。接着，她唱了起来，声音尖得刺耳：

我的皮靴不怎么样，
漆皮靴头亮堂堂……

唱完，她又哈哈大笑，一面喊道：

"咱们到小窝棚里去休息吧，您要我怎么样，我都答应
您！"

她的笑声感染了米嘉。他咧开大嘴，局促不安地笑了。同时
从那段干木头上跳起来，走到松喀身边，把头枕在她的膝头上。

松喀把他的头推开了，米嘉又把头枕在她的膝头上，一面想着近日来读过的那些诗句：

> 玫瑰呵，玫瑰！
> 你拥有幸福的力量，
> 你受着甘露的滋养，
> 把艳丽的花蕾开放——
> 看见了你，我仿佛已经看见
> 眼前出现了一个爱情世界，
> 它无比宽广、
> 神秘、令人向往，
> 它充满了幸福，
> 处处鸟语花香……

"甭惹我！"松喀喊叫起来，真有点害怕了，她挣扎着想站起来，好把他的头推开，"不然我可要喊了，我要是犯起性子来，能叫树林里的狼都吓得嚎个没完！我心上没有您，就是有点什么，现在也都过去了！"

米嘉闭上了眼睛，一声不响。太阳透过梨树的枝叶和繁花，把热乎乎的光斑洒在他的脸上，使他觉得有点发痒。松喀又温柔又像生气似的一面揪他那又黑又硬的头发，一面大声地说："简直就是马鬃！"然后她把帽子搁在他的眼睛上。他感觉到后脑勺下面她的大腿——啊！世界上最可怕的东西莫过于女人的腿了！他的头又挨着了她的肚子，闻到了她花布衣裙的气味，这一切都与芳香的花园和卡佳混合在一起了。远处夜莺烦闷的啼啭，近处无数的蜜蜂懒洋洋的、令人心荡神迷的嗡嗡声，温暖的空气中弥散着甜丝丝的香气，以及他脊背接触土地的普普通通的感受都引起他的痛苦和烦闷，他渴望着一种非凡的巨大的幸福。突然，云杉树里有什么东西响了一下，接着好像有人高兴地、幸灾乐祸地大笑起来，然后又传出一阵很响的咕咕——咕咕布谷鸟的叫声。这声音是那样近，那样突出、清楚，仿佛能听到喘气声和舌尖的振动，令人毛骨悚然。此时此刻，米嘉是那样思念卡佳，那样希望甚至要求她能够马上赐予他这种非凡的幸福。这种渴望疯狂地占有了他的全部身心，以至于完全出乎松喀的意料，他猛然跳了起来，踏着大步扬长而去了。

满怀对幸福疯狂的渴望，听着云杉中突然传出的、在他头顶上回荡的清晰的一声巨响，他觉得这声音仿佛把整个春天的世界劈成了两半。这时，他突然意识到不会有信来了，不可能收到信了，莫斯科已经出了什么事，或者将要出什么事。他，他已经完了，在他面前只有死路一条。

15

回到家里，他在大厅里的镜子前站了一会儿。他想："她说得很对，即或我的眼睛不是拜占庭式的，起码可以说是疯狂型的。我瘦骨伶仃，体形很不匀称，长得干干巴巴的，行动又笨拙，漆黑的眉毛阴森森的，头发又硬又黑，的确像松喀说的那样，和马鬃差不多吧。"

这时，他身后传来一阵光着脚快速地走在地板上的声音。他有点不好意思，转过身来。

"您老照镜子，一定是交上桃花运了。"格拉莎和蔼地开他的玩笑，她端着生着火的茶炊[1]往阳台跑去了。

"妈妈她找您来着。"她又补充了一句，两个胳臂一悠，把茶炊放在已经摆好了杯盘、准备喝茶的桌子上，然后转过身来，猜中了米嘉的心事似的瞟了他一眼。

我的事大家都知道了，都猜着了！米嘉想。他强打精神地问：

"她在哪里？"

"在她的房间里。"

太阳围着房子转了一圈，悬在西天上了。阳光照进房前那片松林和冷杉林中，林子里亮堂堂的，松树和冷杉的阴影投在阳台上面，阳台下面的黄杨树在阳光下面亮晶晶的，像玻璃制品一样，这是夏日特有的景色。阳台的桌子上铺着雪白耀眼的桌布，树影斑驳洒在上面。阳光射到的地方还热乎乎的。黄蜂在放着白面包的竹篮、盛着果酱的雕花玻璃盘子和茶杯上面盘旋。这是一幅夏日乡村的美好图画，它告诉人们可以去过一种幸福的、无忧无虑的生活。母亲了解米嘉的处境当然不比别人差，他为了表示自己心上并没有任何令他苦恼的秘密，想在母亲出来之前去看她。于是，米嘉走出大厅来到过厅上。米嘉和妈妈的卧室、夏天安娜和科斯加住的两间房间——这四个房间的门都开向过厅。过厅上光线很暗，奥丽佳·彼得罗芙娜的房间就更显得一片翠蓝。家中的古老家具，如屏风、五斗橱、宽大的床、神龛等都摆在她的房里，看上去有点挤，但又令人觉得很舒适。虽然奥丽佳·彼

---

1 俄国茶炊的样子和我国的火锅差不多，用木炭生火，烧开，放在桌子上，水可以保持滚开的状态。

得罗芙娜从来都不特别信奉上帝,神龛前仍然点着一盏长明灯。从开着的窗户望去,门前一条宽宽的阴影投在通往主要林荫路的那片没有整修的花坛上,这条阴影的后面,开门见山就是阳光璀璨、繁花如雪、绿树掩映、一片锦绣、喜气洋洋的园子。奥丽佳·彼得罗芙娜是个身材高大、清瘦、皮肤黝黑、为人严肃的四十多岁的妇人,她戴着眼镜,坐在一把安乐椅上,低着头聚精会神地织毛活,手中的钩针快速地钩动着,眼前的花园她已见惯不惊了。

"你找我有事吗,妈妈?"米嘉说着,跨进了门,在门口站住了。

"没有。不过想看看你。现在除了吃午饭的时候,总是看不见你。"奥丽佳·彼得罗芙娜继续织她的毛活,神情仿佛过于平静。

米嘉想起3月9日那天卡佳曾说过她很怕他的妈妈,于是回忆起她这句话中的含意……他局促不安地喃喃地说:

"也许你有什么事要对我说?"

"没有,不过我觉得近来你心中有些烦闷。"奥丽佳·彼得罗芙娜说,"也许你出去走走,比如说……去米什切尔斯基家串个门,他们家有好几个待聘的姑娘。"她微笑着又加了一句,"我觉得这是个殷勤好客、挺好的人家。"

"日内能抽出时间,我也很愿意去走走。"米嘉说,觉得真难以启齿,"现在咱们去喝茶吧,阳台上这会儿真好……咱们到阳台上去谈吧!"他深知母亲为人拘谨,久居乡下,考虑问题比较简单,所以不会再提起这个徒劳无益的话题了。

他们在阳台上一直坐到红日西沉。喝过茶,母亲继续织她的毛活，一面谈着家务、邻居、安娜和科斯加，也提起安娜8月份又要补考的事。米嘉听着母亲的话，有时也回答几句，他觉得自己又有离开莫斯科前的那种感受，好像身患重病，又昏昏沉沉了。

傍晚，米嘉在家里来回不停地踱步，他穿过大厅、小客厅、图书馆，直到开向花园的南窗，来回折腾，足足走了两个钟头。一抹殷红的残阳穿过松树和冷杉的枝叶照在大厅的窗上，干活的人们正在一排下房前准备吃晚饭，他们的欢声笑语时而传进房里来。从图书馆的窗户望去，黄昏时的天空仿佛褪了色，微微发蓝，而且给人一种平坦之感，有一颗玫瑰色的星星悬在天上，在这淡蓝色的天幕上。枫树绿油油的树冠衬着一片冬雪般的园中花海，真是一幅绝妙的图画。他就这样走着、走着，已经完全不顾家里人会说他什么。他紧咬着牙齿，以至于头都痛起来了。

16

从这一天起，他已经完全不注意春末夏初时节他周围的一切变化了。他当然看见也感到季节的推移，然而对他来说，花开花落已经失去了它的价值，只能使他烦恼万分。他觉得大自然越美好，他就越痛苦。这时，卡佳已经真正具有妖魔之力了，她简直无所不在。这感觉已经到了荒诞的地步，他越来越满怀恐怖地确信卡佳对他米嘉来说已经不存在了，她已经投入了别人的怀抱，她已经把全部身心、她的爱情献给了别人。本来这一切原是应该属于他米嘉的，因此他觉得世上的一切都成为令人痛苦、完全不需要的了，而且越是令人痛苦而不再需要的一切，则越觉得美好。

他无法入睡，彻夜无眠。月夜之美无与伦比。夜色轻轻地降临在奶白色的花园之上；夜莺沉浸在欢乐安逸之中，轻声唱着软绵绵的夜曲；歌声此起彼伏，它们在比赛，看谁唱得最甜蜜、最细腻、最干净、最有功夫，声音最美；一轮温柔、苍白的月亮低低地挂在花园上空，总是有淡淡的、无比美丽的蓝色浮云，像微波涟漪一般伴随着它。米嘉有个习惯，睡觉时不拉上窗帘，所以屋里整夜都可以看见月亮和花园。每当他睁开眼睛，望着月亮，就会突然像个疯子似的大叫一声："卡佳！"这时他感到无比喜悦又极度痛苦，这种感情连他自己也觉得奇怪，实际上，并没有什么与月亮有关的往事能引起他对卡佳的思念。然而他觉得月亮不但能够勾起他的回忆，而且更奇怪的是，仿佛花间月下往事已经历历在目了！有时，他睁着眼睛，却什么也看不见，他强烈地思念卡佳，回忆着在莫斯科时他们之间的一切。这思念以巨大的力量控制着他，使他全身颤抖，像患了热病一样。他祷告上帝保佑他，然而什么都无济于事了。他想和她同卧在这张床上，就是在梦中相见也好。他想起冬天的时候，他曾陪卡佳去大剧院看索宾诺夫和夏里亚宾[1]演唱的歌剧《浮士德》。不知为什么，他觉得这个晚上特别美好！他们坐在包厢里。大厅里灯火通明，异香扑鼻，空气闷热。下面的池座好像是无底的人海，楼上包厢金碧辉煌，扶手上和里面垂着的幔帐都是红色的天鹅绒。太太、小姐服饰华丽，通身珠光宝气，上面垂下的玻璃大花灯闪着五颜六色的珠光。随着乐队指挥的手势，乐池里奏起了序曲，音乐时而如魔鬼吼叫，时而流露出深情和幽怨，还有那"从前在费尔城有一位

---

1 帝俄时代两个著名的歌唱家。

善良的国王……”的唱段，他也记得很清楚。看完剧之后，他送卡佳回家。那是一个寒冷的月夜，这晚他在卡佳房里待的时间特别长，没完没了的狂吻使他十分疲倦，临走时他把卡佳夜间扎辫发用的丝带拿回家中。现在，在这痛苦的5月之夜，他连想一想书桌里放着的这条丝带都浑身发抖。

他白天睡觉，起床后就骑马到镇上去，火车站和邮局就在这个镇上。这些日子天气一直晴朗。大雨、小雨、雷雨都下过了，灼热的太阳光芒四射，阳光不停地在花园、田野、树林中匆匆忙忙地进行自己的工作。花园谢了春红，满枝浓绿。森林里却花开草长、春意盎然了。这里，幽静中百鸟声喧，夜莺和布谷鸟不停地在召唤人们去观赏他们的绿色宝藏。赤裸裸的田野已经穿戴起来了，田畴青翠，各种作物的嫩苗都已出土了。米嘉整天整天地在森林和田野里消磨时光。

他每天早晨在阳台上或者在院子里无事傻待着。白白地等待村长和用人从邮局回来，真觉得太没脸见人了。何况村长和家里的用人也没有工夫为了芝麻大的一点小事情天天出去跑八俄里。于是他自己天天去跑邮局。就是自己亲自去跑，回来时也只能带回一张奥勒尔的报纸或者安娜、科斯加的来信，这就更使他的痛苦达到了极限。那田畴、那森林，到处一片锦绣、喜气洋洋。这景色像石头压着他，他感到胸部疼痛，已经受着肉体上的折磨了。

有一次，傍晚时分他从邮局出来，取道邻近的一个庄园。这庄园坐落在一个大园子里，四周全是白桦林，现在已经无人居住了。他踏上了庄园的主干林荫路，庄户人称它为“大车道”。林荫路侧耸立着两排高大的云杉，看上去黑乎乎的。这条林荫路很宽、很气派，又显得阴森森的，路上铺着一层土红色的、光滑的、败落的针叶，路的尽头就是庄园古老的宅邸。太阳在花园和森林左边渐渐西沉，夹道的树干上、铺满金色针叶的路径上都洒满了夕照，林荫道上一片殷红，使人觉得清爽而宁静，四野悄无声息，雀鸟叽喳，啼破了园中的沉寂。老屋四周茉莉丛生，花气袭人，云杉的清香沁人心脾。在这宜人的景色中，米嘉感到巨大的幸福涌上心头，但却是一种久远的、陌生的幸福。突然，他清清楚楚地看见这样一幅景象：卡佳已经是他年轻的妻子了，她就坐在茉莉丛中破敝不堪的阳台上。这些幻觉使他非常害怕，他感到脸上紧绷绷的，已经变得和死人一样苍白了，于是向着林荫路大喊起来：

"如果一星期之内还没有信来，我一定自杀！"

17

第二天他很晚才起床。午饭后他坐在阳台上，把一本书放在膝头上，两眼望着书页和上面的戳记，他神情迟钝，想："去不去邮局呢？"

天气很热，在热乎乎的草地和发亮的、像绿玻璃做的黄杨树丛上，小白蝴蝶成对成双地互相追逐、翩翩飞舞。他望着这些小蝴蝶，又问自己："去邮局？还是断然停止这些丢人的瞎跑，再也不去了呢？"

这时，村长骑了一匹小马驹正从山坡上下来，快进大门了。村长朝阳台上看了一眼，就径直向他走来。到他面前，村长把马停住，说道："早上好！又读书啦？"

他扑哧笑了一下，向四周看了一眼。

"妈妈她正睡午觉吧？"

"我想她在睡觉。"米嘉回答说，"有事吗？"

村长没有作声，过了一会儿，突然很严肃地说："是呵，少爷，书本固然好，可是不管办什么事都得看时候。您干吗像和尚一样过日子？莫非咱这里大姑娘、小媳妇少吗？"

米嘉没有理他，低下头看书。

"你上哪儿去了？"他问，并没有抬头看他。

"到邮局去了。"村长说，"那里当然没有您的信，只有一份报纸。"

"为什么说'当然'没有呢？"

"因为寄信人正在写，还没有写完呢！"村长不拘礼数，冷嘲热讽地说。因为米嘉不愿意和他聊天，所以他生气了，"拿去吧！"他一面说，一面把报纸递过去，动了动缰绳，走开了。

"我一定自杀！"米嘉下定了决心，眼睛望着书，却什么也没有看见。

18

如果米嘉开枪自杀，把自己的头颅打个粉碎，马上使他的年轻、强壮的心脏停止跳动，那么从此他就没有了思想和感情，什么也听不见了，什么也看不见了，他将从这无比美好的世界里消失（这个世界才刚刚展现在他眼前），在一瞬间将和这一世界的一切诀别，再也没有他的份儿了。卡佳、即将来临的夏日、蓝天、白云、阳光、温暖的风，田野里的庄稼、城镇、村庄，母亲、庄园、安娜、科斯加、下房的姑娘们、旧杂志里面的诗句，炎热的南国——塞瓦斯托波尔、拜达腊塔门[1]，紫色的群山、松树林和山毛榉林、白茫茫耀眼的闷热的公路、里瓦吉亚和阿卢甫卡[2]灿烂的阳光下灼热的海滩、晒得黑黝黝的孩子们和游泳的女人，卡佳也在海滩上，她身穿白色的连衣裙，打着伞，坐在海滩的卵石上，海浪向她涌来，海天璀璨，不由得引人喜上眉梢、笑逐颜开……这一切都将在他的眼前永远消失——米嘉自己也不明白，不能想象他的自杀的念头是多么没有道理。他虽然非常明白自杀是愚蠢的，然而又有什么办法呢？！他无法摆脱一种感觉——他越觉得痛苦，越觉得受不了，就觉得越好。那么，他怎样才能走出这个迷魂阵呢？一个幸福的世界压在他的心上，在这个幸福的世界里却缺少他所需要的某种东西，正是这一点使他无法忍受。

早上他醒来的时候，首先进入他眼帘的是明媚的阳光，首先进入他耳中的是令人心旷神怡的教堂的钟声。这钟声从露珠纷披、浓荫如盖、鸟语花香的花园后面传来，这是他从孩提时代就十分熟悉的。甚至屋内墙上糊的发黄了的花纸也和童年时代一样，令他觉得亲切美好。但是，卡佳马上就出现在他的心上，那既使他狂喜又使他恐怖的思念刺穿了他的心。晨曦如她的青春一样朝气蓬勃，清新的花园如她一样纯洁秀美，教堂那悠扬、悦耳、欢乐的钟声仿佛在颂扬她的美丽和优雅，老屋的墙纸要求她

1　去克里米亚的公路上，快到拜达腊塔海湾时有一个大石门，由此门出去就是黑海。

2　克里米亚的两个海滨休养和旅游地，里瓦吉亚豪华的沃伦佐夫宫殿十分有名。

和米嘉一起共享所有这些亲切的古老的乡村习俗，能够在这幢祖祖辈辈曾生于斯死于斯的宅邸、庄园里一起生活。受着这种感情的冲击，米嘉将被子一把掀开，跳下床来。他只穿着一件衬衣，领口敞开着，光着两条长腿，他虽然很瘦，然而却十分结实，刚爬出被窝，全身热乎乎的。他迅速地拉开了书桌的抽屉，拿起那张视为至宝的相片，如醉如痴地、贪得无厌而满心狐疑地端详起来。在她那有点像蛇似的昂起¹的小脑袋上，在她的发式中，在她那微微挑逗人的同时又是纯真的目光里，在她那迷人的优雅中，有着一些不可理解的、光彩照人的、令人向往的、半是少女半是成年女性的东西。她的目光放射着神秘莫测、永恒、欢乐的光辉。这目光离他那么近又那么远，这目光曾经在他面前打开了幸福的天地，后来又无耻而残酷地欺骗了他，现在对他来说，也许已经永远永远地把他视同陌路了吧？！

那天晚上，他从邮局出来，经过沙霍夫斯科耶村，穿过那座古老的庄园，沿着黑郁郁的云杉夹成的林荫路往回走。他觉得身心疲惫，自己都不敢相信怎么会衰弱到这种地步。当时他骑在马上停在邮局窗前，望着邮局的工作人员徒劳无益地在一大堆邮件和报章杂志里为他寻找信件，一面听着身后火车慢慢进站的响声。这响声以及火车头喷出的煤烟气味勾起他对库尔斯克车站和莫斯科的回忆，因而使他深为震动。从邮局出来，一路上他遇见的每一个身材不错的姑娘，看见她们走路时身子扭动的样子，他都怀着恐怖的感情找到和卡佳相似的地方。在田野上，他还遇见一辆三驾轻便马车从他身边一闪而过，车里有两个戴着帽子的女

---

1 这里指头小小的，昂起微偏，同时也有暗示心地险恶的意思。

人，一个是少女，他几乎没有大喊一声：那不是卡佳吗？！田埂上的小白花使他马上想起她的白手套；蓝色熊耳朵花[1]在他的心上又与她那天青色的面纱联系在一起……红日西沉时，他走进沙霍夫斯科耶村，云杉干爽沁人的清香和茉莉花浓郁的芬芳向他迎面扑来，使他强烈地感受到夏日的来临，以及这座富有、幽美的庄园里古老的夏季生活。他望着林荫路上一片金红的残晖，望着林荫深处的这座宅邸，突然看见卡佳从阳台上走进花园里。她容光焕发，光彩照人，他看得那样清楚，就像他清楚地看见这幢房屋和茉莉花一样。于是，那早已失去了的卡佳的活生生的形象又在他眼前苏生了，而且变得越来越不一般、越来越失真，以至于在那个傍晚，她的面貌已经焕然一新，以如此巨大的力量和庄严的胜利出现在他的面前。这种状态使米嘉恐惧万分，比那天中午布谷鸟的突然的叫声给他带来的恐怖更大。

19

他不去邮局了，他以最大的毅力、怀着绝望的心情强迫自己断掉邮局之行。他也再不给卡佳写信了。因为一切尝试都试用过了，一切应该写的也都写过了——他曾疯狂地想使她相信：他对她的爱情是世界上从来没有过的；他曾低三下四地乞求她的爱，如果办不到，就是"友谊"也行；他厚着脸皮瞎说自己辗转床褥，信是躺在床上写的，企图唤起她对自己的怜悯或者多少理睬他一下；他甚至对她不无威胁地暗示说：他将离开人间，使卡佳

1　相当于我国北方的开深红花的猪耳朵草，俄国的同科植物开蓝色花，毛茸茸的，俗名熊耳朵花。

和他的"一切更幸运的情敌"都获得自由,这是他唯一能做的事了。他停止给卡佳写信并不再强求得到她的回信,用尽一切力量强迫自己不再期待什么(然而他心中却暗暗希望着:当他自欺欺人装得心平气和的时候,或者已经真正做到了心平气和的时候,会有信到来),用尽一切办法不去想卡佳,企图从对她的思念里解脱出来。他又开始读书,碰到什么书就读什么,又和村长一起到邻近的城镇去办一些事,而且内心里反复地对自己说:听天由命,随遇而安!

有一天,他和村长从邻近的一个大村子往回走。他们车上套的是快马,一路上跑得很快。村长坐在前面赶车,米嘉坐在后面,两个人在车里都颠簸得很厉害,特别是米嘉。他紧紧地抓着垫子,一会儿看着村长的发红的后脑勺,一会儿望着眼前那仿佛在上下跳动的田野。快到家的时候,村长放开了缰绳,马换了小步往前走。村长边卷烟边看着敞开的烟荷包,得意地微笑着,说道:"少爷,您那天还生了我的气,其实用不着这样。难道我和您说的不都是大实话吗?书本好是好,可是逛的时候就不读它,因为不论办什么事都得看时候。"

米嘉的脸唰地一下红了。出乎自己的预料,他装出一副随便的样子,而且难为情似的笑了:"可是眼下也没有什么合适的人……"

"怎么没有?"村长说,"大姑娘、小媳妇要多少有多少!"

"姑娘不过逗人玩罢了,"米嘉回答说,他尽可能地模仿村长的腔调,"找大姑娘可没有什么指望。"

"并不是她们光逗您玩,是您不懂得怎么对付她们。"村长

用指点的口气说，"您又舍不得花钱。俗语说，空匙子进嘴都刮
舌头，没个汤汤水水哪儿行！"

"我什么钱都舍得花，只要有好机会，真事真办，不是闹着
玩儿。"米嘉突然毫不知羞耻地回答他。

"不怕花钱，事情就好办了。"村长说着，继续抽着烟，那
样子好像还有点生那天的气，"我并不稀罕您的卢布，也不稀罕
您的礼物，我不过是想让您高兴一点。我左瞧右瞧，少爷一直郁
郁不乐、心里烦闷。我想不行，这种事总不能搁下不管。我从来
都把主人的事当自己的事办。我住在您家已经是第二年了，谢天
谢地，无论是太太还是您从来没有说过我一句难听的话，要是换
个别人，比方说，主人的牲口好坏他才不放在心上呢！吃饱了挺
好，吃不饱，活该见鬼去。我就从来不这样。在我心上，牲口比
什么都要紧。我对伙计们说：'待我怎么都行，可是牲口得给我
喂得饱饱的！'"

米嘉正在想，村长是否喝醉了，可是村长突然改变了他那有
点不高兴又像是倾吐知心话的调子，回过头来，试探地望着米
嘉说："我看阿莲嘉就挺好嘛！这小娘儿们年轻，有味道、够意
思的，男人在矿上……自然，也得小小不言的，随便塞给她点儿
钱。我看，总共花上五个卢布也就差不多了。比如说，一个卢布
买点什么招待招待她，两卢布现钱塞到她手上。再给我买袋烟
抽……不就行啦！"

"这倒没有问题。"米嘉违反本意地说，"不过你指的是哪
个阿莲嘉？"

"自然是指看林人家的媳妇。"村长说，"难道您还不认识
她？是新来的看林人的儿媳妇。我琢磨着您上礼拜日在教堂里见

过她……我那时候就想：陪陪我们家少爷她倒挺合适，是个才过门不到两年的新媳妇，穿戴也干净……"

"那么好吧！"米嘉得意扬扬地笑了，"那你就张罗张罗吧！"

"那我就想方设法去办了。"村长说，提起了缰绳，"一两天内我去探探她的口气。您自己也别睡大觉，错过了机会。明天她到咱们园子来和姑娘们一起修土围子，您也来园子里看看……书本什么时候都跑不了，回莫斯科后还怕念不够吗……"

马跑了起来，车身又颠簸得很厉害。米嘉紧紧地抓住垫子，尽量不去看村长的又粗又红的脖子。他瞭望着远方，望着那郁郁葱葱的花园后面、河边山坡上村里的垂柳，望着河岸上那片草地。突然他觉得一件不可思议的、完全出乎意料的、愚蠢的，然而使他全身发抖、苦闷不堪的那件事已经做了一半了。从花园树端上望去，那从童年时代起就熟悉的、耸立在夕阳中闪闪发亮的教堂钟楼上的十字架，看上去仿佛和以前不一样了。

20

打趣米嘉的消瘦，姑娘们叫他"猎犬"。他是属于这种类型的人——眼睛非常黑，好像总是睁得大大的，腮上有几根稀稀拉拉、硬硬的卷毛，就是成年以后也不长胡子。虽然如此，和村长谈过话的第二天早上，他却刮了脸，还穿上了一件黄色的丝绸衬衫，这身衣服把他那张疲惫不堪又好像很亢奋的脸衬托得漂亮起来，却又令人觉得有点怪模怪样的。

上午十一点钟，他装出一副心烦意乱，想出去散散心的样子，慢悠悠地到花园里去了。

他从朝北的正门走了出去，在北面，一排排车棚和牲畜圈、马厩的顶棚遮着阳光，可以望得见教堂钟楼的这部分花园也阴森森的。这里一点儿不敞亮，空气中弥散着下房烟囱里冒出的灰漫漫的炊烟，有一股烟熏火燎的气味。米嘉转到房后，向主干林荫路走去。他抬头望着树干和天空，片片乌黑的云彩向花园后面浮去，从东南方向轻轻吹过来一阵热风。百鸟不喧，连夜莺也沉默起来，只有无数的蜜蜂带着采好的花蜜屏声敛气地穿园而过。

姑娘们还是在那座云杉林前修理土围墙，正在填补围墙上被牲口踩出来的进出口，她们把锹锹泥土和冒着热气的牲畜粪填上去。精壮的男子汉们不时从牲畜大院里把车车牲口粪送来，车子从林荫路上过来，把湿乎乎的、发亮的小粪块撒在幽径上。一共有六个大姑娘、小媳妇在这里干活儿。松咯没有来，她已经有了婆家，快出嫁了，现在正坐在家里为举行婚礼做一些准备。这里还有几个小黄毛丫头，此外，胖乎乎的、长得挺好看的安纽塔、格拉莎（她这天显得更严肃、更有男子汉的气派）、阿莲嘉等都在这里。米嘉从树后面就看见了阿莲嘉，虽然以前从来没有见过，可是立刻明白这就是她。于是，她像一条闪电突然进入了他的眼帘——他觉得阿莲嘉身上有什么和卡佳相似之处。这情况是如此奇怪，以至于米嘉停住了脚步，有些张皇失措了。以后他两眼盯着她，决定径直向她走去。

阿莲嘉的个子不高，动作很敏捷。虽然她是来干脏活儿的，可是仍穿着漂亮的、白底红点点花布上衣和同样的花布裙子，束着一条黑漆皮腰带，头上戴着粉红色的丝头巾，脚上穿着红色的毛袜和黑呢便鞋。她的打扮（准确地说，是她那双小巧的脚）

和卡佳有某些相似的地方，就是说有一种小孩和女性的混合物。她的脑袋也是小小的，漆黑明亮的眼睛以及她那眼神几乎和卡佳一模一样。当米嘉走过来的时候，只有她一个人没有干活儿，她站在土围墙上，右脚踩着木叉，正在和村长说话，仿佛她感到在这群人里面，她是与众不同的。村长卧在苹果树下，身子下铺着一件衬里已经破了的上衣，两肘撑在地上，吸着烟。米嘉走过来时，他恭敬地把身子移到草地上，让出铺着上衣的地方给米嘉坐。

"请坐，米特里·巴雷奇[1]。请吸烟。"他和气而随便地说。

米嘉飞快地、悄悄地溜了阿莲嘉一眼，她那块粉红的头巾把她那小脸蛋儿衬得红扑扑的。他坐下来，低下头，眼睛看着地，抽起烟来。这一冬春他多次戒过烟，现在又抽起来了。阿莲嘉没有向他问安，好像没有看见他一样。村长继续跟她谈着话。因为米嘉没有听见他们前面的话，所以没有听懂他们在说什么。她突然大笑起来，这笑声听起来并非发自肺腑，好像和她的思想、感情没有关系。村长则在他说的每句话里，都轻蔑地、嘲弄地加进一些下流猥亵的暗示。她却轻轻松松、冷嘲热讽地回答着他，意思是说他对某某人有什么企图，可是做得十分笨拙、蛮不讲礼，而且又怯懦得要命，得了"妻管严"。

"好啦，我说不过你。"最后村长说，他停止了和阿莲嘉的争吵，做出一副厌烦的样子，好像和她说什么是徒劳无益的，"你最好来和我们坐一会儿，少爷有话跟你说！"

阿莲嘉眼睛向一旁望着，把鬓角上的几束漆黑的头发塞进头

1　米嘉的名和父名，系尊称。

巾里，仍然站着不动。

"来嘛，没有听见我说么，傻瓜！"村长说。

阿莲嘉想了一下，突然敏捷地从土围子上跳了下来，跑到他们跟前，在离米嘉两步远的地方蹲下了，用她那又大又圆的眼睛高兴地、好奇地盯着他的脸。接着，她大笑起来，问道："少爷，您真的和娘儿们没有勾搭吗？真像个教堂的助祭那样过日子吗？"

"你怎么知道他没有勾搭？"村长问。

"当然知道，"阿莲嘉说，"听说的嘛！他没有什么勾搭，他不会干这样的事。人家在莫斯科有心上人。"她突然挤眉弄眼起来。

"没有合适的人，所以就没有什么拉扯。"村长说，"这种事你能懂多少？"

"怎么没有合适的？"阿莲嘉说，大笑起来，"咱们这里大姑娘、小媳妇要多少有多少。瞧，这安纽塔不就挺好吗？安纽塔，你过来，有事！"她喊着，声音很洪亮。

安纽塔的肩膀很宽，背上肉乎乎的，两只胳膊短短的。她听见有人叫她，转过身子来。她的脸长得很清秀，笑起来显得又善良又令人愉快。她拉着长腔喊了句什么作答，却更欢地干起活儿来。

"没听见对你说的话吗？下来！"阿莲嘉又用洪亮的声音向她喊话。

"我去你们那里没事干，还没学会搞这些名堂。"安纽塔拉着长腔愉快地喊道。

"咱们不要安纽塔这样的，咱们要更干净、更高雅一点的。"村长用指点的口气说，"咱们知道要谁！"于是他用意深长地瞧了阿莲嘉一眼。她有点窘促，脸也微微涨红了。

"不，不，不！"她答道，笑了一下，用以遮掩她的局促不安，"再找不到比安纽塔更好的了。要是看不中安纽塔，那么纳思琪佳总可以了。她穿戴干净，还在城里住过……"

"少废话，住口。"村长突然粗暴地说，"去干自己的活去吧。瞎扯一通，也该够了吧！太太已经骂我，说我把你们这些人惯得只会唉声叹气扯闲蛋……"

阿莲嘉跳了起来，一手抓起了木叉，她的动作又是无比敏捷、轻巧。这时，卸完最后一车粪的工人喊道："吃早饭啦！"然后他拉了一下缰绳，麻利地赶着空车，沿着林荫路往下坡驶去，车子在路上哐哐地响着。

"吃早饭啦，吃早饭啦[1]！"姑娘们用各种嗓门喊了起来，扔下铁锹和木叉，从土围子上跳了下来，那光着的和穿着各种颜色袜子的脚一闪一闪地跑着。她们到云杉林前去拿她们带来的、用包袱包着的早饭。

村长斜了米嘉一眼，向他挤了一下眼睛，意思是说：有门儿了。接着，他把身子撑起来，半坐着，用上司的口气批准似的说："好吧，要吃早饭就吃早饭吧……"

在像墙似的云杉林前，穿着花布衫的姑娘们随随便便、高高兴兴地坐在草地上，打开了她们的包袱，取出油饼，放在伸得直直的两腿间的裙子上，开始大嚼起来。有的就着瓶子喝牛奶，有的喝格瓦斯，她们继续高声谈论，七嘴八舌地瞎扯，说每一句话

---

1 在俄国，干活的时候，工人早上吃点牛奶，正式吃早饭在十点、十一点，午饭要下午三四点才吃。

都大笑不已，不时用好奇、挑衅的目光瞧一眼米嘉。阿莲嘉凑在安纽塔身旁，正在跟她咬耳朵说悄悄话。安纽塔忍不住笑了，使劲地把阿莲嘉推开了。她笑得那样迷人（阿莲嘉则捧腹大笑，把头靠在自己的膝头上），然后，她拉着长腔，装出窘惑不安的样子对着云杉林喊了起来：

"傻瓜！无缘无故笑个什么？有什么高兴的事？"

"真讨厌。咱们走吧，米特里·巴雷奇。"村长说，"呸！叫魔鬼把她们捉了去！"

21

第二天是礼拜日，园子里没有人干活儿。

夜里下了一场雨，雨点儿打在房顶上嗒嗒地响。到处水淋淋的，花园里的颜色显得淡淡的，然而却仿佛豁然开朗、亮晶晶的，像童话世界一般。天亮时，云消雨散，呈现出一派朴素、安详的景象。满室灿烂的阳光和教堂的悠扬的钟声打搅了米嘉的清梦，他醒了。

他从从容容地洗了脸，穿好了衣服，喝了一杯茶，准备去做弥撒。"太太已经走了。"格拉莎责怪他说，"您怎么像鞑靼人一样懒……"

去教堂有两条路，一条是从庄园的大门出去，向左拐，穿过放牧场；另一条取道主干林荫路，通过园子，然后顺着花园和打谷场之间的那条路向左拐。米嘉取道直穿花园的这条路。

完全是一派夏日的景象了。米嘉出了林荫路，在太阳下走着。打谷场和田里一片阳光，这阳光、这钟声与米嘉、农村的早晨和谐而美好地融合在一起。米嘉刚刚洗过脸，漆黑发亮、湿乎乎的头发梳得整整齐齐，戴上了大学生的大檐帽。虽然他又彻夜无眠，各式各样的思想和感情整宿纠缠着他，但这时他觉得心情舒畅。他心中突然出现了一种希望，好像他能从这许许多多的痛苦和折磨中摆脱出来，使问题得到解决，有个幸福的结局，他得以获得心灵上的解放。钟声荡漾，在召唤着他；打谷场上夏日炎炎、光辉灿烂。有一只啄木鸟停在树上，抬起它那长着一撮冠毛的头，顺着麻癞癞的菩提树干迅速地爬上了阳光照射着的淡绿色的树端。丸花蜂像穿着深红色天鹅绒衣服，在林中草地的花中和被太阳晒得热乎乎的地方忙忙碌碌地钻来钻去。花园里处处可闻鸟啼，听起来是那样甜蜜、那样无忧无虑……这一切，都是他在童年、少年时期多少次见过的。此时此刻，往日美好、天真烂漫、无忧无虑的时光又历历在目了。于是他突然有了信心，觉得上帝是仁慈的，也许，没有卡佳，他也可以在这个世界上活下去。

"真的，要不然去拜访一下米什切尔斯基家！"米嘉突然有了这个念头。

他抬起了头，这时，他看见离自己二十步远的地方，阿莲嘉正从大门口走过。她仍然扎着那条粉红色的丝头巾，穿着一身天蓝色的漂亮的连衣裙，领口、裙摆、袖口上都嵌着褶边，脚上穿着一双钉着铁掌的崭新的皮鞋。她臀部一扭一扭地迈着快步走了过去，并没有看见他。米嘉赶忙躲到一边，藏在树后了。

待她走得看不见了，米嘉带着跳得要命的心，急忙转身回家了。他突然明白，他去教堂是偷偷怀着想看见阿莲嘉的目的。同时又觉得绝不能到教堂去看她，不应该，也不需要这样做。

22

吃午饭的时候，从火车站来的递急件的信差送来一份安娜和科斯加打来的电报，电文上说他们明天晚上到家。米嘉对这件事十分淡漠。

午饭后，他仰面朝天躺在阳台上的藤沙发上，闭上了眼睛，感觉到移到阳台上的热乎乎的阳光，耳朵听着夏日苍蝇的嗡嗡声。他的心在颤抖，头脑里萦绕着一个没有解决的问题——阿莲嘉的事办得怎么样了？什么时候能最后办成？为什么昨天村长没有直截了当问个清楚：她同意还是不同意？如果她愿意，那么什么时候、在什么地方见面？与此同时有另外一个思想折磨着他——要不要破坏自己再不去邮局的坚定不移的决定？今天再最后去一次邮局吗？难道这不是对自己的自尊心又一次毫无意义的嘲弄吗？难道这不是用渺茫的希望又一次毫无意义地折磨自己吗？然而再去一次邮局又能够在他那沉重的痛苦上增加多少砝码呢？莫非他还不清楚：莫斯科之恋对他来说不是已经永远永远地结束了吗？现在他还有什么可丢失的呢？

"少爷！"突然阳台前传来低低的喊声，"少爷，您睡着了吗？"

他马上睁开了眼睛。村长穿着一件新的细布衬衫，头上戴着一顶新帽子，就站在他的面前。他一副过节的模样，看上去酒足饭饱、迷迷糊糊、醉意阑珊。

"少爷，咱们快到树林里去，"他悄悄地说，"我对太太说了，我要去看看特里丰，跟他谈谈蜜蜂的事。趁着太太睡午觉，咱们快点走，不然她醒了，说不定又改变主意……您带点什么去款待特里丰，他喝醉了，您就和他聊天，缠住他，我想办法悄悄地跟阿莲嘉说上几句。您快点出来，我已经把车套好了……"

米嘉跳了起来，经过听差室门前，一把抓起了帽子，迅速地向车棚子奔去。一匹性子很烈的小马驹已经套在轻便的两轮车上，正等在那里。

23

小马驹一阵风似的出了大门。他们在教堂对面小商店前把车停下，买了一磅腌肥肉、一瓶伏特加，就又赶着车飞快地向前驶去。

在庄园出口处，他们从一幢木屋前一闪而过。安纽塔站在房前，打扮得漂漂亮亮的，一副百无聊赖的样子。村长和她开玩笑，喊了一句什么粗野的话，然后摆出一副醉醺醺的、毫无意义的、剽悍的劲头，紧紧地勒住了缰绳，用皮鞭抽了一下马屁股。小马驹又加了把油，飞跑起来。

马车颠簸着。米嘉坐在车上，拼命使自己坐得稳些。他觉得后脑勺晒得热乎乎的，很舒服。田野的热风迎面扑来，弥散着大麦的花香、尘土和车轴油的气味。大麦正在扬花，田里滚着一片银灰色的浪，像张张贵重美丽的毛皮一样。云雀唱着歌，时而在这片麦浪上空盘旋，时而又俯冲下来，侧着身子在麦浪上面掠过。前方远远可见一片蓝蓝的森林，给人以温柔之感……

一刻钟之后，他们已经进了林子里。马车仍然跑得很快，在林中荫凉的路上飞驶，车轮不时地碾在树桩和伐根上，车身颠簸得厉害。太阳晒进林里，把光斑洒在路上。路旁茂密的草丛中无数的野花竞相吐艳，一路上都显得喜气洋洋的。阿莲嘉穿着天蓝色的连衣裙，脚上穿着皮靴，两腿伸得很直，坐在看林人住的小房子旁的枝叶茂盛的小槲树林里，正在绣花。村长赶着车从她身旁一闪而过，向她威胁地甩了一鞭，立刻勒住马，把车停在门口了。森林里小槲树叶子发散着清新、苦涩的芳香，使米嘉惊异不已。一群小狗围着马车汪汪狂吠，满森林都是犬吠的回音。这些小狗愤怒地叫出各种各样的声音，可是那张张垂着长毛的小脸蛋上却是一副善良的神情，个个都还摇着尾巴。

他们下了车，把小马驹拴在窗前一棵被雷劈过的干枯的小树上，穿过光线很暗的门廊走进房里。

守林人的小木房里非常清洁、舒适，很挤，也很热，因为两扇窗子都有阳光射进来，而且早上烤过精粉面包，还烧过炉子。阿莲嘉的婆婆费多西娅是个干干净净、仪表优雅、令人起敬的老太婆，正坐在桌前，背对着一扇叮满了小苍蝇的窗户，阳光直泻而入。看见了少爷，她站起来深深地鞠了一躬。他们相互问候之后，就坐下抽起烟来。

"特里丰在什么地方？"村长问。

"他在仓房里睡午觉呢！"费多西娅说，"我马上去叫他。"

"事情有门儿了！"老太婆走出去之后，村长悄悄对米嘉说，一对眼睛挤弄着。

米嘉并没有看见事情有了什么眉目。他只觉得局促不安，简直受不了，他觉得仿佛费多西娅已经完全看出了他们此行的目的。三天以来萦绕在他脑际的一个可怕的思想又出现了："我在干什么？我要发疯了！"他感到自己好像是一个夜游症患者，正在服从着外在意志的支配，越来越快地走向那个有无限诱惑力的、可怕的深渊而不能自拔。为了保持随随便便、心境平和的样子，他坐着吸烟，端详着这间小屋的陈设。特里丰是个精明而生性凶恶的汉子，他一定比费多西娅更厉害，一眼就能看穿他们的来意。当他想到这些时，感到特别难为情。然而与此同时，又一个思想涌了上来："她睡在什么地方？睡在这里的木炕上？还是在仓房里？"他想当然是睡在仓房里。森林中的夏夜，仓房的窗户没有窗框，也不安玻璃，整夜都能听得见催人入睡的树林的低语，她睡着了……

24

特里丰走进门来，也向米嘉深深地鞠了一躬，但没有说话，也没有看他，之后就坐在桌前的长凳上，态度冷淡，很不客气地和村长谈起话来，问他有什么事，来干什么。村长连忙说，太太派他来请特里丰去看看庄园的养蜂场，因为他们的养蜂土人又老又聋，又笨又糊涂，特里丰是全省头一名养蜂的行家，又聪明又能干，故来请教的。他边说边从裤兜里拿出一瓶伏特加，又从另一个裤兜里拿出一块用粗糙的纸包着的腌肥肉，那纸已经完全油透了。特里丰冰冷地、讥笑地斜了这些东西一眼，不过他还是站了起来，把茶杯从橱架上拿了下来。村长先敬了一杯酒给米嘉，然后又给特里丰和费多西娅各斟了一杯。费多西娅非常满意，一饮而尽。最后，村长才给自己斟上一杯。他饮过之后，马上又给大家满上了第二杯，嘴里嚼着精粉面包，鼻孔张得很大，吸着气。

特里丰很快就喝醉了，然而却仍然保持着他那冷淡、不和

气、讥笑的神情。第二杯酒下肚之后，村长马上就有点神志不清
了。从表面看，他们的谈话内容很友好，但他们的眼睛里却充满
了不信任的恶意。费多西娅一声不吭地坐着，很有礼貌地望着他
们，眼睛里也流露出不满意的神态。阿莲嘉没有露面。已经不能
指望阿莲嘉能够出来，就是她出来了，村长也完全没法跟她说上
几句悄悄话。米嘉现在已经清楚地看见，他们原来的想法完全是
瞎胡闹。于是他站了起来，严厉地对村长说他们应该走了。

"马上，马上，来得及的！"村长脸色阴沉，厚颜无耻地回
答他，"我还要跟您悄悄地说上一句话。"

"路上再说吧！"米嘉克制着自己，更严厉地对村长说，
"走吧！"

村长一巴掌打在桌子上，醉眼蒙眬、神秘莫测地说："您听
我说，这事不能在路上说。咱们出去一会儿……"

米嘉跟着他走了出来。

"好啦，你有什么事？"

"不许说！"村长神秘地、悄悄地对他说，关上米嘉身后的
门。

"什么事不许说？"

"不许您说！"

"我不明白你说什么？"

"不许说！咱的事能办成！我敢起誓！"

米嘉把他推开了，走出门廊，站在门口，不知道应怎办。
是等他一会儿呢，还是一个人赶车回去？或者干脆步行回去？

在距离他十步远的地方，就是绿油油的茂密的树林，满林浓
荫，光线很暗，所以空气就更清新、干净、令人神清气爽。明亮

的太阳已经沉落到林梢后面，束束金红色的阳光穿过枝头射进了林中。突然，树林深处传出女人唱歌般的声音，这声音很迷人，在召唤什么，仿佛来自远远的谷地后面，在林中回荡。只有当夏日傍晚，天边还残留着一抹夕照时，才能听到这样的声音。

"啊……唔！"有人拖着长腔吆喝着，好像想听听林中的回音，闹着玩似的，"啊……唔！"

米嘉一个箭步离开了门口，踩着花草，向树林里跑去。顺着林子往下走就是一条石谷。阿莲嘉正站在谷里，嘴里嚼着黄花九轮草[1]。米嘉跑到石谷上面的崖上，停住了脚步。她惊奇地从下面望着米嘉。

"你在这里干什么？"米嘉小声地问。

"找我家的马露霞和牛。你问这些干什么？"她也小声地答他。

"你到底来不来？"

"我干吗要白去？"她说。

"谁说叫你白去？"米嘉几乎是在低语，"这方面你尽可一百个放心。"

"什么时候？"阿莲嘉问。

"明天吧……你什么时候能来？"

阿莲嘉想了一下。

"我明天回娘家剪羊毛去。"她说，沉默了一会儿，她小心谨慎地望着米嘉身后小丘上的树林，"晚上，天一黑，我就来。去哪里？打谷场上不行，会碰见人的……要是您愿意的话，就去

---

1 一种野草，味香甜，春天孩子们喜欢嚼着玩。

您家园子冲沟那里的窝棚，行吗？不过您可记着，别骗我——我可不会白答应您……这里跟您在莫斯科不一样，"她用笑眯眯的眼睛从下面往上看着米嘉，"听说，那里娘儿们是倒贴的……"

25

他们十分难堪地回到家中。

特里丰不想欠下人情，也拿出了一瓶酒，村长终于喝得酩酊大醉了，以致连车都上不去了。他先扑倒在车上，那受惊的小马驹几乎没把车子拖跑。米嘉一声不响，毫无表情，耐心地等村长上了车。村长又不管不顾地赶着车飞跑。米嘉沉默着，手紧把着车，眼睛望着在他眼前跳动着、颤抖着的傍晚的天空和田野。田野上空，云雀向着残阳飞去，正在结束它们的柔和悦耳的歌唱；东方天际已经笼罩在夜幕将临的一片暗蓝之中，远远的还挂着一抹晚霞，预示着明天又是晴朗的天气。米嘉曾多么熟悉和欣赏这黄昏时分的绚丽呵！可是现在他觉得这夕阳、这彩霞都与他无关，在他的思想中、心灵里只有一个念头——明天晚上！

家里收到了信，证实安娜和科斯加明天晚车到达——这个消息等着他。他一听见这个消息，就吓了一跳。他想：他们回家后，晚上会跑到园子里去，会到冲沟和窝棚那里去玩……后来他又想起，他们从车站回来，晚上九点以后才能到家，然后还要吃饭、喝茶……

"你去接他们吗？"奥丽佳·彼得罗芙娜问他。

他觉得自己的脸马上白了：

"不，不想去……我有点不想去……车里也坐不下那么多人……"

"坐不下的话，你就骑马去嘛……"

"不，我不知道……真的，去这么多人干什么？起码现在我
不想去……"

奥丽佳两眼盯着他：

"你不舒服吗？"

"一点也没有，"米嘉几乎是粗暴地说，"我不过是非常想
睡觉……"

他马上回到自己房里，在黑暗中躺到沙发上，没有脱衣服就
睡觉了。

夜里他听见了远远的、缓慢悠扬的音乐，看见自己悬在一个
巨大的、泛着微光的深渊上面。这深渊变得越来越明亮、越来
越深，发出金色、耀眼的光芒，里面的人也越来越多。之后他非
常清晰地听见乐声四起，声音无比柔和而忧伤，有人唱道："以
前费尔城里，住着一位善良的国王……"他深受感动地战栗了一
下，翻了一个身，又睡着了。

26

这一天仿佛长得到不了头。

米嘉呆呆地，像个木头人一样，出来喝了茶，吃了午饭，又
回到自己房里躺下了。他顺手拿起书桌上已经放了很久的一本
彼谢木斯基的作品读了起来，但一个字也没明白写的是什么。他
又看了老半天天花板，听着窗外阳光灿烂的夏日花园里有节奏
的、均匀的风吹丝绸般的声音……他起来了一下，到图书馆去，

想换一本书。这间古色古香的、安宁美好的房间，从一面窗子望去，就能看见那株先人种下的老枫树，引人入胜；从另一排窗子望去，西边的天空一片碧蓝。此情此景使他想起春天的日子：那时，他也坐在这里，读着旧杂志里的诗篇，仿佛卡佳无处不在，这里成了卡佳的世界。现在他觉得那已经是非常久远的往事了，于是转身快步走回自己的房里。"真见鬼！"他愤怒地想，"让这段诗一般的爱情悲剧全都见鬼去吧！"

他曾打算如果卡佳再不来信就开枪自杀，他现在对这种想法感到愤慨。于是又躺下，拿起那卷彼谢木斯基选集看起来。他仍然和刚才一样，读着书，却什么也不明白。有时望着书本，心里却想着阿莲嘉，他觉得腹部在颤抖，这颤抖迅速遍及全身，而且越来越厉害。时近黄昏，阵阵战栗越来越紧地冲击着他。他听见家里有人走来走去的脚步声和说话声，院子里也有人声，现在车夫已经准备套四轮马车去火车站了。他觉得又像那次病中他一个人躺在床上时一样，觉得在他周围流逝着的忙忙碌碌的日常生活，好像与自己无关，因此觉得十分陌生，甚至对它抱有敌意。最后，格拉莎在什么地方喊了一句："太太，马车备好了！"接着就是干巴巴的、不悦耳的叮叮铃声，马蹄声和马车驶近大门前的沙沙车轮声……"唉，这还有个完没有？"米嘉觉得受不了，不自觉地嘟囔着，身子一动不动地躺着，耳朵却贪婪地听着奥丽佳·彼得罗芙娜在听差室里下达的最后指示。突然铃声叮叮地响了起来，这叮叮声逐渐和向下坡路行驶的车轮声混在一起，渐渐地消失了……

米嘉迅速地起来，走到大厅里去。大厅里一个人也没有，夕阳把这里照得一片金黄。整个宅院都空荡荡的，显得很奇怪、瘆得慌。他怀着一种奇怪的、好像是告别的感情望了望那寂无人声的、各个房间都敞着门的过道,看了看大客厅、小客厅、图书馆。从窗子望出去,南面天陲笼罩在蓝湛湛的暮色之中,枫树梢上绿油油的,上面挂着一颗天蝎星座的大火星,看上去像个玫瑰色的珠子,景色如诗如画……之后他又去听差室查探了一下,看看格拉莎在不在那里。确信这里也空无一人,他从衣架上抓起了帽子,又跑回自己的房里,从窗子跳了出去,他的两条长腿远远地落在花坛上。他在花坛上待了一下,然后,他猫着腰跑进了花园,立即溜到园子边上偏僻的、丛生着茂密的金合欢和丁香树的林荫路上。

27

初夏没有露水,因此暮色笼罩着的花园里闻不到花草树木浓郁的香气。虽然整个晚上米嘉的全部行动完全是无意识的,然而,他觉得也许除了少小之时,他此生中还从来没有感受到这里的芳香如此浓郁,各种花草的香味又都如此不同。金合欢、丁香树叶、黑豆树叶、牛蒡花、苦艾、野草、青草、土地……无不喷吐着香气。

他快走了几步,觉得心中有个念头瘆得慌:"要是她骗了我,不来了呢?"现在他觉得,他的全部生命都取决于阿莲嘉来还是不来。品辨着各种植物的芳香,享受着从村庄上飘过来的炊烟的气息,他突然停住了脚步,一下子转过身来。一只小金虫在他身旁慢慢地飞着,还发出嗡嗡的响声,好像它正在散布着安宁、平静和幽暗。晚霞照得半边天际亮亮的,这光线平稳的初夏的霞光久久也不熄灭[1]；从树丛中隐约可见的房顶上空以及在那看上去仿佛透明的空旷的苍穹里，高高地悬着一钩镰刀[2]似的明亮的新月。米嘉望了月亮一眼，迅速地、轻轻地在胸口画了十字；向金合欢树丛走去。林荫路通向冲沟，并不通向窝棚，要去窝棚得向左拐，斜穿过去。米嘉走过了金合欢树丛，就在树枝低矮、伸得长长的苹果树下跑起来，不时地猫起腰躲避那碰着他的树枝。不一会儿，他已经到了他们约好的地方。

他满怀恐怖地钻进了窝棚，窝棚里黑乎乎的，弥散着发霉的干草味。他警惕地向四周察看了一下，确信这里没有别人之后，简直高兴极了。命中注定的时刻已经临近，他站在窝棚前，全身感觉都变得敏锐起来，全神贯注地留心着周围的动静。在这一整天里，他肉体上某种特殊的兴奋状态一分钟也没有离开过他。现在他兴奋到了极点。然而，奇怪的是：无论是白天还是现在，这种状态仿佛是独立存在的，并没有牵动他的全部身心，兴奋感只支配着他的肉体，并没有触动他的心灵。他的心跳得很厉害。万籁无声，周围是那样宁静，他只能听见自己心的跳动。在枝头、在灰绿色的苹果树叶上，柔软的、素雅的小蝴蝶不倦地、无声地轻轻飞舞着、旋转着，在施着法术，召唤神灵，使寂静的园林变得更加寂静了。傍晚的天幕上也仿佛绘上了各式各样花边般的苹果树的剪影。突然，米嘉身后咔嚓响了一声，这声音像一声惊雷吓了他一跳。他猛地一回身，透过树木间的缝隙朝土墙的方向望去，他看见苹果树枝下面有一个黑乎乎的东西朝他过来了。他还

1　俄国的夏夜，从5月起至夏至以后，晚十一时还不天黑；北方各地夏至时为白夜，通宵霞光。

2　俄国的镰呈新月形。

没有意识到这黑乎乎的东西是什么，它已经跑到他的跟前，做了一个大的动作——他这才明白，原来是阿莲嘉来了。

她把蒙在头上的家织黑毛布短裙放下，米嘉看见她那张神色慌张、笑嘻嘻的面庞。她赤着脚，只穿一条裙子，原色的粗麻布上衣塞在裙子里。衬衫下面她那少女的胸脯突起着。领口开得很大，露着颈和一部分肩膀，衣袖卷在肘上，露出圆圆的手臂。从她那蒙着黄色头巾的小脑袋，到她那双既是女性的又是孩子般的光脚丫儿，乃至她的全身，都是那样美好、敏捷而迷人。米嘉几次见到她时，她都是打扮得整整齐齐的，现在第一次见到她全部朴素的美和魅力，他心里不禁惊叹不已。

"来，快点嘛！"她满心喜悦，偷偷地向他耳语着，然后向四面看了一下，就钻进了黑乎乎的、发散着干草气味的窝棚。

进去之后，她站住了。米嘉咬紧牙关，克制着不让发抖的牙齿咯咯地相碰，他赶忙把手伸进了衣袋里，把揉得很皱的一张五个卢布的票子掏出来塞到她的手里，紧张得两腿硬得像铁棍子似的。她迅速地把钱塞进胸衣里，坐在地上了。米嘉坐到她的身边，抱住了她的颈子，不知道应该做什么——需不需要吻她呢？或许用不着。她那头巾、头发的气味，那全身发散着的葱和木屋烟火的混合气味令他神魂颠倒、头晕目眩，他享受着它，领会了它的奥秘。然而和以前一样，肉体上的强烈欲望并没有转变为心灵上的渴求，没有上升为幸福、狂喜和全部身心都懒洋洋的强烈快感。她向后一仰，就脸朝天地躺下了。他躺到她的旁边，靠在她的身上，把手伸了过去。她神经质地笑了起来，抓住了他的手，拉下去按住了。

"这可不行。"她又像开玩笑，又像认真地说。

她把他的手拉开，紧紧地握在她的小手里，她的眼睛望着窝棚三角形窗外的苹果树枝，望着树枝后面慢慢昏暗下来的暗蓝的天际和那颗孤零零地悬在天空中一动不动、像个小红点似的天蝎星座里的大火星。她那双眼睛流露着什么样的感情？现在他应该做什么？吻她的颈子？吻她的嘴唇？突然，她拉起她的黑色短裙，催促地说："来，快点嘛……"

当他们两人站起来的时候，米嘉心灰意懒、懊恼至极。阿莲嘉理着头发，重新扎好头巾，作为一个已经和他关系亲密的人，他的情妇高高兴兴地向他小声说道：

"听说您去过苏波其诺村？那里牧师的小猪仔卖得挺便宜。这话真不真？您没听说吗？"

28

这个星期从星期三就开始下雨。星期六从早到晚大雨倾盆，下个没完，时而狂风大作，天色阴森森的。

米嘉一整天都在园子里不知疲倦地走来走去，而且哭得非常厉害，有时他自己也奇怪为什么有那么多眼泪，那么不可遏止地流个没完。

格拉莎到处找他，到院子里去，到林荫路上去叫他吃午饭，又喊他用茶，他都没有答应。

天气阴沉沉的，有些冷，潮湿袭骨，彤云四合。在黑乎乎的天幕衬托下，水淋淋的园中一片苍翠，显得清新、醒目。不时刮过来的风把树叶上的积水吹下来，水流如注，向四面飞溅，仿佛雨中有雨。然而米嘉什么也没有看见，什么都没有能引起他的注意。他的白色帽子耷拉着，变成了深灰色，大学生的制服弄得黑不溜秋的，长靴筒直到膝部满是泥泞，他全身衣服都湿透了，脸上没有一点血色，眼睛哭得肿肿的，目光像个疯子，那样子可怕极了。

他一根接着一根地吸着烟，跨着大步走在泥泞的林荫路上。有时，他信步走在苹果树和梨树之间，全身没在高高的草里，碰上弯弯曲曲、麻麻癞癞、上面长着灰绿色苔藓、水淋淋的枯树枝。他有时在那变成了黑色的、被雨水泡得发涨了的长木椅上坐一会儿，又跑进冲沟，躺在窝棚里湿乎乎的麦草上，躺在他曾和阿莲嘉一起躺过的地方。由于天气寒冷和空气中袭骨的潮湿，他的两只大手变得铁青，嘴唇也紫了，那死人般苍白的脸上，两颊陷了下去，仿佛微微发着淡紫色。他仰卧着，一条腿放在另一条腿上，眼睛死盯着黑乎乎的草顶棚，望着棚顶上滴下来的麦粒大的雨滴。之后，他的颧骨绷得紧紧的，眉毛开始跳动起来。他猛然跳起来，从裤子口袋里掏出那封已经揉得很皱、弄得稀脏的信。昨天土地测量员来庄园办事，要待上几天，是他把这封信捎来的，他已经看过一百遍了。现在他又贪婪地、已经是第一百〇一遍地看起来：

　　亲爱的米嘉：我有什么对不起您的地方，请原谅吧！恳请您忘掉过去的一切！我不好，是坏人，是堕落的人，配不上您，但我热爱艺术！命运已定，决心已下，我要走了。您会明白我是和谁一起走的……您是很敏

256

感、很聪明的人。恳求你不要折磨我和你¹自己！请不要
再给我写信，这是徒劳无益的！

　　看到这地方，米嘉把信揉成团儿，一头扎进湿乎乎的麦草
里，疯狂地咬着牙，抽噎着，已经泣不成声了。这不小心写出的
"你"字呵！它勾起了他多少回忆，仿佛又使他们的亲密关系得
到了恢复。于是万种柔情一齐涌上心头，使他无法消受——这是
一种超乎人类之上的力量！可是在这个"你"字的旁边，乃是绝
情绝义的声明，而且甚至说事到如今，给她写信也是徒劳无益
的！呵！是的，他明白这一点——是徒劳无益的！一切都完了，
永远永远地完了！

　　傍晚时分，比早上还要大十倍的滂沱大雨向园中一个劲儿
地倾盆而下，而且突然惊雷阵阵，终于使米嘉想回家了。他从头
到脚湿个透，全身冰冷，抖成一团，上牙打着下牙。他在树下向
四面打量了一下，确信没有人看见他以后，急忙跑到他自己的窗
前，从外面把窗子推开——这是老式的窗户，可以打开一半——
然后从窗子跳进房里，锁上了门，扑到床上。

　　天很快就黑了。房顶上、房四周、花园里，到处一片雨声。
雨声仿佛加倍地响，而且各处响得也不一样。园子里是一种声
音，房前房后，滴答雨声汇合着水槽里流水哗啦哗啦的响声——
这又是一种雨声。这些声音使骤然进入麻木昏睡、全身发僵、动
弹不得状态的米嘉感到一种莫名的恐怖，同时他又觉得鼻孔、呼
吸、脑袋都火烧火燎的，好像有人给他施行了麻醉，使他进入了

　　1　全信用"您"作称谓，以示关系殊远，后面不小心用"你"作称谓，
引起了米嘉的无限感叹。

一个另外的世界，置身于完全不熟悉的黄昏里，栖居在陌生人的家中。他预感到了什么可怕的事将要来临。

他知道，也感觉到是在自己的房间里，外面正在下雨，夜幕降临，室内昏暗。他也听见在大厅里，妈妈、安娜、科斯加和土地测量员正坐在桌前边喝茶边聊天。与此同时他又觉得自己仿佛在一个陌生人的家里跟在一个离他而去的年轻保姆的后面，一种莫名的、每分钟都在增加着的恐怖然而又是某种魔力的混合的感觉在控制着他。他预感到有个什么人要和另一个人去幽会。仿佛他也参加了这一违反常理的、令人极端厌恶的幽会。他的这些感受又好像是通过那个年轻保姆手上抱着的婴儿而取得的，这婴儿的脸又白又大，伏在保姆的肩上，保姆摇着他——米嘉急忙去赶她，赶上了之后，还想去看一看她的脸，他想：她是不是阿莲嘉呢？然而，他突然到了一间光线很暗的中学的教室里，这里玻璃窗上都涂着白灰，那个女人就在这房间里，站在五斗橱前，面对着一面镜子。她看不见米嘉，因为他是隐形人。她穿着一件紧紧地包着臀部的黄绸衬裙，脚上穿着高跟鞋，腿上薄薄的黑丝袜是织花透明的，肉体可以看得很清楚。她神态懒洋洋的，又有些羞怯，知道马上会发生什么事情。她已经把那个婴儿藏在五斗橱的抽屉里。她把发辫从肩上甩过来，迅速地编起来，同时朝着门斜了一眼。她面对着镜子，镜中映出她那涂脂抹粉的小脸蛋儿，裸着的两肩、乳白透青的小小胸脯以及上面粉红色的小奶头。门敞开了，一位先生兴致勃勃地、心神不定地张望了一下，走进来了。他身穿夜礼服，刮得光光的脸上没有一点血色，留着一头短短的鬈发。他进门以后，掏出一个薄薄的金烟盒，随随便便、毫不拘束地抽起烟来。她把辫子编好，怯生生地看着他，已经知道他来的目的是什么，然后她把辫子从肩上甩到后面去，举起了她那赤裸的两臂……他傲慢地抱住了她的纤腰，她也抱住了他的颈子，露出了她那黑乎乎的腋毛，贴在他的身上，把脸偎在他的胸前……

<h2 style="text-align:center">29</h2>

　　米嘉突然醒过来，他一身是汗，他清清楚楚地意识到他要死了。他觉得这个世界上的事物比地狱里和坟墓中的还要骇人听闻、没有出路、阴森可怕，这使他非常震惊。房间漆黑一片，窗外下着雨，滴答的雨声和哗啦哗啦的流水声使他受不了（就是一点点声音他都受不了），他全身发冷、抖成一团。他觉得更受不了和更可怕的是人类骇人听闻的、违反自然的性交行为，仿佛他刚才和那位面孔刮得光光的先生共享了这种性的感受。大厅里传来了欢声笑语。他觉得这些欢笑也是违反自然的，和他是格格不入的，是一种愚蠢的生活，对他来说是冷漠无情的……

　　"卡佳！"他说，在床上坐起来，两脚伸下床来，"卡佳，这是怎么一回事？"他大声地说，确信她就在这里，已经听见了他说的话。她沉默着，不回答他，是因为她也心情沉重，明白自己做了一件不可挽回的可怕的事。"呵！没有关系，卡佳！"他痛苦而满怀深情地低语着。他想说：他已经原谅了她的一切，只要她能和以前一样投入他的怀抱，两人在一起共同拯救他们明媚的春天世界里天堂般美好的爱情。当他说出"呵！没有关系，卡佳！"这句话之后，他马上明白，并非没有关系，他知道在沙霍夫斯科耶庄园见到的、在茉莉花丛中的阳台上的一切美好的幻影已经一去不复返了，根本不可能再现了。于是他轻声哭泣起来，哭得五脏六腑都疼痛欲裂了。

他觉得疼痛有增无已，越来越厉害，他再也无法忍受。他没有想，也没有意识到他的动作会有什么后果，他只强烈地希望哪怕有一分钟能摆脱他胸中的疼痛，他只求不要再陷入曾煎熬了他一整天的那个万分可怕的世界，只要不再坠进刚才他见到的那种世上最可怕、最令人厌恶的梦境——他摸到了床头柜的抽屉，打开了它，抓起了冰冷、沉重的手枪，欣喜若狂地深深地吸了一口气，张开了嘴，枪口对着喉咙，心情愉快地、使劲地开了一枪。

1924年9月14日于阿尔卑斯山区海滨

译后记

　　伊凡·阿列克谢耶维奇·蒲宁是俄罗斯最后一个古典作家、诗人，1933年度诺贝尔文学奖获得者，俄罗斯批判现实主义的重要代表。他于俄历1870年10月10日（公历22日）生于沃龙涅什省叶列茨县的一个古老的败落的贵族家庭。全家都热爱文学，无限崇拜普希金、莱蒙托夫、果戈理等俄罗斯作家，同时他们也带有这一社会阶层的偏见，喜欢回忆往昔的繁荣年代。作家自幼年时期起就住在奥勒尔省祖传的布特尔基村的庄园里，生活在"花、草、庄稼的海洋里""田野的寂静中"。作家幼年时代的生活环境，对他的创作生涯有着深刻的影响。1881年蒲宁进入了叶列茨县立中学，但因家境困难，读到四年级就中途辍学，在长兄尤利的指导下继续学业。尤利是民意党人，曾被流放。1889年蒲宁不得不离开败

261

落不堪的家园外出谋生。他做过校对员、图书馆员，给许多家报刊（《奥勒尔消息报》《基辅人报》《波尔塔瓦新闻》等）做过按日计酬的临时采访员，从1887年开始给报刊写诗，当时他年仅十七岁。1891年，他的第一部诗集在奥勒尔出版。他描写家乡风光、农村生活的这些作品，充满了诗情画意，给读者留下了深刻的印象。1898年，他的又一部诗集《在露天下》问世，1901年出版的《落叶集》获普希金奖。这时，他已经以俄罗斯文学传统继承者的姿态出现在诗坛之上。

19世纪末，蒲宁开始从事小说创作。1895年12月，他和契诃夫相识，1899年结识了高尔基，两位作家吸收他参加了知识出版社的工作，促进了青年蒲宁民主主义思想的发展。如果说，在他早期的优秀作品如《冬苹果》《松树》《新路》中还能感觉到他对社会问题的冷漠态度，那么在他以后的作品中已经明显地表现出知识出版社的传统，深深地触及社会问题了。特别是1910年写了《乡村》之后，他提出了"俄罗斯农民的命运就是俄罗斯的命运"这样的主题。20世纪初及20年代是他的创作繁荣时期。这时，他的才能已经得到社会的承认。1909年，他被选为俄国皇家科学院的名誉院士。他的早期作品流露着挽歌情绪，中期描写农村生活的悲惨、黑暗、无出路状态的作品有着自然主义的倾向，晚期作品中表现了某种现代主义的风格，然而，这都不妨碍蒲宁成为俄罗斯批判现实主义的作家。他的作品无情地、尖锐地揭示了俄罗斯农民和整个社会的命运，提出了俄罗斯民族能否继续存在下去的重大问题，对十月革命前的文学发展起了重要的作用，客观上为俄国民主革命做了舆论准备。他的作品的风格可以说是多方面的，他继承了托尔斯泰、屠格涅夫、果戈理、陀思妥耶夫斯基的俄罗斯古典文学传统，也深受同时代人契诃夫的影响。他的小说简练、紧凑，人物的语言、形象、心理状态无不跃然纸上，真是呼之欲出。他写的自然风光如诗如画，看到他寥寥数语的勾画，你仿佛已经闻到花草的芳香，看见了春日的晴空、金黄的田野……高尔基说："如果要指出蒲宁写的小说的特点，那么，称他为当代最优秀的修辞巨匠是不过分的。"（《高尔基全集》29卷，228页，1955年版。）1914年1月26日《真理报》上发表的《俄罗斯文学中现实主义的复兴》一文指出："促进这个复兴进程的著名作家是高尔基、阿·托尔斯泰和蒲宁。"1933年他获得诺贝尔文学奖。此外，还应该指出：蒲宁一生译了许多名著，译文之流畅、优美、对原著风格的再现，达到典范的程度，为此，1903年他因翻译朗费罗的《海华沙之歌》获得普希金奖。

由于他的阶级偏见，他对暴风骤雨式的十月革命很不理解，乃至于采取了敌视态度。1920年他流亡法国，曾发表过反对苏维埃政权的文章。侨居国外，和祖国人民的生活完全脱离，使他的创作源泉渐渐枯竭了，出现了创作危机。这一时期，他也写了许多优秀的作品，但多半取材于对往事的回忆。他写了长篇自传性小说《阿尔谢尼耶夫的一生》和《昏暗的林荫幽径》等二百多篇短篇和中篇小说，用以寄托他对故国和乡土的思念之情。由于失掉了创作的源泉，生活没有可靠的保障，以及十月革命后苏联国内建设取得了巨大的成就等多方面的原因，他怀念祖国之情日切，曾于第二次世界大战前写信给阿·托尔斯泰表示希望回国。后来德国进攻苏联，战争开始了，未能如愿。第二次世界大战期间，他居住的法国南方，遭受德军蹂躏，他深为苏联人民保卫祖国的英勇斗争所感动，政治态度有了很大的转变。他当时虽然生活困难，但断然拒绝了德国占领者的高酬聘请，没有为他们工作，也没有发表过一篇文章，从而表示了他的爱国之心。对押解在法国的苏军战俘，他给予了物质上的帮助，和他们来往很多。战后，他年老多病，从南方迁回巴黎，于1953年11月8日在巴黎逝世，终年八十三岁，从事文学创作六十八年。1956年，苏联出版的五卷本《蒲宁选集》的出版序言中说："蒲宁是文学语言的天才艺术家，俄罗斯优秀作家，他给已经逝去的俄国生活、俄国农村创作了一幅严峻而真实的图画，他的作品是革命前旧俄罗斯各种形象的画廊，他用生动的语言，完美的形式丰富了俄罗斯文学宝库。当我们指出那些同他的天才和智慧不相称的缺陷时，我们给予他的优秀作品以极高的评价。他生在这里，长在这里，他把创作极盛的年华献给了自己的祖国，他是属于自己的祖国和人民的俄国的大作家。"

精练、严谨的结构，花团锦簇的独特的语言能力，对人物心理的塑造，形成了蒲宁小说独特的风格。从20世纪50年代起，西方和苏联开始注意对他的研究，曾一度形成了"蒲宁热"。苏联于1956年出版了他的五卷集，1966年又出版了他的九卷集。中国读者对蒲宁是生疏的。1979年《外国文艺》杂志介绍了六篇他的晚期作品，引起了广大读者的兴趣。1980年我在外地开会，遇见了冯牧同志，他鼓励我介绍几篇蒲宁的作品。我把五卷本的选集通读了一遍之后，从风格上选了他的两个中篇和十个短篇。其中九篇属于得奖作品，三篇则是晚期的优秀之作。中篇《故园》原名《苏霍多尔》，意为"旱峪"，记得鲁迅先生在提到蒲宁时，曾将这篇作品译为《故园》，我觉得比音译好。这是他具有挽歌情调的代表作。他在写一个庄园的败落过程时，是通过一个农奴的悲惨命运展开的，作为一个现实主义的作家，对农奴制进行了无情的抨击，对农奴寄予了无限的同情和赞美，短短五万字，写得惊心动魄。中篇《米嘉的爱情》是对一个青年的心理进行了淋漓尽致的描写，堪与陀思妥耶夫斯基媲美；《档案》描写的是一个公务员的一生，短短几千字，使人觉得仿佛是出自果戈理之笔；其他有关生活和爱情的短篇则继承了屠格涅夫的传统。现在介绍给读者，供大家研究、分析、判断，希望抛弃那些不健康的东西，而能从中取得有益的营养。

我第一次翻译蒲宁的作品，加以时间短促，自知译文颇多不理想之处，请读者和我的朋友们指正。

在翻译过程中，参看了戴骢同志在《外国文艺》上发表的译文，得到李致同志和我的年轻友人的帮助，特此致谢。

本书的全部注释都是译者加的。

译者
1981年3月15日于北京